JN210231

災厄

周木 律

角川文庫
20428

神《ヤハウェ》はモーセにこう言いました。

「アロン（モーセの兄）に言うがよい。杖《つえ》を伸べて大地のちりを打てと。それは、エジプト全土でぶよとなり、災いをもたらすだろう」

モーセの命を受けたアロンがそのとおりにすると、はたしてちりはぶよとなり、人や家畜を襲いました。

パロ（ファラオ。エジプトの王）に仕えていた魔術者たちも、これに対抗してぶよを作り出そうと試みましたが、できません。

魔術者たちは慌てて、パロに進言しました。

「あ、あれはまさに神の指です。モーセの要求を受け入れ、イスラエルの民をエジプトから去らせるべきです」

しかし、パロの心はむしろ、かたくなになってしまいました。


（出エジプト記第八章十二—十五・意訳）

I

1

その年の、一月下旬。

四国の山間にある寂れた集落で、最初の徴候は現れた。

*

「あー、寒《さみ》いなー」

呟《つぶや》きとともに、彼は白い息を吐いた。

ここ数日思いのほか暖かな日が続いていたせいで甘く見ていたが、山の上ともなれば、やはり午前中はそれなりに冷えるのだ。薄手のジャンパーだけを羽織ってきたが、せめてもう一枚内側にベストを着てくればよかった。後悔とともに軽トラックから降りると、彼は身体を竦《すく》めながら、集落へと続く靄《もや》に包まれた未舗装の坂を下りていった。

——高知県杉沢村《すぎさわ》。

かつて林業が盛んだったこの村も、今は高齢化に悩んでいた。木造家屋の減少と、それに伴うスギ材の需要の減退。若者はみな仕事を求めて都会に出てしまい、今は老人がへばりつくように残る限界集落ばかりだ。

彼が向かっているのは、そんな村の中でもとりわけ小さな集落だった。

村に一本しかない県道で山に登り、細い脇道から、さらに未舗装の道を進んだ先にひっそりと現れるその一画は、今は老夫婦三世帯のみが細々と暮らす、携帯電話の電波すら届かない山間の寒村であった。

それにしても、よくもまあこんな場所に住むものだ。

彼は、やや開けた場所に転がっていた玄武岩で、靴の泥を落としながら、そう心の中で呟いた。なぜあの老人たちは、好き好んでこんな山奥にいつまでも住んでいるのだろうか。先祖代々の土地だから、というのは理解できるが、それにしたって、これほど不便な土地に——たとえは悪いが、もう死んでしまったような場所に——固執すべき理由など、これっぽっちもないと思うのだが——。

靄の中を進むと、片側の崖《がけ》に沿うように、十軒ほどの家屋が見えた。

どれも立派だが、とても古い平屋建ての日本家屋だ。かつてはここがそれなりに栄えていた証《あかし》だが、今やそのほとんどが朽ちている。壁板は破れ、屋根瓦《やねがわら》も落ち、野地板が露出したまま苔生《こけむ》している。もちろん、それを直す住人はもはやいない。とうの昔に出て行ったか、亡くなったかしているのだ。

へっ、くしゅん。

不意のくしゃみに、少し頭がくらくらとした。なんだか目がちかちかとして視界が暗い。寒さのせいで体調でも崩したのだろうか。いや——。

ずず、と洟《はな》を啜《すす》ると、彼は頭を左右に振った。そろそろ花粉症の季節だからなあ。マスクをしてくればよかったか——。忌々しげに杉林を睨《にら》みつつ、彼はある一軒の家の前に立った。

「こんちはー」

海老名《えびな》夫妻は、どちらも御年八十を超える老齢だ。村の住民課に勤める若手の彼——といっても、すでに四十を超えているが——の仕事は、そんな彼らを時折訪問し、安否を確かめることだった。前回の訪問はつい三日前のことだったが、そのときに海老名夫妻がどちらも「ここんとこうるさいき。ちっくと熱あるし、風邪でも引いちゅう」と訴えていたことが気にかかり、またすぐやってきたのだ。

「海老名さん、いらっしゃいますかー」

彼は引き戸を手の甲で叩《たた》いた。がらんがらんと、戸板にはめ込まれたすりガラスが音を立てる。昔はどこの家もこんな造りで、インターホンなんかなくとも、このうるさい音が呼び鈴代わりになったものだがなあ、と小さい頃を思い出しながら、彼は海老名夫妻の返事を待った。だが——。

いつまで経っても返事はなかった。というより、家の中に誰かがいる気配もない。

留守だろうか。

おかしいな。この時間なら彼らはもう朝の山菜採りも終えて、帰ってきている頃合いなのだが。訝《いぶか》りつつも彼は、ガラスの引き戸に手を掛けて、戸を開けた。

がらんがらんとさっき以上の音を立てて、建て付けの悪い戸が開く。この近辺で鍵《かぎ》を掛ける家は皆無だ。守るべき財産があるわけでもないし、そもそも窃盗犯など来もしない。

玄関先で、彼はもう一度、今度は大き目の声で呼び掛けた。

「おーい、海老名さーん、いらっしゃーいまーすかー」

返事はない。やはり留守なのだろうか。だが彼は、ふとおかしなことに気づいた。

——靴が、ある。

三和土《たたき》にこちらむきに並べられている、紺色とベージュのスニーカー。海老名夫妻がいつも履いているものだ。きっちりと並んでいるのは、奥さんが几帳面《きちょうめん》だからだが、ともあれ靴があるのなら、彼らは、家の中にいることになる。

「……すみませんが、勝手にあがりますよー」

妙な胸騒ぎを覚えつつ、彼は靴を脱ぎ、家の中へと上がる。

古い家だ。一歩足を踏み出すごとに廊下の板が鳴り、同時にみしりと砂壁がきしむ。その隣では、飴色《あめいろ》の柱に掛けられた時代物の振り子時計が、こっちこっちと音を立てて揺れていた。

「海老名さん、おられるか？　ほいたら返事してくださいよー」

まず居間を覗《のぞ》き、次いで寝室、台所、風呂場《ふろば》と便所まで確かめた。だがやはり、夫婦の姿はどこにも見えない。

やはり、外出中なのか？　――いや待てよ。

そういえば、海老名夫妻はミミという名前の雌の三毛猫を飼っていたはずだが、彼女の気配もないのはどうしてだろう。あの猫は、前回来たときもその前も、首輪につけた鈴をちりちりと鳴らしながらこの家を元気に歩き回っていたのだが――あの猫もまた、どこかへ行っているということなのか。

眉を顰《ひそ》めた彼の首筋を、不意に冷たい風が撫《な》でる。

思わずぶるりと震えつつ、彼はその風上の方向を見る。廊下の突き当たりで扉がほんの少しだけ開いていた。

そうだ――裏の畑。

思い出した。この家には広い裏庭がある。海老名夫妻はそこに畑を作り、野菜を育てているのだ。彼らはおそらく、裏庭でその畑を見ているに違いない。

突き当たりの扉を開けると、彼はその向こうにある畑へと急いだ。

そして――、発見した。

それは――。

泡を吹いたまま、もはやぴくりとも動くことのないミミと、畑の中で折り重なるようにして倒れている海老名夫妻。

白い靄の中、彼らは——息絶えていた。

「う、うわああっ！　し、死んで、死んでるっ！」

絶叫とともに、彼は尻餅《しりもち》をついた。

そして、怯《おび》えと混乱に、腰を抜かしたまま後ずさりをすると、逃げるようにして隣家へと駆け込んだ。

だが——彼はそこでもなお、さらなる恐怖に苛《さいな》まれることとなったのだ。

なぜなら、その住人もまた、死んでいたのだから。つまり——。

この集落に住んでいた海老名夫妻を含む三世帯、五人の住民全員と、彼らの飼っていた犬、猫、家畜のすべてが、このとき皆、海老名夫妻と同じように倒れ、こと切れていたのであった。

＊

この事件は当初、毒きのこによる集団中毒として扱われた。

山菜採りが趣味だったという海老名夫妻が、前日に採ってきたらしいきのこが台所にあり、それを集落で分けた形跡があったからだ。その中には、軽微な中毒を引き起こす毒きのこが混じっていた。どうやら集落の住民たちは、海老名夫妻も含め、それが毒きのこであるということに気づかずに食べてしまい、集団中毒を起こしたらしい。事実、彼らの多くには吐瀉《としゃ》の跡や、瞳孔《どうこう》の収縮が見られるなど、神経中毒を起こす毒きのこを食べたと思われる痕跡《こんせき》が残っていた。

だが、一方で妙な点もあった。

例えばこの毒きのこは、それほど強烈な毒性を持つものではなかったこと。また司法解剖の結果、肝心の毒きのこが、被害者の胃の中からも、吐瀉物からも、検出されなかったこと――。

捜査を担当した警察署員たちは首を捻《ひね》った。これは単なる誤食事故なのだろうか。もしかすると、何らかの事件性を伴う案件なのではないか、と。だが――。

実際のところ、彼らには悩んでいる暇などなかった。

なぜなら、同じような事件が、次々と発生したからである。

次の日には、同じ山にある別の集落で同様の事件が発生し、七人全員が死亡した。その次の日には、近隣にあるまた別の二つの集落で同時に同様の事件が発生し、十一人全員が死亡した。

これら被害者らは皆、最初の事件と同様の不可解な死に方をしていたのだ。

かくして、杉沢村山間の集落を中心に発生した奇妙な事件――事件群は、その後も毎日のように発生し、一週間後にはすでに十件を数えていた。

のみならず、事件は杉沢村だけでなく、隣接する南土佐村《みなみとさ》、北原町《きたはら》においても広がりを見せ始めていた。

この、拡大の一途を辿《たど》る、原因不明の大量死亡事件。

政府がその重い腰を上げたのは、ようやく二月に入ってからのことだった。

2

ものものしく警察官たちが守る門の前で、運転手が車を停めた。

警棒を腰から下げたひときわ体格のいい警察官が官用車に近づいてくる。後部座席の窓を開けると、斯波《しば》は厳めしい顔つきの警察官に、今朝発行されたばかりの書類——自分たちが間違いなく「官庁の人間」であることを示す証明書——を手渡した。両眉《まゆ》の間に深い皺《しわ》を寄せてそれを眺めると、警察官はぶっきらぼうに言った。

「厚生労働省から、斯波茂之《しげゆき》参事官と、田崎新《たざきあらた》局長。身分証は？」

「ここに」

斯波と田崎は、それぞれ顔写真が入った身分証を彼に示した。

その写真と実物、手元の証明書の三つを、品定めをするような目つきで何度も見比べると、やがて警察官は「入構を許可します」とだけ言い、斯波に黒いストラップのついた来訪者用のＩＤカードをふたつ、差し出した。

それらを受け取ると、斯波はそのうちのひとつを隣に座る田崎に手渡した。

「どうぞ、局長」

「ありがとう、斯波君」

短い返事。だがその言葉には泰然自若とした落ち着きがあった。

田崎新は、次の事務次官候補と噂されている、海千山千の行政マンだ。小柄な体格だが、器の大きさを感じさせる悠然とした雰囲気を纏《まと》い、気魄《きはく》の込もる若々しい声色も、とても五十半ばとは思えない。まさしく彼こそが、三十五歳の中堅キャリアである斯波の尊敬する上司であり、目指すべき高みでもあった。

ストラップを首に掛けながら、斯波は窓の外に目をやった。ゆっくりと芝生の間の白い舗装道を進む官用車の右手に、やがて大きな建造物が姿を現した。

冬晴れの抜けるような青空を壁一面に映し出す、ガラス張りのビル。

首相官邸だ。

十五分後にここで始まる緊急会議に、田崎と斯波は招集されていた。

緊急会議の議題はもちろん、あの事件についてだった。

＊

杉沢村集団一斉不審死事件。

ここ数日、マスコミはこの事件群をそう名付け、大きく報道を続けていた。

高知県杉沢村を中心として頻発しているこの不可解な事件群は、付近のあちこちに点在する小集落——かつて林業が盛んだった頃、伐採した材木を保管、加工するための拠点となっていた場所——の住人たちが、突如として全員死亡するというもので、先々週に最初の報告があって以降、各地で発生し、現在ではすでに件数にして十余件、死者も計百人を数えるまでになっていたのである。

当初は毒きのこの誤食が疑われていたが、それにしては死亡率が高すぎる——現時点では百パーセント——ことや、同じような事件が続発するにつれ、必ずしも毒きのこの誤食が疑われないことがわかり、現在ではこの説はすでに影を潜めていた。

だが、だとしたら原因は何なのか？

マスコミは連日、ニュースやワイドショーなどでこの事件を取り上げ、出自の明らかな専門家、そうではないコメンテーター等によるさまざまな臆測《おくそく》を垂れ流していた。

いわく、これは地球温暖化の影響である。いわく、これは大陸由来の重金属粉塵《ふんじん》による中毒である。いわく、急激な地殻変動が発生させる地磁気異常によるものである。いわく、異常発生した毒蛇による被害である。

だが、そのどれも到底的を射たものではなかった。

はっきりとしない事件の原因に不安を感じた人々は、やがて当然のように、政府に対する批判を強めていった。

当初はあくまでローカルな事件として各個撃破的に受け流そうとしていた政府だったが、被害者、すなわち死者数が三桁《けた》に達し、国会でも大きく議事として取り上げられるに至り、何らかの総体的な対策を講ずる必要に迫られた。

そして、緊急かつ秘密裏に行われることとなった、今回の緊急会議であった。

討議されるのはもちろん、事件の原因——なぜ、集団死が発生しているのかについて。

斯波は、前を歩く田崎の背中に声を掛けた。

「局長、よろしいですか」

「何かね」

田崎は、振り返らずに応じた。

「会議の前に今一度、局長に申し上げておきたいことがあるのですが」

「すでに官邸内だから、手短に。それと」

不意に行く手を阻むドア。田崎が慣れた手つきでIDカードを黒い読取部にかざすと、ドアはほぼ無音で開いた。向こう側に黒いスーツを着た、一分の隙もないSPが立っていて、斯波たち二人をぎろりと見た。

「……小声でな」

囁《ささや》くように、田崎は言った。

官邸内は静かで、警備も厳重だ。

雑談であっても、うっかり機密に触れてしまうおそれはある。気をつけろ——そんな田崎の指示を汲《く》み取ると、斯波は「はい」と頷《うなず》き、小さな声で言った。

「昨晩もご説明したとおり、これは細菌かウイルス感染によるものです。杉沢村の住民は、高齢化の影響ですが、数人単位のコミュニティをあちこちにつくっています。コミュニティ同士は離れていますが、それぞれのコミュニティ内での関係は緊密です。感染力の高い細菌かウイルスであれば、一瞬のうちにコミュニティ内に感染が広がり、感染者をほぼ同時に死に至らしめることとなります。今回はその典型例だと考えられます」

「だが、これほど致死率の高い細菌やウイルスの実例は、これまでにはない」

「局長のおっしゃるとおりです。しかし、例えばインフルエンザウイルスが劇症型に変異を起こしたものと仮定すれば、考えられなくはありません」

「つまり、突然変異である。そして少なくとも斯波参事官、君はそう考えている」

「はい」

再び頷く斯波に、田崎は数秒を置いてから言った。

「……君の考えはよく理解している。だが大事なのは、君がどう考えるかじゃない。最終決定権者である政治家たちがどう考えるかだ。もし君が自分の考えに信念を持っているならば、それを彼らにいかにわかってもらうか、どう説得するかを考えたまえ」

「承知しています」

「そこを押さえているのなら、発言は自由にしていい。副長官の横槍《よこやり》が入るかもしれないが、そこは私がうまくやる。だが、会議にはうちの大臣《ボス》も同席している。くれぐれも大臣の顔を潰《つぶ》さないように配慮はしたまえよ。あとは、最低限の礼さえ失しない限り、尻《しり》はすべて私が拭《ぬぐ》う。好きにやるといい」

「ありがとうございます」

「……ここだな」

田崎が、幅広な扉の前で足を止めた。

――金平《かねひら》官房長官室。

黒地に白の、厳かな筆字で書かれたドアプレート。

「入るぞ」

呟《つぶや》くように言うと、田崎はＩＤカードを黒い読取部にかざした。

＊

官房長官室は、思いのほかシンプルな、オフィス然とした簡素な部屋だ。

広さこそ二十畳はあるが、余計なものはほとんど置かれておらず、什器《じゅうき》といえば、デスクがあり、椅子があり、本棚があり、打合せ用のテーブルがあり、後は何もない。議員会館の議員室であれば、油絵が掛けてあったり、胡蝶蘭《こちょうらん》がずらりと並んでいたりするものだが、官房長官といえども行政官なのだから、その執務室を自分好みに飾り立てるわけにもいかないのだろう。

とはいえ、床は絨毯《じゅうたん》張りで、壁紙も樹脂加工された高級なクロス、椅子は肘《ひじ》掛のある黒い本革製だ。中でも、部屋の中央を占める巨大な打合せテーブルが安物ではないことは、欅《けやき》の一枚板を天板として設《しつら》えたものであることから、一目で理解できる。

そして今、そのテーブルの前に、関係省庁の幾人かが、一言も交わさないまま、向かいあわせに腰掛けている。

やがて――。

時間ちょうどに、官房長官室の奥にある別室から、三人の男が現れた。

今の内閣のメンバーでもある、官房長官の金平寿一《としかず》、官房副長官の楡光太郎《にれこうたろう》、そして厚生労働大臣の家持巌《やかもちいわお》だ。

「さあ始めようか。長官はどうぞ、そちらに」

楡の促しに、金平がまずテーブルの正面にゆっくりと腰掛けると、すぐさまその横に楡がどかりと腰を下ろした。

金平と楡、内閣官房の長とその補佐役であるこの二人は、政権与党においては対照的な政治家だ。

仙人のような風貌《ふうぼう》を持った六十五歳の金平は、温厚な人柄で知られる、与党民自党の参議院議員だ。元々は大学で農学を研究していた学者だったが、その後政治家に転身したという珍しい経歴を持っている。常に飄々《ひょうひょう》とした態度の金平は、マスコミに「昼行灯《あんどん》」などと揶揄《やゆ》されることもあったが、国内外の意外な人脈にも通じていることから、党内で重職を歴任しているベテラン議員であった。一方の楡は、革新的な政策を掲げる「われらの党」の党首で、対立政党であった民自党との電撃的な連立政権樹立により与党入りした四十二歳の若手政治家だ。「楡グループ」と呼ばれる、大胆な行政改革や、親アジアへの外交路線の転換を主張する超党派の議員集団の長でもある。俳優と言っても通じるほどハンサムな容貌と歯に衣《きぬ》着せない言動は、マスコミ受けが圧倒的によく、強い国民の支持を背景にして、連立政権でも官房副長官という要職に就いていた。だが反面、霞が関においては、官僚を見下し高圧的な態度を取る、好ましからぬ存在であるという評価が大勢を占めているのだが。

「突っ立ってないで、大臣殿もここに座れよ」

傍に立つ家持に、楡が声を掛けた。

「ははっ」

その言葉を待ちかねたように頭を下げると、家持はそそくさと楡の隣へと座った。

家持も楡と同様、われらの党に属する四十四歳の若手政治家だ。楡グループの幹事を務めた関係から、与党において厚生労働大臣の職を与えられており、つまり斯波と田崎の上司だということになる。家持がグループの長である楡を差し置いて、官房副長官よりも格上である大臣に据えられたのは、単に彼が楡よりも年上だからではなく、民自党による与党内での楡の増長を防ぐための措置だ、と一般には言われていた。だが、実のところそれは、他でもない楡自身がそう画策したものだった。ぞんざいな言葉遣いからもわかるとおり、結局のところ家持は楡の手下だ。そういう男を大臣に据え、裏から操ろうというのが、楡の真意だったのである。

この点、家持自身も楡に操られることを是としていて、そのあからさまに楡におもねる態度から、彼には「もみ手大臣」というあだ名が霞が関界隈《かいわい》に流布していた。実際、彼はいかにももみ手がよく似合う、ねずみ男のような風貌をしているのだが。

さて——と言って、楡は顎《あご》を上げた。

「報告しろ。何が起こっている？」

ぴりりと緊張が走る。

端的な命令。それは、明確かつ明晰な答えを求めていることの証《あかし》でもあるからだ。

何をどう説明するのが効果的か。頭の中で整理をする斯波に先んじ、向かいに座る初老の男が口を開いた。

「おそれながら長官、並びに副長官。私はあれを、日本政府に対するテロリズムであると断定します」

「テロだと？」

顎を上げたまま、楡はその男を鋭い目つきで睨んだ。

「どういうことだ。詳しく説明しろ、伊野塚《いのづか》君」

「はっ」

伊野塚と呼ばれたその男は、すぐに年齢を感じさせないきびきびとした動作で立ち上がると、だみ声で言った。

「高知県警察本部からの報告によりますと、集団一斉不審死事件は杉沢村、南土佐村、北原町並びに東土佐《ひがしとさ》町における十七の小集落で発生し、現時点で被害者は死亡百十八名に上っております」

伊野塚要次《ようじ》。彼は警察庁長官を務める、田崎の一期上に当たるキャリア官僚だ。つまり斯波の先輩でもあるということになる。省庁が異なるため、斯波は伊野塚の人となりをあまり知らないが、伝え聞く限りでは、独善的で威圧的な人物だとの評判が多い。

「百十八人だと？　俺が知っている死亡者数よりも多いぞ」

「はい。先ほど新たに一件の発生が報告されました。以前にご報告を申し上げた人数プラス九人です」

「また増えたのか。……事態は一刻を争うな。続けろ」

檜の促しに、伊野塚はすぐさま応じる。

「死亡の原因はいまだ定かではありませんが、被害者の態様からして化学物質による中毒が疑われます。あちこちで多発する本件のような事案は、過去日本には例が見られないものですが、一方で諸外国、特にイスラム圏で、類似の、かつ深刻な事例が多く発生し、我が日本もその脅威に曝されつつあるのはご承知の通りです。これらの事情に鑑《かんが》み、一連の事件はテロであり、背景にいる主犯格が、各地において犯行を、すなわち化学物質の散布を繰り返していると考えるのが、最も合理的と判断します」

「つまり、誰かがあちこちで起こしているテロだというわけだな」

「はい」

ふむ——と唸《うな》ると、楡はちらりと横にいる金平を見た。

金平は腕を組み、無言のまま目を閉じていた。思案しているとも、眠っているとも区別がつかない、曖昧な表情だ。

しばらくの間そんな金平の様子を窺《うかが》ってから、楡は家持に顔を向けた。

「家持君、厚生労働大臣の立場から何かコメントはないのか」

「はっ、楡副長官。それはその……」

突然話を振られた家持は、動揺したのか、肩を上下に揺らせつつもごもごと言った。

「厚生労働省としましてはー、えーとその、被害者の医療面の支援と、避難場所等の確保ですとか、関係者の慰撫《いぶ》ですとか、あのー、只今《ただいま》関係省庁と連携しながら、全力で当たっているところでありまして、えー」

「おいおい家持君、国会答弁でもしているつもりか」

楡は苦笑いを浮かべた。

「今は本会議でも委員会でもないんだぞ。そんな毒にも薬にもならない役所言葉を使う必要はないよ。それに、俺はそういうことを聞いているんじゃない。君の省庁は、この事件の原因が何だと考えているのかを訊《き》いているんだ」

「は、はい。それは、そのー……」

頼りなげな視線がしばし宙を舞い、やがてそれが田崎に注がれた。

家持は明らかに、榆の要求に応《こた》えられるだけの言葉を持っていない。それを察したのか、すぐさま田崎が助け船を出した。

「健康安全局長の田崎でございます。副長官のご質問について、厚生労働省の所管局としては、この事件が細菌やウイルスなどを原因とする災害であると考えています」

「君には訊いとらん」

榆は眉間《みけん》に皺《しわ》を寄せ、いかにも鬱陶《うっとう》しそうな顔をした。

「俺が訊いているのは大臣だ。出しゃばるな」

「申し訳ありません。しかしこの件については、私が局長として詳細を承知しておりますので、事務レベルのことは、私からご説明差し上げた方が正確かと」

「…………」

目を眇《すが》めつつ、しばらく間を置いてから榆は言った。

「まあ、仕方がないから聞いてやる。田崎局長と言ったか、要するに君は、これが何かの感染症だと考えているのか？」

「そのとおりです」

「それは厚生労働省としての見解なのか？　家持君……君は大臣としてどう考える」

榆の質問に家持はびくりと肩を震わせる。

「は、はい、それは、えーと、そのー」

楡の胸中を窺うような、胡乱《うろん》な返事だった。本当のところ、家持にこの事件に対する見識がないことは、斯波や田崎には最初からわかっていた。彼は元々地方の小さな信用金庫に勤める行員だったのだが、われらの党の躍進に乗じて、半ば棚からぼたもちで議員になってしまった男であった。当然、政治家としての経験も豊富ではなく、前例のない奇妙な災害に対して意見を求められたところで、具体的な回答ができるわけがないのだ。

もちろん、だからこそ事務方が適切に補佐する必要がある。

頃合いと判断した斯波は、横から口を挟んだ。

「楡副長官、僭越《せんえつ》ながら、私からご説明申し上げます」

楡は先刻よりもさらに機嫌の悪そうな声色で言った。

「誰だ？　君は」

「健康安全局参事官の、斯波と申します」

「参事官？　そんな下っ端が俺に何を物申す」

目の前で、あっちへ行けとでも言いたげに手を振った楡に、田崎がすかさずフォローする。

「副長官、斯波はこの件の責任者です」

「責任者だから発言できると言うのか。いや、そもそも責任者は担当課長がなるべきじゃないのか。参事官ごときじゃあ話にならん」

「いやまったく、おっしゃるとおりです。しかし担当課長は現在、事件の救助活動の対応で手一杯になってしまっているのです。斯波は確かに参事官ですが、事件の原因究明に関して選任された室長級の担当者であって、意見具申できるだけの知識も能力も持っています」

「知識も、能力も、ねえ。……局長、あんたが選んだのか」

「はい。責任を持って選任しております」

「…………」

楡は、斯波を不審者を相手にするような目で嘗《な》め回すように見てから、言った。

「まあいい。今回は特例で認める。続けろ」

「ありがとうございます」

斯波はすぐに頭を下げた。

気に入らん。楡の表情はそう言いたげだった。だが気に入られなくとも、発言の機会があることが今は何より大切だ。

斯波は一呼吸を置くと、できるだけ楡が理解しやすいよう、一言一句を思案しながら説明を始めた。

「この事件は、地理的にばらばらの場所で発生しています。しかし、それぞれの発生地点はどれも比較的近接した距離にあり、杉沢村かまたはそれと隣りあう町村です。また、特定のコミュニティの中においては確実に全員が死亡しているといった特徴があります。

これらのことを踏まえると、原因は、致死率が極めて高い新型の突然変異を起こした細菌かウイルスによるものであって、これが空気感染によって広がっていると考えるのが妥当です。したがって、このまま放置をしていると……」

地域流行で収まっているものが、感染爆発を起こす危険性がある。

そう続けようとした斯波の言葉はしかし、突然、伊野塚のだみ声に阻まれた。

「未知の細菌だと？ まったく、荒唐無稽な話だな。官房長官の御前でつまらない冗談はよしたまえよ、君」

「いえ、これは冗談などではありません。これはれっきとした」

「黙れ。冗談でなければ作り話の類だ」

抗弁する斯波に、伊野塚は鼻をふんと鳴らすと、見下すような視線を斯波に向けた。ハリ

「いずれにせよ笑止千万だな。君の言うことは単なる絵空事にしか聞こえないぞ。ハリウッド映画か何かの見すぎじゃないのかね？ それとも何か？ 明確な論拠があるとでも？」

「もちろんです」

斯波は即答した。

「当省で調べたところ、被害者のうちの何人かが死亡の前日からくしゃみや悪寒、微熱様の症状を呈して病院で診療を受けていたことが判明しています。これらは細菌やウイルスに感染した際の初期症状だと考えられます」

「偉そうに言うな。そのくらい我々警察庁でも把握している。だが、それは単なる流行り風邪じゃないのかね？　まあ、百歩譲ってこれが仮に感染症の一種だったとしてだ。少なくとも全員が死ぬなどということがあり得るのか。致死率百パーセントだぞ。そんな病気は存在しない」

　肩を竦《すく》める伊野塚に、斯波は頷いた。

「あります。例えば、伊野塚長官もエボラ出血熱はご存知でしょう」

「聞いたことはある」

「ウイルス性の感染症で、アフリカ大陸で発生したものですが、感染時の死亡率は最大で八十パーセントを超えると推定されています」

「そんな、海の向こうの話をされても困るぞ」

「でしたら、フォーラーネグレリアを原因とする原発性アメーバ性髄膜脳炎はどうでしょう。これは日本でも発生したことのある感染症ですが、死亡率が極めて高く、生存例はこれまで八例しかありません」

「待て待て、君の言うことは極端な事例ばかりじゃないか」

　伊野塚は、忌々しげに斯波の言葉を遮った。

「限界事例をさも普遍的に言うんじゃない。そもそもそんな劇症を引き起こす感染症が、高々数日しか潜伏期間を持たないということがあるのか？」

「エボラ出血熱の潜伏期間は短く、七日ほどしかありません。さらに短い潜伏期間の感

染症も数多く実例があります。ましてや、突然変異したウイルスなら、数日であっても
おかしくはありません」
「突然変異、ねえ……」
伊野塚は口の端を歪《ゆが》ませつつ、馬鹿にするような口調で言った。
「まあいい。とりあえずはすべて、斯波君の言うとおりウイルスか何かが一斉に感染し
て、あんな事態を引き起こしているのだと、そういうことにしておこう。だがな、警察
庁にはこういう報告も入っている。事件が起きた各集落では、人間だけでなく、飼って
いたペットや飼育していた家畜、周辺の野生生物もたくさん死んでいたとね。これはど
う説明する。同じ病原体が、人にも獣にも感染するのか？」
「人間だけでなく、ほかの動物にも感染するウイルスは存在します。例えば狂犬病は犬
から人間に感染しますし、インフルエンザのように鳥、豚、人間の間で感染するものも
あります。これらのウイルスがすでに存在していることを考えれば、可能性としては、
他の生物全般に感染する突然変異ウイルスというのも十分に……」
「突然変異！　はっ！　さっきから聞いていれば、そいつは君にとって随分と便利な言
葉のようだな、斯波君」
斯波の言葉をまた強く遮ると、伊野塚は揶揄《やゆ》するように言った。
「エボラ熱のような突然変異、狂犬病のような突然変異。君はどうやら、その言葉を魔
法の言葉か何かのように考えているらしい。確かに、都合のいいこじつけのためには不

可欠な表現ではある。しかし、君の独善的な説を根拠づけるために、突然変異という現象があるんじゃないぞ」

くくく、という人を小馬鹿にするような笑い。

だが斯波は、なおも「いいえ、伊野塚長官」と言い返す。

「私は突然変異を都合よく引き合いに出しているのではありません。突然変異は微生物の世界ではありふれた現象ですし、今回の事件を説明する理由としても、何ら的外れなものでもないはずです」

「そうだね。ああ、まったく、そのとおりだ」

両 掌《てのひら》を上に向けると、やれやれとばかりに伊野塚は肩を竦めた。

「いずれにせよ、そんな君にのみ都合のいい突然変異が、ほかでもない日本で起こったというわけだ。あの高知の一田舎で」

「そうです。可能性はゼロではありません」

「君の言いたいことはもう十分にわかった。ある細菌なりウイルスなりがそんな凶暴性を持つものに突然変異を起こす可能性は、ゼロじゃあない。そりゃ、まったくそのとおりだろうよ。だが、ならば改めて訊《き》くがな」

伊野塚は突然、険しい表情で斯波に詰め寄った。

「その突然変異を起こす前の細菌だかウイルスだかは、一体何だったというんだ？　突然変異の可能性がゼロじゃない、ああ、それは認めよう。だがその元になるものがなければ可能性はやはりゼロだ。だとすればそれは何なんだ？　インフルエンザ？　大腸菌か？　ノロウィルスか？　まさか乳酸菌だなどとは言うまいな」

「それは……」

斯波は一瞬、返す言葉に詰まった。原因が何かをまだ突き止められていない現状においては、当然、何が突然変異したのかわかるはずもない。

だが、その間隙《かんげき》を突いて、伊野塚は捲《まく》し立てる。

「感染症説に対する疑問はそれだけじゃないぞ。被害者たちを調べると、彼らは突然、しかも全員が同時に死んだらしいと推定できる。だがこりゃ変だ。なぜ被害者たちは同時に死んだ？　潜伏期間というのはある程度個人差があるものじゃないのか？　要するにだ、感染症に感染したのが同時であっても、同時に発症してかつほとんど間を置かずに同時に死亡するなんてことがあるのか？　無理があるんじゃないのか？」

「それは、その、潜伏期間が短いために、あまり個人差が出なかったからかと」

苦しい言い訳をしつつ、斯波も思う。感染症が万人においてまったく同じ長さの潜伏期間を持つというのは、確かに不自然だ。

なおも伊野塚は、唾《つば》を飛ばす。

「そもそもだな、当初は毒きのこの集団中毒が疑われたように、被害者は明らかに何らかの未知の毒物による中毒症状を起こして死んでいるんだ。微生物が毒を撒くより、人間がテロを起こしたと考える方がしっくりくるだろう。それにはっきりさせておくがな、我々警察はまさにそんな中に飛び込んで捜査しているんだ。危険を冒して状況把握に努め、その上でこれがテロだと言っているんだよ。それに比べて、君らは何だ。大臣の御前でこんなことを言いたくはないが、君らはいつまでも役所に閉じこもったまま、現場も見ずに好き勝手を言っているだけじゃないか」

「それは……」

「まあ、まあ。落ち着きたまえよ伊野塚君」

興奮する伊野塚を制するように、楡が口を挟んだ。

「俺は君の言いたいことを十分に理解しているぞ。警察の皆がよくやっていることは、ほかでもない俺がよくわかっているとも。その上で、なるほど、伊野塚君が主張するとおり、これはテロであると考えて対策を立てるべきだということもな」

「ご理解いただけて恐縮です、副長官」

伊野塚は、ふんと鼻から息を吐きつつ、楡に言った。

「この事件、当初から申し上げているとおり、被害者の状態からして何らかの化学物質を用いたテロに間違いありません。それどころか既存の化学兵器の使用すら疑われるくらいです。少なくとも、感染症によるものではないということだけは断言します」

「ま、待ってください！」

斯波は、なおも楡に訴える。

「確かに伊野塚長官のおっしゃることももっともです。ですが、感染症の可能性を完全に否定してしまうのは危険です。それはゼロではないのですから、だから……」

「いいや、ゼロだな」

伊野塚が斯波の語尾に被《かぶ》せるように、横槍《よこやり》を入れた。

「さっきから君は、ありもしないものを、さもあるかのように論じているに過ぎない。そもそも、君が自分の主張を通したいと思うのなら、まずなすべきことがあるのじゃないか？」

「なすべきこと、というと」

「わざわざ言わなきゃわからんのか、君は」

苛立《いらだ》たしげにどんと拳《こぶし》でテーブルを叩《たた》くと、伊野塚は言った。

「証拠を見せろと言っているんだ！　まず感染症の原因菌だかウイルスだかをここに持ってきたまえ。そして明確に説明しろ。それが一体、どういうものなのか」

「それは……」

「細菌なのか、ウイルスなのか、それとも寄生虫なのか。そいつが具体的にどういう性質を持っているのか。それがはっきりとしない限り、君の言うことはすべて突然変異という名のもとに垂れ流される臆測《おくそく》、妄想にしかすぎんのだ」

「ま、伊野塚君の言うとおり、斯波選手の発言は、却下だな」

ふふん、と揄がせせら笑うように鼻から息を吐いた。

「証拠は必要だ。日本は証拠主義の国だからな。逆に言うと、それがなければまるで話にならんというわけだ」

「ま、待ってください、楡副長官」

斯波は中腰で立ち上がり、楡に言った。

「証拠が必要というのであれば、テロについてもそうなのではないですか。どんな化学物質が使われたのか、まだはっきりとはしていないのでしょう」

「それは今調べている。いずれわかる」

憮然《ぶぜん》として言う伊野塚に、斯波はすぐさま質問を続ける。

「犯行声明はいかがですか。テロは目的を持って起こすものですから、必ず犯行声明があるはずです。テロリストは具体的に何を求めているんですか」

「今はわからん。だが、時間の問題だ。犯行声明も要求もいずれ出てくるだろう」

「それはただの憶測、詭弁《きべん》です」

「詭弁だと？　人聞きの悪いことを言うな、撤回したまえ！　自分に証拠がないという不備を、相手にも証拠がないからという理由で正当化するほうが、余程詭弁というものだろうが」

「ですが」

「斯波参事官、そこまで」

意気込む斯波の目前に、不意に右側から手が伸びた。

田崎だった。

それ以上は発言するな――鋭い彼の一瞥《いちべつ》がそう告げていた。

無言のまま、斯波が再び椅子に腰掛けると、田崎は、周囲を見回し数秒を挟んでから、静かに言った。

「ただ今、諸々《もろもろ》斯波から申し上げましたが、これはあくまでも厚生労働省の一部局における一見解ですので、無理に押し通そうという趣旨ではありません。伊野塚長官のおっしゃるとおりエビデンスは不十分ですし、したがって警察庁の見解を否定するものでもありません。……そうですね、大臣」

田崎が家持の顔を見た。

一拍の間を置いてからその視線に気づいた家持は、一瞬はっと驚いたような顔をした後、すぐに両手を擦りつつ、言い訳をするような口調で言った。

「そ……そう、そうです、そのとおりです副長官。これはあくまでも厚生労働省からご提示する単なる一見解でありましてー、大臣である私として強く推す類《たぐい》のものではありません」

「そうか。それならいい」

楡は苦笑しながら頷いた。

家持は顎《あご》を上げると、斯波をきっと睨《にら》んだ。

「し、斯波君も、少しはこの場をわきまえるんだ。証拠もないのに意見だけを押し通そうとするなんぞ、幼稚だぞ。まったく……中学生じゃないんだから」

「…………」

斯波は、ぶつぶつと文句を垂れる家持に反論したい欲求を、ぐっと堪《こら》えた。ここで何かを言えば上長に刃向かうことになるし、何より田崎に迷惑が掛かる。

じっと黙したままの斯波に、嘲笑《あざわら》うかのように楡が追い打ちを掛けた。

「悪いが斯波君。君の意見をひととおり聞かせてはもらったが、すべてはまったく、無価値で、つまらない、稚拙でどうしようもない見解だと結論づけざるを得ないようだ。官僚たるもの、そんなマンガみたいな意見しか述べられないでどうするのかね。何とも救いようがないとしか言いようがないぞ。……田崎君、彼は原因究明の責任者として、本当に適切なのかね？　いや、君の局で普段の仕事もきちんとこなせているのかどうか疑問だぞ？」

楡の歯に衣着《きぬき》せぬ言葉に、斯波はなおも黙したまま、ただ下唇を嚙《か》んだ。

最大限の侮辱だった。もっとも斯波には、この侮辱がひたすら楡の私怨《しえん》に由来する挑発であることが、十分に理解できていた。だからこそ、侮辱の言葉を真に受ける必要はない。

とはいえ、人格に対する攻撃が腹立たしいことには変わりない。

心中煮えたぎりながら拳《こぶし》を握りしめる斯波の横で、田崎が淡々と答えた。

「斯波は有能な参事官です。とはいえ、先ほどはやや行き過ぎがあったようですが、その点については、局長として私からきちんと教育いたします」

「ああ、そうしろ。まあ、何かあれば君にも任命責任を取ってもらうがな」

冷ややかに言う楡に、田崎は頭を下げた。

「その際にはなんなりと。いずれにせよ、引き続き、我々としても警察庁と連携協力しながら調査を進めてまいります」

「ふん」

伊野塚が、お前たちと協働などできるものかと言わんばかりに鼻を鳴らした。

誰からの発言もなくなったのを見て、やがて楡が、金平の発言を促す。

「……さて、そんなわけですけど長官、どうしましょうかね？」

それまで、ほとんど一言も喋《しゃべ》らず、存在感すら希薄だった金平は、目を二、三度、ぱちぱちと瞬《しばた》かせてから、やがて、嗄《しゃが》れた声で淡々と言った。

「ああ、そうですね……原因不明ではあるようですが、前例にも倣い、とりあえず対策本部を設置してはどうでしょう。名称は……『杉沢村多発事件対策本部』。テロの文言は入れません。テロリズムだとしても、国民の感情をいたずらに煽《あお》るべきではありませんからね。もちろん対策は、これが日本国に対するテロだという前提に立って講じます。本部長には私が、副本部長には楡さんに就いていただいて、家持さんと伊野塚さんはそれぞれ幹事として、本部長である私の指示にしたがってください。事務局は警察庁にお願いします。今日のところは……そんなもんでどうでしょうかね」

＊

「今回は、完敗だな」

帰りの官用車で、苦々しげに窓の外に並ぶ官庁街を眺めていた斯波に、不意に田崎が鷹揚《おうよう》に言った。

「完全に、伊野塚さんに主導権を握られてしまった。そうでなくともあの人は口が達者なタイプだから、もっと警戒しておくべきだったが」

「すみません」

斯波は素直に、頭を下げた。

「警察庁側《あっち》のペースに乗せられないよう、もっと綿密に準備しておくべきでした」

「仕方がないよ、時間がなかったのだからな。会議の通告が昨日の今日では、いくら君でも無理だ。それにしても……まさか、あれほど拒否反応があるとはな」

「はい。予想外でした。感染症説は最初から目の敵、そのせいで、結果的に局長にも恥を掻《か》かせてしまいました」

不意に斯波は、楡と家持から投げつけられた嘲笑《ちょうしょう》を思い出す。

幼稚だぞ。中学生じゃないんだ。すべてはまったく、無価値で、つまらない、稚拙でどうしようもない見解だ。なんとも救いようがない——。

官界の第一線で十年以上戦ってきた身には、この上ない屈辱の言葉。

斯波の心中を察したのか、田崎が慰めるように言った。

「罵言《ばげん》はもう気にするな。連中の言葉は、その場で相手をやり込め、ねじ伏せ、黙らせるためだけに吐かれたものだ。そこに根拠なんかない」

「はい。存じています」

昂《たか》ぶる気持ちを抑えつつ、斯波は答えた。

楡は、実は官僚になりたかったのだ——それは霞が関ではよく知られた楡の過去だった。学生時代、楡は官僚になるため、何度も試験を受けた。だが彼はそれらにことごとく落ちた。その劣等感が、現在、彼をして官僚という人種に対する人一倍の憎悪を生み、その延長線上に強硬な行政改革路線と、霞が関に対する強権主義とを打ち出させてもいるのだ。

そんな楡にとって、斯波を罵《ののし》ったあの瞬間こそ、ここぞとばかりに官僚をやり込めるチャンスであって、斯波はその不幸なターゲットとされたに過ぎない。

田崎は、ややあってから言った。

「君ならもうわかっているだろう。あれは単なる彼らの劣等感の裏返しだ。暴言を吐かれても、気にはしないことだ。……もっとも」

田崎は、苦笑した。

「悪口を言うにしても、あれはどうかと思ったがな。大臣は中学生じゃないんだと言ったが、そう言う自分たちは小学生じゃないか。もっとも、ああいう短絡的な物言いしかできないのは、人間の底が浅いからだ。そんなトップを戴《いただ》いている我々は心底不遇だが、自分自身の能力だけは、決して疑ってはいけないぞ」

「はい」

斯波の頷《うなず》きに、田崎は満足そうな表情を浮かべた。

「皆の前でも言ったが、斯波君、君は有能だ。私はその点を疑ってはいない。そのことを君は信じろ。君の能力は私が一番よく知っている。だからこそ君は、同期の中でも一番の出世頭なのだろう？」

「局長のおかげです」

「私か？　私は何もしていないぞ」

田崎は窓の外に流れる景色に目を遣《や》りつつ、言った。

「君を引き上げたのが私だと思っているのならば、それは思い違いだ。人事は私ひとりの一存でどうにかなるものじゃないからな。君は職務に精励し、自分の力で今の地位に昇ったにすぎない」

「確かに、努力はしました」

「そうだろう。その自信があるならば、今さら何を疑うことがある。これからもその努力を続けて、遺憾なく能力を発揮するだけのことだ。もちろん今日は失敗だった。だがこの失敗は今後の糧になる。次をどうするか、それを考えろ」

顎《あご》をゆっくりとさすりながら、田崎はなおも続けた。

「対策本部は立ち上がったが、やることはテロ対策に終始するだろう。とすれば、我々としては、会合のたび意識的に感染症の可能性について俎上《そじょう》に載せることだ。長官がそのことを忘れないようにしておくためだ。原因をひとつのみに絞るということは、危機管理上極めて危険なこと、それを意識させるんだ」

「局長……局長は、あれが感染症だという説を、まだ支持してくださるのですか？」

「当たり前だろう、今さら何言ってるんだ」

田崎は噴き出すと、斯波の肩をばんばんと二回叩《たた》いた。

「部下の言うことを信用しない上司がどこにいる。それでなくともわが省の立場からは、感染症の可能性を常に模索すべきだ。だから私は君に言ったんだぞ、好きにやれとな」

斯波は、ほっと息を吐いた。

失敗はしたものの、田崎の、斯波への信頼はまだ失われてはいなかったようだ――。

――だが田崎は、不意に神妙な顔をした。

「もっとも……今後は慎重にやり方を考えなければなるまいな。あまり前のめりになっても逆効果だ。斯波君も気づいていただろう？　楡さんは我々を目の敵にする反面、随分と伊野塚さんの肩を持っていたように見えた」

「そうですね」

やり取りを思い返してみれば、確かに、楡は斯波の言葉を否定する一方、伊野塚の言うことには無条件に首肯していた。

田崎は目を細めつつ、呟《つぶや》くように言った。

「おそらく……フライングしたな」

フライング。つまり会議前に、伊野塚から楡に対してすでに何らかの説明がなされていたということ。だとすれば、楡が最初から警察庁の言うことが正しいという先入観《バイアス》を持って話し合いに臨んでいたことは間違いなく、あの会議そのものが出来レース《レク》だったということになる。

卑怯だ。卑怯なのだが、それでも警察庁との主導権争いにおいて、初戦で負けたということには変わりない。

物事の是非は、理屈の上での正しさだけでなく、味方の数でも決定される。そのことを考えれば、自分たちも事前に、楡や家持、金平にきちんと根回しをしておくべきだったのだ。それをしなかったのだから、負けて当然だ。

悔しさに斯波が歯嚙《はが》みしていると、田崎が言った。

「さっきも言ったように、私はいまだ感染症説を支持している。だがその理由は、伊野塚さんの主張するテロ説にも十分な証拠があるとはいいがたいという、消極的な理由による」

「我が方にも確かな証拠があるとはいえない、ということですね」

「そうだ。裏を返せば、証拠がないことが、感染症説における致命的な瑕疵《かし》となっている。仮に警察庁側が十分な証拠を提示したならば、もはや感染症説を主張できる余地はないというわけだ。だが一方で……ここからが大事なことだが……これが本当に感染症によるものであるならば、状況は一刻を争うことになる。空気感染し、かつ高致死率の感染症に対するノウハウなど、わが国にはないからだ」

「承知しています」

「感染症でないならば、それでいい。しかし感染症ならば、我々はその拡大を防ぐことに、全力を尽くさなければならない。その義務を、国民に負託されているのだから。だとすれば……」

田崎は、再び窓の外に目を遣ると、大きな息をふうと吐いた。

「今、君がすべきことは明白だ。情報収集は怠らず、必要な対策をすみやかに講じたまえ。私が、君を支持する」

3

「ただいま」

わずかな期待とともに玄関先で声を出す。だが、案の定、真っ暗な部屋からは、誰の返事も返ってはこなかった。

長い溜息《ためいき》を吐くと、斯波は、脱いだコートを、ダイニングの椅子の背に投げつけるようにして掛けた。それから、忌々しげな表情のままネクタイを片手で緩めると、冷蔵庫から缶ビールを何本か取り出し、リビングのソファに乱暴に腰を落とした。

プルトップを引き、テレビをつけると、つまらない深夜番組が流れている。どこかの芸能人がどこかで聞いたことのあるような話をして笑いを誘っていたが、斯波の頭の中にその台詞《せりふ》は何一つ入ってはこなかった。

缶ビールを半分まで一気に呷《あお》ると、斯波は、もう一度大きく溜息を吐いた。テーブルの上には、空き缶だとか、ペットボトルだとか、コンビニ弁当の空き箱だとかが散らかっている。独身時代だって、これほど家の中が荒れたことはない。そろそろ片づけなければと思うのだが、そう思えば思うほど、却って嫌気がさして、億劫《おっくう》さだけが募っていった。

いいさ。どうせ帰って寝るだけの巣なのだから。別にこれでもいい。

そう思ってから、斯波は苦笑した。二人の生活のために、無理をして都内のいい場所に買った広いマンションが、まさか荒れ放題になるとは。

これならいっそ、どこかもっと役所に近い、手頃な広さの住居に越すか？　いや——。

斯波は、頭を横に振った。

まだだ。まだ引き払わない。

歩美《あゆみ》とはまだ、離婚をしたわけじゃない。あいつは帰ってくるかもしれないのだ。俺が電話口で「愛している、帰ってきてくれ」と懇願すれば、またここで、あの頃のような暮らしに戻れる可能性は、まだある。

そうさ——簡単なことじゃないか。

斯波は皺《しわ》だらけになったワイシャツのポケットから携帯電話を取り出すと、ぼんやりと光るディスプレイを眺めながら、頭の中で、妻の電話番号を暗唱した。

＊

「別居しましょう」

歩美がそう言ったのは、年の瀬も押し迫った昨年の十二月三十日のことだった。

年末年始も関係なく、いつもどおり深夜十二時を回ってからタクシーで帰宅した斯波にとって、唐突に切り出された歩美の一言は、まさに寝耳に水だった。

「い……いきなり何を言い出すんだ、冗談だろ」

「いきなりじゃないわ。それに冗談でもない。私なりによく考えた結果なの」

その真剣な口調に、斯波は少し間を置いてから、訊《き》き返した。

「……俺にとっては、いきなりだ。何かあったのか？」

「何もないわ」

「何もないのに、どうして別居したいなんて言うんだよ」

「何もないからよ。だから……別々に暮らしたほうがいい」

「意味がわからない。俺のことが不満なのか」

「ないわ。全然ない。茂之さんに不満なんか。でも……」

「でも？」

「……やっぱり、一旦《いったん》、別々に暮らすべきだと、思う」

一語一語を切るようにして、告げた歩美。

あらかじめ、用意をしていたのだろう。その翌日の朝には、彼女は斯波の家から出て行った。

ぱんぱんに太った旅行用の鞄《かばん》を手にして、歩美は言った。

「じゃ、行くね」

「あ……ああ」

何と答えてよいかわからないまま、斯波は胡乱《うろん》な相槌《あいづち》を打ちつつ、歩美を見る。

彼が妻のことをまじまじと見るのは、いつぶりだろう。肩までの黒髪。丸い顔に、大きな瞳。三歳年下の小柄な彼女は、こうしてみるとまるで家出少女か何かのようだ。

「……なあ、本当に出ていくのか」

うつろに、斯波は言った。

「うん。もう決めたことだから。ごめんなさい。茂之さん」

「離婚、するつもりなのか」

言ってから、斯波はたとえようのない苛立《いらだ》ちに襲われた。自分自身の言葉が、まるで他人事《ひとごと》のような淡白なものに聞こえたからだ。

俺は——離婚しないぞ。

衝動的にそう言う前に、歩美は首を横に振った。

「ううん。わからない、今は、まだ……これをきっかけに、そうするかもしれないし、しないかもしれない。でも……」

「別居はしたいのか」

「……うん」

長い息を吐いてから、斯波は尋ねた。

「行くあては」

「とりあえず、実家に」

「愛媛か。お義父《とう》さんとお義母《かあ》さんには？」

「連絡してある」

「そうか。気を付けてな。お二人にもよろしく伝えてくれ」

「わかった」

「………」

味気のないやり取り。続かない言葉。

そして——沈黙。

この期に及んでさえ、どうして俺は、彼女がまるでただの日帰り旅行にでも行くような、こんなごく普通の会話を交わそうとしているのだろう？

「……もう行くね。茂之さんも仕事あるでしょ。大晦日《おおみそか》まで大変だけど、頑張って」

「あ、ああ」

「じゃあ、元気で」

歩美が踵《きびす》を返したその瞬間。

斯波は思わず、叫ぶ。

――行くな。

だがその言葉は、口先で別のものに変わっていた。

「……なぜだ？」

歩美が振り返る。

「……なぜって、何？」

「なぜ君は、いきなり別居したいなんて言うんだ。俺は脇目も振らずに働いて、君にも十分な金を渡してる。そりゃあ、君と話す機会もないくらい忙しいけれども……それもすべて、君のためだ。なのに……俺に、何か不足があったとでもいうのか」

「……ううん」

寂しそうに首を横に振る歩美に、斯波はいらついた声をぶつけた。

「だったらなんで、突然別居だなんていうんだ。不満があるなら言ってくれよ」

「あなたに、不満なんかないわ」

ややあってから歩美は、なぜか小さな笑みを口の端に浮かべて言った。

「あなたは素敵な旦那《だんな》様。不満なんかない。私が不満なのは……私自身だから」

＊

三つ目の缶のプルトップを引き上げると、斯波は中の液体を乱暴に喉奥《のど》に流し込んだ。もはや、旨味《うまみ》も苦味も、炭酸の弾《はじ》ける爽快《そうかい》感さえなく、消化管をただぬるいだけの何かが流れ落ちていく。

だが斯波は、そのわずかな刺激すら愛《いと》おしむように、液体を嚥下《えんげ》しながら、このひと月の間に何度も繰り返した問いを、また自分自身に投げ掛けた。

彼女はなぜ、「自分が不満だ」などと言ったのか。

いまだ、斯波にはその理由がわからずにいた。

確かに、歩美が斯波に愛想を尽かす理由は、あるといえばあった。斯波はこれまで、ほとんど家庭を顧みずにひたすら仕事に打ち込んできた。官僚として出世するため、休日も、盆も正月も、プライベートな時間すら仕事のために費やしてきた。当然、その反作用として、家のことはおろそかになった。朝八時に家を出て、午前三時に帰ってくるか、または泊まり込む。休みの日は、一日中寝ている。そんな生活のスタイルは、独身時代も、歩美と結婚してからも、ほとんど変わってはいなかった。

そのことに、歩美は不満を感じたのかもしれない。もっとも、結婚してから八年、彼女が不平を述べたことは一度もなかった。だから斯波は、彼女が理解してくれているのだと思い込んでいた。自分が出世することはそれだけ夫婦の幸福にもつながっていくのだと――。

――だが。

結局、歩美は家を出た。

その理由が、斯波にはまったくわからずにいた。

本当のところ、彼女は何を考えていたのか。

そして、なぜ俺から離れて行ったのか。

――わからない。何もかも。

斯波はしがみつく何かを振り落とすかのように、強く頭を横に振ると、缶の中に残った液体をすべて呷《あお》った。すでに刺激もなく、冷たいのか温かいのかすらわからない、まるで空気のようなそれがすべて胃に収まると、斯波は握りしめていた携帯電話をテーブルの上に放り投げた。

電話は、できない。

何もわかっていないのだ。そんな俺が何を話しても、無駄だ。

ここのところ、斯波は何度も携帯電話を前にそんな逡巡《しゅんじゅん》を繰り返していた。もしかしたら、歩美に問いただせばわかるのかもしれない。だが、何を問えばいいのか？　理由を言わずに出て行った彼女に、その理由を訊くのか？　ならば、訊かない。訊けない。

つまり、それは堂々巡りだった。結局、あの日から斯波は、一度も歩美とは連絡を取っていなかった。話をするどころか、メールさえ交わしてはいない。もちろん歩美から連絡が来ることもなく、だから斯波にとって、いつまでも歩美の本心はわからないままだった。

——ソファにだらしなく凭《もた》れた姿勢のまま、壁の時計を見上げる。

すでに午前四時を回っている。ぼやぼやしているうちに、次の一日が始まってしまう。

だが、ベッドに行くのも億劫《おっくう》だった。

だから、斯波はそのまま、目をつむった。

そのとき——。

ふと、斯波の頭を、あいつの姿がよぎった。

あの、やせぎすで背の高い男——宮野《みやの》は今、広島で何をしているのだろう。

＊

宮野正彦《まさひこ》は、斯波の同期だった。

大学で法律を学び、最初からキャリア官僚を目指していた斯波に対し、宮野は理系の大学院で植物学を専攻していたという変わり種だった。初任研修で同じ班になった斯波と宮野は、お互いが同じ厚生労働省の採用でもあったことからすぐに打ち解けた。宮野は斯波よりも二つ年上だったが、同期の間では年齢は関係がなく、いつしか彼らは古くからの友人のような間柄になっていた。

「……俺はやっぱり、権力が欲しい。だから官僚を目指したんだ」

あの日、安酒場で酔いに任せつつ、斯波は宮野に本音を明かした。

「俺は次官になる。その目標のためなら、俺は何でもするぞ」

「何でもするか。はは、まったく斯波らしいな」

からりとした声で受け流した宮野を、斯波は「笑うなよ」と小突いた。

「俺は真面目に言っているんだぜ？　というより普通はこれが俺たちの最終目標じゃないか。それとも、お前は違うとでも言うのか」

「僕か？　そうだなあ、僕は……」

ビールを啜《すす》りながら、宮野は眩《まぶ》しそうに目を細めた。

「お前のような大それた目標は、僕にはないな。好きな女と結婚できて、子供もできる、そんな人並みの人生が送れれば、僕はそれでいい」

「ちっせえな宮野。じゃあ何でキャリアになったんだよ」

「知らないよ。試験を受けたら受かった。ただそれだけだ」

「何だそりゃ。それでも官僚か」

「いいんだよ。そもそも僕が国Ｉ通ったのは奇跡みたいなものだからな。これでいいんだ」

笑いながら、宮野は斯波のグラスにビールを注いだ。

「出世レースは斯波に任せた。お前の下だったら、僕はどんな指示にでも喜んで従ってやるからな」

「馬鹿言うなよ。俺の最大のライバルはお前だぞ」

「僕が？　過大評価だなあ」

「いや、むしろ過小評価だ。お前は自分自身の力がよくわかってない。そもそも理系のお前があっさり国Iを通ったのはなぜだ？　しかも行法経で」

「たまたまさ。それに経済学なんか、数学と同じようなもんだよ」

「全然違うだろ。確かに数式は使うが、だからと言ってそんな簡単にクリアできるテストじゃない。まったく、大学できのこばかり相手にしていたお前が、どうして試験に通るんだ。しかも一桁台《ひとけた》の成績で……」

「聞き捨てならないぞ。お前、今きのこを馬鹿にしたな」

眉根《まゆね》を寄せると、宮野は斯波に詰め寄った。

「あのな、きのことというのは実に面白いんだ。実体はもちろん菌だが、動植物の死骸《しがい》に生える木材腐朽菌、植物の根に棲《す》む菌根菌、昆虫に寄生する冬虫夏草菌と、いろいろある。中でも菌根菌はすごいぞ。リンや窒素を吸収して宿主となる植物に供給し、その代償として植物から炭素化合物を得るという共生関係にあるんだ。つまりこれは」

「わかったわかった。わかったから止めてくれ」

斯波は、手を頭上で大きく横に振った。

「薀蓄《うんちく》はいらねえよ。まったく、きのこの話でどうしてそこまで熱くなれるんだ」

「そうか？　ここからが面白いんだがな……まあ、何が言いたかったかというと、要するに僕は異端だということだ。大学だって地方駅弁だから学閥もないし、ましてや斯波が僕のことをライバルだと思っているだなんて、言いすぎだ」

「学閥は関係ないだろ。いずれにせよお前のポテンシャルが高いのは事実だ。しかもお前、今どの席に座ってるんだよ。総括係長だろ。出世コースじゃないか」

「雑用だよ。それに出世コースと言えば、法規係長のお前もなかなかだ」

「そりゃあ、俺は当然さ。目指して獲得したポストだからな。だがお前は違う。自然体で仕事をしながら出世コースに乗っている。これこそ脅威だ。将来的に俺のライバルになるのは、お前以外にはありえねえぞ、宮野正彦」

「ライバルか。ま、それはそれでいい響きだが」

くくくと笑いながら、宮野は乾燥した漬物を口に運んだ。

「……ところで、宮野」

ぱりぱりという小気味いい音を聞きながら、斯波はふと話を変えた。

「なんだよ」

「さっきお前、好きな女と結婚できればそれでいいって言っていたけど、それ、歩美ちゃんのことか？」

「当然だろ。あいつ以外に誰がいるっていうんだ」

「だよな。彼女、可愛いよな。ちっちゃくてさ。性格もいいし、家庭的だ。一体お前、あんないい子をどこで見つけたんだ？」

「うるさいな、どこだっていいじゃないか」

「よくねえよ。女日照りの俺からしたら、どこに狩場があるのか知っておくのは大切なことなんだぞ」

「だとしたら残念だな。その狩場はもう斯波には手の届かない場所にあるとしか言わざるを得ない」

「どういうことだよ？」

ビールで唇を湿らせてから、宮野は言った。

「歩美は僕の生徒だったんだよ。学生時代に講師のアルバイトしていた塾の」

「なんだと！　ってことはつまり、教え子に手を出したのか！」

「人聞きの悪い言い方するなよ。付き合い始めたのは、ちゃんと彼女が卒業してからだぜ」

「似たようなもんだろ、この犯罪者。罰として飲みやがれ」

宮野のコップに、縁までなみなみとビールを注ぎつつ、斯波は言った。

「……じゃあ、歩美ちゃんも愛媛の人なのか」

「ああ。しばらく遠距離だったこともあるけど、今は歩美もこっちで仕事している……って、そんなことは別にいいだろ。とにかくだ、僕はそんなあいつを幸せにしてやりたいと心から思っているんだ。そのために仕事しているようなものだし、それが叶《かな》いさえすれば、別に地位も名誉もいらない」

「そうか。なら俺はとやかく言わん。幸せにしてやればいい。しかし、羨《うらや》ましいな、歩美ちゃん、本当に可愛いからなあ」

「しつこいなあ。何を考えてるのか知らんが、お前にはやらないぞ」

「駄目か？」

「当たり前だろ！　本気か？」

「馬鹿言うな。冗談だ」

だが、冗談はその後、本気になった。

二年後、歩美は斯波《しば》の妻になった。斯波が宮野から奪い取ったのだ。

ある意味では不可抗力だった。宮野が法改正のためのプロジェクトチームに組み込まれ、長期間の出張と不在を繰り返し、彼女をほったらかしていたのがいけないのだから。

その間、歩美の相談相手となっていたのが斯波だった。最初はただの友人として。しかし徐々に距離は縮まり、やがて斯波は歩美を奪い取ることを考えるようになっていた。

そして――。

略奪は、成功した。

しかも、それだけではない。斯波は同時に、宮野を左遷にさえ追い込んでいたのだ。あのとき安酒場で告白したとおり、斯波の出世において最大の脅威は宮野だった。同期にはほかに斯波のライバルとなりそうな人間はなく、出世を確実なものとするためには、とにかく宮野を蹴落《けお》とさなければならなかった。だから斯波は、巧妙に幹部たちに宮野の問題点を吹聴《ふいちょう》した。讒言《ざんげん》したのだ。プロジェクトで不在にすることが多い宮野に言い訳の機会はほとんど与えられず、結果として斯波の思惑通り、幹部たちはいつしか、宮野を疎ましく思うようにさえなっていった。

こうして、彼が歩美と結婚するのと同時に、宮野は左遷された。

異動先は、広島の検疫事務所だった。表向き、大学時代に植物学を専攻していた宮野の専門性を生かすためという理由だったが、霞が関を中心とする出世コースから大きく外れたということは、誰の目にも明らかだった。

宮野から女を奪い、地位も奪った斯波。

だが、彼に罪悪感はなかった。

次官になるという、明確な目標があったからだ。そのためなら何でもする。あのとき宮野に宣言した言葉を、斯波は忠実に実行したに過ぎないのだ。歩美のことも、斯波には責任はない。歩美の心を変えたのは、斯波ではなく、宮野と彼女自身だったのだから。

宮野はおそらく、斯波のことを恨んでいるだろう。だが同時に、斯波はこうも思っていた。それは、俺のせいじゃない。俺の責任じゃない。すべては、宮野自身の脇の甘さのせい。言わば自業自得なのだ。歩美を妻に迎えた斯波は、さばさばと、宮野のことはすっぱりと忘れるようにした。

それから、八年が経った。

あれ以来、斯波は宮野と会っていない。会うつもりもなかった。そもそも、ずっと忘れていた。

なのに、なぜ今さら急に宮野のことを思い出したのか。

まったくわからなかった。あるいはこれが、八年越しの罪悪感というものなのだろうか。歩美が自分の元を去ってはじめて、宮野の気持ちが身に染みたとでも言うのか。今ごろ彼の恨みが理解できたとでも言うのだろうか。つまり俺は、当時の罪に対する罰を今受けているとでも、考えているのか。

そして――ふと、気づく。

そもそも、歩美はなぜ愛媛に帰ったのか。

愛媛と広島は、地理的にすぐ隣にある。つまり歩美と宮野は、瀬戸内海を挟んですぐ傍にいるのだ。八年も経っているのだから大丈夫――などと言えるだろうか？　そもそも歩美は、心変わりをして俺と結婚したんじゃないのか？　だとすれば――。

いや、待て。俺は一体何を考えているんだ。

混濁しつつある意識の中で、斯波は自らを叱咤した。なぜ俺は弱気になっているのか。歩美のことも気がかりだし、宮野のことも気にはなる。だが今の俺にはすべきことがある。それは、より高みに立つために、いい仕事をすること。それ以外にはない。すなわち、あの事件の原因を探ること、感染症によるものだと信じ、わからせること、それ以外にはないのだ。

裏を返せば、出世のためにはこの難局を何としても乗り切らなければならないのだ。そうだ、そのことだけを考えろ。妻のことも、かつての友のことも、今は、考えている暇などないのだから――。

手から、空き缶がカランと音を立てて床に落ちた。

だが、斯波がそれを拾い上げることはない。

三十を過ぎれば、昔のような無理もきかなくなる。随分と体力も、随分と衰えた。ましてやかなり酒を飲んだ。あと四時間もすれば夜が明け、またすぐ出勤しなければならない。

束の間の平穏。何も考えず、休息に専念しよう。仕事のことも、歩美のことも、宮野のことも、すべてを忘れて――。

意識を失う寸前、ふと、玄関のドアが開いて、誰かが「ただいま」と言ったような気がした。

それが幻聴なのか、それとも現実なのか。瞼を上げるべきかどうか逡巡した末、何もかもが面倒になった斯波は、結局、そのまま睡魔にすべてを委ねた。

II

1

二月中旬——。

杉沢村に始まった死亡事件は、いまだ収束することなく、むしろ拡大を続けていた。

当初、山間の小集落だけで発生していた事件は、やがて山の麓《ふもと》でも発生するようになり、規模も見る間に大きくなっていった。とりわけ、二月十日に発生した杉沢村中心部で起きた事件は、村役場を中心とした住宅地の百人以上が死亡するという、甚大な被害をもたらすものであり、これにより村は壊滅状態となってしまった。

死亡者は、確認されているだけでもすでに七百人を超えていた。未確認のものをあわせると千人を超えるのではないかとも囁《ささ》かれたが、はっきりとした数字はわからなかった。事件が起きた集落を確かめに行った警察官や、消防士、青年団や役場の人間が、そのまま帰ってこなくなり、後に彼らもまた犠牲者となるという二次災害が頻発するようになったからだ。確認行為そのものが困難となり、正確な被害状況がもはや把握できなくなっていたのである。

とはいえ、少なくとも事件が広っているという事実だけは明白だった。

やがて事件は、その中心である杉沢村、隣接する海沿いの南土佐村や北原町、東土佐町だけでなく、そのさらに向こうにある町村や、中核都市である佐南《さなん》市においても起こり始めた。

いきなり広範囲に飛び火こそしないものの、静かな水面に垂らした一滴の赤いインクがゆっくりと周囲に赤く拡散していくように、不気味に、しかし確実に、周囲の土地を、じわり、じわりと侵蝕《しんしょく》していくように見える事件——。

もちろん、政府もこの状況をただ手をこまねいて見ていたわけではない。

二月初めに、金平官房長官を本部長とする「杉沢村多発事件対策本部」を立ち上げると、連日、高知県警をはじめとする四国の各県警や自衛隊を動員するとともに、原因究明のための調査官や医師を派遣し、これらの事件に精力的に当たっていた。

しかし、事件の捜査や避難指示に当たっていた警察官、あるいは調査官の多くが二次災害に遭い、行方不明ないし死亡する事案が頻発するにつれ、そういった業務に従事しようとする者も減っていった。結局のところ、事件の原因究明は二の次となり、とりあえず住民を安全な場所に避難させるだけで手一杯というありさまであった。

日本国民の耳目は、今や、寂れ行く一僻村《へきそん》にすぎなかった杉沢村に注がれていた。

彼らは口々に疑問を問うた。

この事件は一体、何なのか。

死亡原因は一体、何なのか。

事件の広がりを抑えることはできるのか。

だが、いつまでもこれらの疑問に答えが与えられないまま、不安は渦を巻いて沸き上がり、それらがやがて不満と批判となって、対策本部へと寄せられた。とはいえ記者会見において金平官房長官が述べるのは「ただ今、全力で原因究明と救護に当たっている」という言葉のみ。事実上「何もわからない」と言っているのと同じ答弁に満足する人間は、当然のことながら、どこにもいなかった。

——もっとも。

実のところほとんどの人々は、事件の正体がいかなるものか、すでに薄々感づいていた。

頻発するこれらの事件。それは——何者かが起こしているテロリズムではないのか。

もちろん、はっきりとした死亡原因がわからない以上、何をテロの道具として使っているのかはわからない。テロを起こしているのが何者で、何を目的にしてテロを実行しているのかもわからない。それを知ろうと、連日多くの人間が血眼《ちまなこ》でインターネットを監視したが、犯行声明さえ流れない。だから、使用されているのがどうやら何らかの毒物であるらしいことや、それにより人間を含む動物が影響を受けていることのほかは、犯人も、具体的な毒物の化学組成さえわからないという状態が続いたのだった。

ただ、そんな「誰かが仕掛けたテロらしい」といった程度のあやふやな事実認識であっても、「一切何もわからない」と言われるよりは、相対的に安心できる。人々はやがて、これがテロであること、しかも無差別のものであるということを疑わなくなり、これに呼応するように、マスコミもまた、連日この事件を「大規模テロ」と断じ、報道を繰り返すようになっていたのである。

とはいえそのトーンは、まだどこかしら他人事《ひとごと》だった。事件が起こっているのは、あくまでも四国の南側という限られた地域であり、それはまだ、大多数の日本人には対岸の火事のように思える場所であったからだ。

もしかすると、その危険が今すぐにでもわが身に降りかかるかもしれない。そんな具体的な危機感は、まだ、ほとんどの日本人が持ち得るはずもなかったのだ。

だが――。

すでに一部の人々は、このときすでに予感していた。

この事件群が、大多数の日本人の期待を裏切り、それとは真逆の、最悪の方向へと進んでいくのだということを。

＊

杉沢村との村境、両脇を畑に挟まれた農道が、蘆高正司《あしたかまさし》巡査長たち二人の持ち場だった。

真冬の最中、嘘のように現れたうららかで暖かい日――帽子を脱ぎ、頭頂部を撫《な》でると、まばらな髪の毛が汗で湿っていた。慎重に帽子をかぶり直すと蘆高は、無意識に警棒を強く握りしめた。

——この仕事を始めて二十年になる。

高校を卒業すると、高知県で警察官として勤務を始めた。出世にはあまり縁がなく、主に交番を中心として、県内のいろんな場所で「おまわりさん」として勤務してきた。広島育ちの彼だったが、四国の水は悪くなかった。わざわざ瀬戸内海を渡ったのは、実はそこしか試験に合格できなかったからだが、結果としてはいい選択だったと、彼は考えていた。

なにしろ、勤務地はどこも長閑《のどか》な田舎ばかりだった。

主たる産業は農業か林業、沿岸部であれば漁業という土地柄だ。経済はどん底だが、特に大きな事件が起こることもなく、酔っぱらって喧嘩《けんか》をする村人の仲裁や、スズメバチの巣の駆除、年に数回ある祭りの交通整理といった、住民の日常に寄り添うことが、蘆高巡査長の主な仕事だといえた。だから——。

率直に言って、戸惑っていた。

青空に棚引《たなび》く筋雲。野ざらしの畑。農道のひび割れたアスファルト。路肩で干涸《ひから》びる雑草。どこからどう見ても農村の風景なのだが、その中央には、それとはまるで似つかわしくない黄色のバリケードが横たわり、道を塞《ふさ》いでいる。

物々しいバリケードが意味するものは、つまり、立入禁止。ここから先、杉沢村全域を危険区域として、何人の侵入をも禁ずるということ。

今さらあえて立ち入ろうとする者などいるとは思えない。だが、それでも入ろうとする自殺願望に満ちた者がいないとも限らないし、もしかすると犯人自身が姿を見せるかもしれない。だとすれば、これもまた大事な警察の役目であることには変わらないのだ。

「……なあ、蘆高よ」

道の向かいに立つもうひとりの警察官が、溜息《ためいき》まじりに言った。

「今朝もまた四か所で、例のテロが起きたらしいな」

二十歳以上年上の先輩警察官。蘆高とは異なり、いまだ髪が豊かなその先輩警察官は、蘆高がまだ新入りだったころから何かと面倒を見てくれた、まもなく定年を迎える巡査部長である。

蘆高は「ええ」と頷くと、姿勢を正した。

「テレビでやってましたね。詳しい状況はよくわかりませんでしたけど、また五十人近く死んだとか」

近頃は毎日、事件の被害が報道されている。

当初は、十人を超える死者が出ていることに恐怖していた蘆高だったが、今では指数関数的に増えていく犠牲者の数にも慣れてしまい、「五十人ほどが一度に死ぬ」という異常事態に対してさえ、大して驚かなくなっていた。

「現場に行けんから、推定らしいがな」

「署にも応援要請があったみたいですね」

「ああ。けど無理やろ。わしらもわしらで手一杯やしな」

「そうですね」

　とにかく、多くの人手が必要とされていた。だが殉職者も多数出ていたし、逃げ出すように退職する者もあり、慢性的な人手不足でもあった。結果として、今はほとんどの警察官が休みを返上し、出番、非番の関係なく仕事に就いている。

「本当は、助けに行ってやりたいんやけどなあ……」

　杉沢村の方角に目を細めた先輩警察官につられ、蘆高もまた、無言で北を向く。長閑《のどか》な農道が、まっすぐ続いている。この道をずっと十キロメートルほど進んでいけば、杉沢村の中心街――とは言っても、役場と、学校と、商店がいくつか並んでいるだけの寂れた田舎町に到達する。

　ほんのひと月前まではそれなりの人の往来と生活があり、今は廃墟と化した町が。

「……蘆高、お前どこの生まれやったっけ」

　冬晴れの日光に手をかざしながら、先輩警察官は言った。

「大竹市です。広島の西の方ですね」

「ばりばりの安芸《あき》か。その割にはあんまり訛《なま》らんな」

「あんま使わんようにしてるんですよ」

「なんで」

「怖がられるから」

「ははは。確かに、『……じゃけえ』は迫力あるな。ヤクザのイメージや」

「先輩だって、関西弁じゃないですか。土佐の人っぽくないですよ」

「しゃーないやろ、親が元々関西の人間なんやから。親の背を見て子は育つ」

くくく、と笑うと、先輩警察官はふと真顔になった。

「なあ、蘆高……今朝のテロ、どこで起きたか知ってるか」

「いいえ？　そういえばニュースでもやってなかったですよね」

報道規制が掛かっているのか、最近では事件の概要から「どこで」という大切な情報が差し引かれていることが多い。

「ああ、下手に言ったらパニックになるからな。でも気になって、本庁の知り合いに問い合わせてみたんや。何か知らんかって。ほんだらな……こっそり教えてくれたわ。場所」

「どこなんです」

「阿南町や」

「阿南町？」

蘆高は驚いた。阿南町は、佐南市のさらに東側の町だ。いつの間にか、テロはあんなところにまで飛び火しているのだ。だが――。

「確かあそこ、先輩のご両親が住んでいるところじゃなかったですか」

「ああ、そうや。わしのおとんとおかんが阿南町に住んどる。だから心配やで。弟夫婦も同居しとるから、万が一ってことはないと思うとるが……」

それでもやっぱり、気がかりやな――先輩警察官は空を見上げて呟《つぶや》いた。

「阿南町《あそこ》でも事件がひっきりなしに起こるようになったら、さすがに引っ越しさせなあかんかもな」

「そうですね、俺もそのほうがいいと思います」

「しっかし……なんでこないなことになったんやろか」

先輩警察官が、訝《いぶか》しげな口調で呟いた、その瞬間――。

蘆高の頬を、不意に突風が撫でた。

比較的暖かな日とはいっても、冬は冬だ。首筋から忍び込む寒風に、制服の襟を掻《か》き合わせつつ、蘆高は言った。

「テロの犯人、捕まりませんね」

「せやな。沽券《こけん》にかかわるから、本庁も署もしゃにむになって探しとるが……」

「手掛かりがまったくないらしいですね。あちこちで事件を起こしてるのに」

「足跡ひとつ、毛の一本も見つからんそうや。何の痕跡《こんせき》も残さへん、それでいて毎日のようにテロを起こす。まさしく神出鬼没やで」

「忍者の仕業だったりして」

「阿呆ぬかせ……と言いたいところやが、あるいはほんまにそうかもわからんな。……

知っとるか、忍者の祖先は修験者で、昔はこの四国で修行してたらしいで。それが八十八か所巡礼の起源にもなっとるんやとか」

「へえー」

くくっ、とまた喉《のど》で笑うと、先輩警察官はふと思い出したように言った。

「ゆうても、今さらやけど……テロいうのも、なんかおかしいような気もするな」

「おかしいって、どういうことです？」

「考えてみいや、蘆高。こんだけたくさんのテロ起こしてるのに、どうして手掛かりのひとつもないんや」

「そりゃ先輩、それだけテロリストが狡猾《こうかつ》だってことじゃないんですか」

「どんだけ狡猾でも、人間のすることやぞ。何かしら残るやろ。それがたとえ忍者やったとしても」

「まあ、そうですよねえ」

「なのに、何も残らへん。見つからへん。だからこそおかしい思わんか。こいつはえらい矛盾しとるんやないかって」

「うーん、確かに……」

首を捻《ひね》る蘆高に、先輩警察官はなおも言った。

「わし、思うんやけどな。もしかしてこれ、テロやないんちゃうかな」

「テロじゃない。まさか」

先輩警察官の意見を、蘆高は笑い飛ばそうとして、すぐに思い直す。

本庁は、これをテロを前提としてさまざまな内部通達を発している。マスコミも、決してはっきりとは言わないものの、それを当然の前提であるかのように報道している。ということは、やはりこれは無差別テロなのだと、蘆高は——いや、国民は、素直に受け止めている。

だが、よく考えてみれば、大ボスである政府の対策本部が、いまだ頑《かたく》なに「テロ」という言葉を使わずにいるのもまた事実だ。もちろんそれは、いまだテロリストの姿も捉《とら》えられず、また彼らの目的も明らかではないからだろうし、犯行声明なり、一味が捕まるなり、動きを摑んではじめてこれをテロだと明言するつもりなのだろう。

だが、現実にはそういった動きはいつまでもないのだ。

だとすれば、これはテロではないという可能性もまた、依然として残るのではないか。

先輩警察官は、ゆっくりと腕を組むと、遠目に見える山を顎《あご》で指した。

「……なあ、ここ、めちゃくちゃ田舎やろ?」

「そうですね」

「せやけど、昭和四十年代くらいまでは、ここ、ずいぶん栄えとったんやで」

「ああ、聞いたことあります。高度経済成長期ってやつですね」

「せや。三種の神器とか三Cとか言ってな。この辺の生活はあんまり変わらんかったけど、都会に住む連中がみんないい木で家をたくさん建てたんや。木造家屋いうたら、材木は杉やろ。この辺りは杉の宝庫や。特に杉沢村の杉は上質で、そらいい値で売れたそうや。それ目当てに人もどんどん集まってきよった。実際、めっちゃ潤ったらしいで。わしが子供のころは、杉成金もまだあちこちにおったな。もちろん、単に木を切って売ってただけやないで。子々孫々まで山の恩恵があるように、植林も同時にやった。おかげで見てみい、どの山も、どこぞの国みたいなはげ山じゃなく、青々としとるやろ」

「昔の人には、先見の明があったんですね」

「まあ、あったというか、なかったというか……」

寂しそうに、先輩警察官は首を横に振った。

「今の家、もう木で建てたりはせえへんやろ。コストはかかる、冬は寒い、おまけに火に弱い。気がついたらツーバイフォーと鉄筋コンクリートに取って代わられて、需要がなくなっていたんや。それからはずうっとジリ貧や。どんだけいい木があったところで、使う人間がおらんのじゃあただの山やからな。ほかに使い道もないし、杉以外に売るもんもない。結局、仕事がなくなり、金がなくなり、人もいなくなった。今じゃごらんのとおり寂れた限界集落ばかりや」

「木の建物、俺は好きですけどねえ……でも先輩、なんで突然そんな話を」

「つまりやな、ここは今、二束三文の杉ばかりで、大した価値なんかない土地やいうことや。したらやぞ、誰か知らんがテロリストとやら、なんでこんな土地でテロを起こすんや」

「……ああ」

ようやく、蘆高は先輩警察官の言わんとしていることに気づく。

どうしてテロリストたちは、わざわざこんな僻地《へきち》でテロを起こしたのか。

「テロっちゅうもんは、人がたくさんいる場所で起こすもんやろ。人がたくさんいるからこそ、何かがあれば注目される。注目されるからテロの意味がある。ほとんど人もおらん、いてもジジババばかりの土地でテロを起こしたところで、あんまり意味はないわけや。いや、もちろん数人でも死ねば、問題にはなるやろけどな。ただ費用対効果いうことを考えたら、こんな寂れた村じゃなくて、でかい佐南市やとか、大阪とか東京で起こしたほうが、よっぽど効果があるやろ？」

「確かに。でも先輩、都市部だといろいろと警備が厳しいじゃないですか。それを避けるために、人もおらんこの辺りでテロを起こしたとは考えられませんかね」

「そうかもしれんな。でも、せやったら逆に、この期に及んでもなお杉沢村周辺でテロを起こす意味がなくなるやろ。確かに最初は杉沢村には誰もおらんかった。でも今は、四国中の警察官が総出で対応に当たってるんやで？　こうなると、テロリストサイドも、警備が手薄な別の田舎、たとえば九州あたりに行くほうが楽ちゅうことになるやろ」

「うーん、そうですね。ということは……」

先輩警察官の言うとおり、これはテロではないのだろうか。

だが、だとすると――この事件は一体、何なのか。

「……ん？」

ふと、先輩警察官がバリケードの向こうに視線をやった。

目を細め、不審げに道路の向こうを凝視する。

「どうしたんですか、先輩」

「蘆高。ちょっと見てみい。あれ……何か、変やないか？」

「……変？」

「わからんか？　向こう側が、何かおかしい」

「…………」

口を噤《つぐ》み、耳を澄ましてはじめて、蘆高は気づく。

風がない。雑草や遠くの木々の葉擦れの音もない。まったくの静寂。それを意識した瞬間から、蘆高の蝸牛《かぎゅう》はきーんと耳障りな無音を感じ取っていた。

「……何か、あるんかな」

呟く先輩警察官の、視線の先。

蘆高もまた、そこに何かの存在を感じ取る。

それは霧か。靄《もや》か。あるいは――。

顔を顰《しか》める蘆高の横で、やにわに先輩警察官は警棒を握り直すと、バリケードを跨《また》いだ。

「先輩、どこへ？」

「すぐそこや。様子を見てくる」

「だめですよ、そこは俺らも立入禁止じゃないですか！」

「ほんのちょっとや。心配いらん。すぐ戻る」

ズボンの裾《すそ》を払うと、先輩警察官は道を進んだ。

ゆっくりと一歩、中腰で周囲を警戒するように窺《うかが》いながら、また一歩。

そして、五十メートルほど進んだところで――。

「あ……？」

不意に彼は、そんな短い一言を発すると――。

ぱたり、と倒れた。まるで操り人形の糸が切れたように、

「せっ、先輩？」

蘆高は身を乗り出した。一体、何が起こった？

向こうには、アスファルトにうつ伏せになった先輩警察官の姿が見える。彼の身体はぴくりとも動かない。

とにかく、助けなきゃ。蘆高は、先輩警察官のもとに駆け寄ろうと、急いでバリケードに足を掛ける。だが――。

蘆高の身体は、彼はそれ以上動けなかった。

意に反し、彼はそれ以上動けなかった。

というより、彼の身体が、その行動を頑なに拒否した。

先輩警察官が倒れている場所。その周辺から感じられる、ただならぬ気配。

言わば、それは――死の気配。

――行かない方がいい。行くべきではない。行ってはならない。行くな。

蘆高の本能が、鋭く察知し、そう明確に告げていたのだ。

行ってはならない、むしろ一刻も早く、ここから逃げなければならない。

さもなくば――死ぬ。

しかし一方で、彼は先輩警察官を救出しなければという良心とも葛藤《かっとう》していた。先輩は瀕死だが、まだ息がある。なぜ助けないのか。自分が警察官になってからというもの、ずうっとまるで親兄弟同然に面倒を見てくれた人を、このまま放っておいていいのか。

つい今しがたまで会話をしていた相手を、このまま見捨てていいのか。

それは、ほんの数秒の逡巡《しゅんじゅん》。

だが結局――蘆高は本能にしたがった。

ごめんなさいと呟《つぶや》き踵《きびす》を返した彼は、もはや振り向くことなく、全速力で道を駆けた。

しかし――。

逡巡したことが、すでに蘆高にとって命取りになっていた。

走りながら、蘆高は感じていた。

悪寒。吐き気。耳鳴り。呼吸困難。麻痺《まひ》。痙攣《けいれん》。混濁。朦朧《もうろう》。そして――暗転。

ぱたり、と彼は倒れた。

ぐわん、という音。額の前の黒い壁。体の中から熱い湯が絞り出されるような感覚とともに、視界が赤く染まるのを見てはじめて、彼は、自分がしたたかに額をアスファルトに打ちつけたのだと知る。

だがすでに、それらはすべて別世界の出来事であるかのようだった。

まったく、痛みはなかった。

まったく、辛《つら》さもなかった。

ただ、どす黒い闇に包まれながら——彼は、心の中で呟いた。

ああこれが、死ぬことなのかな。

初めての体験だけれど、苦しみがなくてよかった——。

それを最後に、まるで蠟燭《ろうそく》の炎が吹き消されるように、蘆高の意識もかき消えた。

2

合同庁舎の屋上に出るとすぐ、ばりばりと耳を覆いたくなるほどの爆音が轟《とどろ》いてきた。靄に霞《かす》む瀬戸内海を望むヘリポート。猛烈な風と冷たい雨粒が、真横から叩《たた》きつけてくる。それに逆らいつつ宮野は、二人の部下とともに、作業服の裾を搔《か》きあわせながら前に足を進めた。膝《ひざ》から下では、びしょ濡《ぬ》れになったスラックスがばたばたと音を立てて暴れている。

宮野は、頭上のヘリに向かい、大きく手を振った。

「こっちだ！　こっち！」

灰色の雨雲をバックに、二十メートルほど上を浮遊する迷彩ヘリ――テールには赤い日の丸が描かれている――は、ゆっくりと南に向きを変えてから、宮野の目の前にあるHのマークの上に、正確に下りてきた。

額に手を翳《かざ》し飛沫《しぶき》を遮りながら、宮野は、プロペラの回転が緩んだのを見定めるや、ヘリへと駆け寄り、叫ぶ。

「被災者は？」

ヘリの後部ドアが開いて、そこから物々しい迷彩服に身を包んだ屈強な男がひとり、素早く降りた。

「後ろで担架に乗せています。あなた医者ですか？」

声の感じからすると、まだ若そうだ。だが彼の表情はわからない。ゴーグルとガスマスクで顔の全面を隠しているからだ。

その昆虫を連想させる顔面に、宮野は答えた。

「いや、俺は医者じゃない。だがもうすぐ来る。被災者のデータは？」

「女性です。五十二歳、血液型はA。移乗ベッドは」

「ここに」

宮野は背後にいるはずの二人の部下たちを指差した。だが、彼らはすでにそこにはおらず、早くもローラーのついたベッドをヘリの横につけ、他の自衛隊員とともに後部座席から担架を移しているところだった。

「応急処置はしました。ですがまだ脈も呼吸も安定せず、意識も混濁しています。容態は一刻を争います。すぐ適切な医療を」

——適切な医療。

簡単に言ってくれるが、うちは病院じゃない、ただの検疫事務所なのだ。

思わずそう怒鳴りたくなる欲求を、宮野は無理矢理嚥下《えんげ》すると、宮野は頷いた。

「わかった。任せておけ」

仕方がないのだ。今は、使える場所がここしかないのだから。

「よろしくお願いします」

踵を返しながらそう言うと、彼ら自衛隊員たちはものの数秒でまたヘリの中に戻っていった。

そしてすぐ、爆音とともに南に広がる海の向こうへと飛び去っていく。

見る間に雲の合間へと消えていく機影を見送る宮野に、部下たちが指示を求める。

「主任、ベッドはどこへ?」

「隔離室だ! 裏手のエレベータを使え」

「わかりました。医師の方は?」

「さっき、国立病院の鈴木先生に来てもらうよう手配した。もうすぐ来るだろうから、後は先生の指示に従え」

「了解です」

返事とともに、二人の部下たちががらがらとベッドを引いていく。

彼らの後ろ姿を見送りつつ、宮野は束の間、静けさを取り戻した屋上で、呆然としたように降りしきる冷たい雨に打たれていたが、やがて、はっと気がついたように彼らの後を追うと、一緒にエレベータの中へと消えていった。

＊

ここ一週間、広島検疫事務所はかつてない喧騒《けんそう》に包まれていた。

普段は静かな事務室。今はひっきりなしに電話が鳴り、職員たちが総出で、休む暇もなくあちこちを駆け回っている。

主任検疫官である宮野もまた、残業はおろか休日出勤をもいとわず、ひたすら目の前の仕事をこなしていた。

本来、検疫事務所は大きく二つの業務を行う役所だ。

ひとつは、輸入食品に国内では認められていない添加物や、害になるような化学物質等が混入していないかを確認するという輸入食品の監視業務。もうひとつは、海外で流行している感染症が国内に持ち込まれないよう、水際でそれを防疫する、検疫業務である。

日頃人々はあまり気にすることもないが、日本は常にさまざまな病気の脅威にさらされている。エボラ出血熱、ラッサ熱、ペスト、新型インフルエンザ、コレラ、デング熱、マラリア、鳥インフルエンザ、狂犬病——これらの致死率や感染力の高い感染症が国内に入ると、少なからぬ被害を生じ、ともすれば感染爆発、いわゆるパンデミックを引き起こす可能性も出てくる。これを防ぐため、検疫事務所では日々空港や港を通過する人間や貨物に目を光らせているのだ。

だが今、宮野たち検疫事務所の職員が対応しているのは、これらとはまったく別の仕事——高知で発生している大事件の対応業務だった。

先月、高知県杉沢村で突然発生した、一斉死事件。

あの事件を皮切りに、同様の事件が高知県杉沢村を中心に大量に発生し、今や発生場所においても犠牲者の数においても、尋常ではない広がりを見せている。事実、テレビをつけるたび、この事件に新たな動きがあったことが報じられていたが、その新たな箇所とは大抵、被災地が増えたか、死亡者が増えたかのどちらかだった。

長引く事件に、特に四国において人々は混乱し始めていて、流通や交通など、さまざまな場所でも機能不全が起こっていた。

とりわけ深刻なのは、病院の不足だった。

あまり報道されることもなく目立たないが、被害者の死亡率は実は百パーセントではなく、数パーセント程度の生存者がいた。とはいえ彼らの症状は大抵において深刻で、ほとんどの場合心肺停止寸前、よくて意識不明という、死亡一歩手前の状態だったのだが、それでも、生存者は生存者だ。

当然、彼らは病院へと運ばれていく。問題はそういった病院において、これらの患者の搬入を拒絶するケースが増えてきているということだった。

理由は、患者を搬入した先で、なぜか当該病院の医師や看護師もまた、彼らと同様の体調不良を訴えるという二次災害のケースがみられたからだった。病院側としてはもちろん患者は助けたい。だがそのせいで医師や看護師が二次災害の犠牲になることも避けたいし、なによりも他の外来、入院患者に対する悪影響が少なくないと考えた。こうして、多くの病院が、被害者を受け入れなくなってしまったのだ。

もちろん、そういった二次災害を厭《いと》わず、患者を受け入れる病院も幾つかあった。しかし、それらの病院のベッドは瞬《また》く間に満杯になった。事件の広がりとともに、被災者が次から次へと運ばれてきたからだ。

現時点において、すでに高知県内の病院はどこも一杯だった。同じ四国内の香川、愛媛、徳島、また瀬戸内海を挟んだ山陽地方の各地でも、多くの病院が受け入れを表明したが、ベッドは次々と埋まっていった。同時に発生した二次災害によって、深刻な医師、看護師不足という事態も生まれ始めていた。

このような状況を受け、政府の対策本部はある指示を出した。

その指示とは――国立病院をはじめとする関係省庁の各支分部局及び関係機関は、すべて、可能な限り患者を受け入れることを始めとして、救助、支援、援助等これらの事態に積極的に対応するための活動を行うこと。

その関係機関の中にはもちろん、検疫事務所も入っていた。

特に検疫事務所は検疫を実施する役所であり、建物の中には、感染のおそれのある患者の隔離場所があるほか、必要最低限ではあるが消毒、医療設備も整っており、患者を受け入れることも不可能ではない。

かくして、この指示以後、宮野の勤め先である広島の検疫事務所もまた、被災者の収容、救急医療のために、奔走を続けていたのである。

＊

「宮野主任！　鈴木先生がいらっしゃいました」

部下のひとりが、事務室に飛び込んでくる。

電話対応をしていた宮野は、その相手に少々お待ちくださいと言うと、受話器を左手で覆って答えた。

「ありがとう、すぐ二階にご案内を。患者は隔離室Aにいる」

「了解です。宮野主任はどうされます？」

「すぐ行く。これが終わったら」

宮野は、受話器を少し上に掲げた。

「わかりました」

察しのいい部下は、すぐに飛び込んできたのと同じ機敏さで出て行った。彼は三十手前、中堅の事務職員だ。寝袋で職場に寝泊りしていて、もう一週間以上、家に帰っていないはずだ。いい加減、一日だけでも休んでもらいたいとは思うが、一方で彼の献身的な働きが今の検疫事務所にとって欠かせないのも事実だ。

上司として彼に申し訳なく思いつつ、宮野は再び電話に出た。

『何分待たせるんだ！　馬鹿野郎！』

宮野の鼓膜を、罵声《ばせい》が貫いた。

「申し訳ありませんでした」

『申し訳ないじゃないだろう！　その数分でも俺の電話代が掛かってるんだぞ、お前、国民を何だと思っているんだ？』

怒りをぐっと堪《こら》えつつ、宮野はただ謝罪を続けた。

「すみませんでした。気をつけます」

『たるんでる。普段からきちんと仕事もしていないからそうなるんだ！　いいか、俺はお前らに税金を払ってるんだぞ。それで食べている公僕としての自覚に欠けているんじゃないか？』

俺の税金で食べている、だと？　俺は、あんたから給料を貰《もら》っているわけじゃないぞ。ふと、そんな反論が頭を過《よ》ぎるが、もちろん言わなかった。何を言おうとも言い訳にしか聞こえないだろうし、たとえ言ったところで、男を激怒させるだけだからだ。

仕方なく宮野は、耳を覆いたくなるようなその男のクレームに、ただ従容《しょうよう》と耳を傾けた。クレームといっても、大した内容ではない。役所の対応が遅いだの、テロリストごときまだ捕まえられないのかだの、お前らは税金泥棒だなどの、つまりは暴言だ。そんな暴言をわざわざ役所に電話を掛けてまで吐く目的が、端的に言えば単なる欲求不満の解消にしか過ぎないことを、宮野はよく知っていた。要するにこの男は、体よくストレスを発散したいだけなのだ。そんなものに付き合うのも苦痛だが、一方で彼らには「国民の声」や「納税者」といった魔法の言葉が幾つもある。それらを盾にされたら、公務員としては対応しないわけにはいかないのだ。そしてそれがよくわかっているからこそ、彼らは数時間を掛けて、猛烈なストレス発散を職員に向かって滔々《とうとう》と行うのである。そんな迷惑千万な電話も、最近ではやたらと頻繁に掛かるようになっていた。

電話の主の、反論を許さない一方的な——その男に言わせれば、一国民として当然の権利を行使するにふさわしい、毅然《きぜん》とした——クレームを承《うけたまわ》り、そのひとつひとつに不毛な相槌《あいづち》を打ちながら、頭の片隅で、宮野は考えていた。

一体、俺たちは何と戦っているのか。

その相手が、今この電話を掛けてきている男ではないということは明らかだ。彼は迷惑なクレーマーだが、一方では未知の出来事に怯《おび》えているだけの男でもあり、その意味では被害者でもある。

俺たちが戦っているのはもちろん、今、瀬戸内海の向こうで起こっている、あの不可解な大事件そのものだ。

日々、多くの人々が命を落としている大事件――その原因はなお不明なままである。

マスコミは明らかに、これが大規模無差別テロであるというトーンで報じていた。だからニュースの端々で「事件」「犯人」「テロリスト」「毒物」という言葉を頻々と使っていたし、もう少し低級なワイドショーでは「怪しげなターバンを巻いた人影が目撃された」「薬品のビンの破片と思《おぼ》しき不審物を大量に発見」「インターネット上に犯行声明らしき映像がアップロード」などといった、テロを前提とした、煽情《せんじょう》的で、しかしまことしやかな台詞《せりふ》が並べ立てられてもいた。

警察や自衛隊も、公言こそしないものの、これがテロであるという確信のもとに、捜査、警備に当たっているのは明らかだった。何としても原因を明らかにして――つまりテロの犯人を逮捕して、事件を収束へと導きたいという思惑は、町を慌ただしく駆け抜ける警察官の所作にも、テレビの向こうで記者会見を行う幹部たちの表情にも、焦りの色としてよく表れていた。

こうした雰囲気からか、宮野の親、友人、同僚、知人――彼らもまた、これがテロなのだというふうに考えているようだった。だが――。

宮野は違った。彼は、それとは異なる意見を持っていた。つまり——。

「宮野主任っ！」

また、さっきの部下が泡を食ったように戻ってきた。

「たっ、大変です！　宮野主任」

再び受話器の通話口を手で塞《ふさ》ぐ。今度は、クレーマーに断りは入れなかった。どうせこいつは一方的にまくし立ててるだけだ。数十秒離脱したところで、ばれやしない。

「今度はどうした」

膝《ひざ》に手を突くと、荒い息の合間、部下は喘《あえ》ぐように言った。

「す、鈴木先生がっ、はあ、はあ、たっ、倒れられて」

「なんだと！」

恐れていたことが起きた。戦慄《せんりつ》しつつも、宮野は大きな深呼吸をひとつ挟むと、努めて冷静さを保ちつつ、部下に訊《き》いた。

「それで、鈴木先生はどちらに？」

「い、今はとりあえず、応接室で、横に」

「ご様子は？」

「意識が、はあ、朦朧《もうろう》とされていて、嘔吐《おうと》も」

「応急処置はしたか？」

「そ、それが、はあ、点滴を打てる人がいなくて、そのままで」

「そりゃまずい。いいか、仮設の医務室に点滴のキットがあるから、それを持ってすぐに巡回している田原さんを捕まえろ！」

「そうだ。彼女は看護師の資格持ちだ。すぐ鈴木先生へ点滴を打ってもらえ！」

「田原さん……」

「りょ、了解しました」

部下は小さく頷くと、まだふらつく足で事務室から出て行った。

その後ろ姿が廊下の向こうへと消えていくのを確かめてから、宮野はみたび、クレーマーと向き合った。

彼はなおも、聞くに堪えない、もはや日本語とすら思えないどこか遠い国の言葉のような醜悪な音声を、飽きることなく喚《わめ》き続けていた。

こめかみを親指と人差し指で挟むようにして揉《も》みながら、宮野は、男に聞こえないように小さく溜息《ためいき》を吐いた。

＊

これは――テロではない。
宮野がこの事件をそう考える理由はただひとつ。テロ行為と対となる悪意が、いまだ判然とはしていないからだった。この一連の事件には、犯行声明がない。目的もはっきりせず、これを類推させる情報すらほとんどない。だとすれば、現時点でこれは、少なくとも悪意がなく、したがってテロではない。

そう考えてみれば、いくら警察が躍起になって犯人を捕まえようとしたところで、いつまで経っても逮捕することができないのもまた、当然のことだと言えた。なぜなら、これはテロではないのだから。

だが——。

一方で、宮野は気づいていた。要件を少し緩めれば、これがテロなのだという結論も、実はあり得る。

どういうことか。それは、もしもテロの主体を人間に限るのでなければ、悪意のないテロを実行できる主体が、ひとつだけ存在し得る、ということである。

この、悪意なきテロリスト。

それは——自然だ。

自然はしばしば、人々に対して害をなす。地震や火山、台風といった自然現象、あるいは、毒蛇や猛獣といった自然に生息する動物たちによって。

しかし自然には悪意がない。場合によってはある生物が人を故意に攻撃する場合もあるが、それとて悪意は特にない。それは単に、突然変異と淘汰《とうた》とを繰り返す進化の結果、その生物が生き残るために獲得した形質であった、というだけのことであって、その生物がことさらの悪意を持っているわけではない。

すなわち、彼ら自然が人々を攻撃するとき、そこに悪意はないのだ。

だがそれは、人類にとっての脅威である以上、悪意なきテロそのものとなるのもまた、事実。

もっとも、それは自然自体が望んだことではない。自然は単に本質的に、あるいは結果として脅威を備えただけであって、ごく当たり前のことだが、自然という単なる現象が明確な目的意識を持つことはないのだ。

だからこそ自然の脅威は、時として思いもつかないような形質を備えることもある。

例えば――。

かつて大学で植物やきのこを研究していた宮野は、その実例としてカイナンボクという植物を、想起する。

カイナンボクは、熱帯、亜熱帯において広範囲に見られる双子葉植物で、海南島に自生することから、日本ではこのような名前がつけられているが、その仲間に、南アフリカに自生するジフブラールというものがある。

ジフブラールには、あるとても珍しい性質がある。

それは、土壌中に含まれるフッ素を固定し、モノフルオロ酢酸カリウム――酢酸カリウム中の水素のひとつがフッ素に置き換わったもの――として産出するという性質だ。

モノフルオロ酢酸は、酢酸と似た化学物質だが、動植物のエネルギー生産手段であるクエン酸回路に取り込まれると、フルオロクエン酸となって、回路の働きを阻害するという、動植物に対する強い毒性を持っているのだ。

　このため、ジフブラールが生息する環境下では他の植物が生育できず、土壌には他の植物が育たない。それどころか、それらを餌とする動物の姿もなくなり、文字通りの荒廃した土地となってしまうのだ。

　すなわちジフブラールは、周囲の環境や生物に害をなす植物だ、ということになる。

　だがもちろん、ジフブラール自身には悪意などない。

　彼らは単に、進化の一結果としてその形質――フッ素を固定しモノフルオロ酢酸カリウムとして産出する能力――を獲得しただけで、周囲に害をなそうなどとは露ほども思っていない。だが、結果としてそれは周囲に大きな影響を与え、ジフブラール以外が生育することができない土地を生んでしまったのである。

　これこそがまさに、自然が主体となって発生させている、悪意なきテロの一例だ。

　だとすれば――。

　まさに今、四国で起こっている事件も同じように、自然が無邪気に発生させたテロなのだと解釈することが、できるのではないだろうか。もちろん、その自然が起こしているテロの実像はいまだ、まるでわからないのだとしても――。

――気がつくと、電話の向こうからは、ツーツーという電子音だけが流れていた。

　クレーマーはもはや、宮野の返答すら待たず、言いたいことだけを言って一方的に電話を切ってしまったらしい。

ようやく終わった電話に、宮野はほっとする。

だが息吐く暇もなく、彼はすぐさま事務室を出て、隔離室へと急いだ。

運び込まれた被害者は、どうなっただろう？

そんな心配とともに廊下を曲がると、一番奥にある隔離室の前に、宮野の部下がいた。

「あ、宮野主任」

「待たせたな、どうなった？」

端的な質問を、宮野は投げる。だが――。

「それは……」

宮野の問い掛けに、部下はただ沈鬱《ちんうつ》な顔つきで俯《うつむ》いた。

その表情の意味はすぐに理解できた。なぜなら、分厚いガラス越しに見える隔離室の内側、そこに横たわる被害者の全身が、すでに一枚の大きな白いシーツで覆われ、ぴくりとも動くことはなかったのだから。

――だめだったか。

両肩に重く伸《の》し掛かる脱力感、そして無力感に苛《さいな》まれつつも、腹の底から気力を振り絞り、宮野は一言だけ告げた。

「残念だった」

「はい……無念です」

部下もまた、肩を震わせて言った。

「これで十人目です。また助けられませんでした……俺、やる瀬ないです。一体いつまで、こんなことが続くんでしょうか」

戦場のような職場で、彼は毎日のように、自分の本来業務ではない瀕死《ひんし》の患者を受け入れる仕事をこなし、かつその全員の死を目の当たりに接していた。

彼は、思いつめているのだ――一体、こんなことが、いつまで続くのか、と。

「………」

わからない、という答えしか、宮野は持ちあわせていなかった。

だが、それを口にしてしまえば、どうなるか。やってくる人間に、何もしてやることができないままその死を看取《みと》る毎日。一体、自分たちは何のために仕事をしているのか。そんな疑問を自分に抱いた瞬間に、心はそのまま病んでしまう。

だから宮野は、あえて何も言わず――逆に、訊《き》いた。

「鈴木先生はどうした。田原さんは捕まったか」

「は……はい。点滴を打って、今は落ち着いています。意識も清明です」

「そうか。それならよかった」

宮野は、ほっと胸を撫《な》で下ろす。

大事にならずによかった。まさか、身内からも死人を出してしまうわけにはいかないからな――。

――ビビビ、ビビビ。

不意に、胸ポケットの内側で、携帯電話が鳴る。

宮野は、慣れた動作で素早く電話に出た。

「はい、宮野です。……ああ、所長」

検疫事務所長だった。今は霞が関の本省に出張している、宮野の直属の上司だ。

所長から何点か、伝言を手短に受け取ると、宮野はすぐに電話を切った。

「……宮野主任、今の電話、所長ですか？」

「ああ」

「所長は何て？　本省はどのくらい応援を寄越《よこ》してくれるんですか」

部下の言葉に、宮野は溜息《ためいき》とともに、首を左右に振った。

「残念だが……応援は来ない」

「えっ、まさか！　嘘でしょう？」

部下が、怒りの混じった声を張り上げる。

「応援もなしですって、そんな……あの連中、一体何を考えているんですか？」

「わからん。所長自ら管理班長相手に交渉したが、まったく相手にしてもらえなかったそうだ。そっちに回せる人間はいない、とりあえず今ある人材で間にあわせろ……そう言われたそうだ。追加の予算もない」

「そ、そんな……医薬品だって不足しているのに」

「仕方ない。なんとかやり繰りするしかない」

「ふざけやがって、あいつら……現場を何だと思ってるんだ。だから本省は嫌いなんだっ！」

部下が、腹立ちまぎれに壁を蹴《け》った。

宮野もまた、物に八つ当たりしたい心情だった。だが、それをぐっと堪《こら》えると——努めて平静を装い、彼を宥《なだ》めた。

「所長も粘ってくれた。そのお陰で、今は難しいが、いずれ必ず応援を寄越すという約束は取りつけたそうだ。だから何とかなる。あと少しの辛抱だ」

そのあと少しが、どれくらいなのかはわからないが——。

「畜生……」

いまだ憤然とした表情の部下。その気持ちは、宮野にもよくわかった。これほど現場が疲弊しているというのに、なぜ本省はこうも薄情なのか。

だが、考えようによっては、これほど頭にくるのも、まだ自分たちは理不尽に怒るだけの気力があるからだ。いつ果てるともしれない大仕事だが、怒りをエネルギーに変えることができるうちは、大丈夫だ。

だから宮野は、あえて淡々と言った。

「とにかく、気持ちを切り替えろ。今は俺たちだけだが、いずれ必ず応援が来る。それまでは頑張ろう。それより……仏様をこんなところに放ったらかしにするわけにはいかない。地下に運ぶんだ。丁重に」

地下には、霊安室代わりにしている部屋がある。内圧を負圧にした倉庫だ。もっとも、あの部屋も一杯で、そろそろ新しい霊安室を作らなければならない――。

宮野の指示を受けた部下は、悔しげにしつつも、機敏に動き始めた。

その後ろ姿を、申し訳ないと思いつつ宮野が見送っていると――。

――ビビビ、ビビビ。

再び、胸ポケットの内側で、携帯電話が鳴った。

また所長だろうか。今度は何だろう。

素早く取り出す。だがディスプレイは、宮野の知らない携帯番号を表示していた。

――誰だ？

眉を寄せつつ宮野は、その電話に出る。

「はい、宮野です」

『宮野さん？……ああ、よかった、つながった』

「えっ……？」

女性の声。宮野は驚いた。しかも――。

『携帯の番号、そのままだったんですね。もし変わってたらどうしようかと思っていました』

それは聞き覚えのある、いや、忘れるはずもない、声色。すなわち、いくつもの記憶を鮮明に呼び覚ます、懐かしいイントネーション。

『あの、私のこと、覚えていますか？』

覚えていますか、だって？　覚えているに決まっているとも——女の問い掛けに、宮野はごくりと唾《つば》を飲み込んでから答える。

「ああ……歩美ちゃん、だろ」

歩美——それは、かつて宮野が愛し、今は斯波のものとなった女。

『よかった、もう忘れられたかと思っていました。お久しぶりです。歩美です。宮野さんは、お元気でしたか』

「……ああ」

相槌《あいづち》を打つと、宮野は嵩ぶりを抑えながら、答えた。

「何年ぶりかな。本当に久しぶりだな、君と話をするのは……それにしても、どうしたんだ、急に？」

『それは、あの、色々とあって』

「色々？」

『はい。色々と。それで、どうしても宮野さんに電話がしたくて』

「僕に……？」

宮野はそれきり、何も言葉を返せなくなった。

次々と湧き上がってくる、抑えがたい感情——懐かしさや、愛《いと》おしさや、哀しさが綯《な》い交ぜになった、何か——に押し潰《つぶ》されそうになっていたからだ。

だから彼は、ただ沈黙するしかない——。

ややあってから、そんな宮野に、意を決したように歩美は言った。

『あの……宮野さん』

「な……なんだ」

『実は、お願いしたいことが、あるんです』

「お願いしたい、こと？」

ごくり、と唾を飲み込んだ宮野に、歩美は言った。

『はい。あの……近々、宮野さんとお会いすることは、できませんか。私、宮野さんと、お話がしたくて』

3

好転の兆《きざ》しさえ見えない中、一同は沈鬱《ちんうつ》な雰囲気に包まれていた。

杉沢村多発事件対策本部。官房長官室で行われているその定例会議には、官房長官である金平のほか、副長官の楡と家持厚労大臣、そして警察庁の伊野塚といった、いつものメンバーが出席していた。

もちろん、田崎局長と斯波もだ。

苦々しげな表情をしつつ、楡が伊野塚を促した。

「伊野塚君！　一体現状はどうなっているんだ？　まず、わかっていることをすべて報告しろ！　簡潔かつ過不足なくだ」

詰問するような口調の楡。だが伊野塚は臆《おく》する様子を見せることなく「はっ」という短い返事とともに答えた。

「現在、死亡者は身元が判明しているだけで四千八百五人、行方不明者や身元不明者も含めた全数としては七千人近くに上るものと推定されます。また、被害を免れた重症者は二百十七人、避難等に際して軽傷を負った者が七百九人確認されています」

「発生区域は？」

「これまでの市町村に加え、阿南町、海潮《うみしお》町、高室《たかむろ》市、馬宿《うまやど》村など、高知県の約半分において被害が確認されています。また愛媛県南部の町村や、徳島県西部の村でも少数ながら報告があります」

「確実に広がっている、ということか」

「残念ながらそう言わざるを得ません。ただ、拡大傾向にはやや歯止めが掛かっています。ここ数日は大きな被害報告もありませんので」

「なるほど。地域の対象住民は、全体で何人くらいになる？」

「高知だけですと三十万人弱。隣県を含めば、三十万人を超えるかと」

「三十万人か」

低く唸《うな》りつつ、楡はなおも伊野塚に訊《き》く。

「……現地のインフラは稼働しているのか？　食糧事情はどうなっている」

伊野塚は即答する。

「今のところは、まだ大丈夫です。ただ食糧に関しては一部流通が途絶している地域も出てきています。水道も生きていますが、流言飛語の類《たぐい》が住民不安を呼んでいるため、自衛隊の給水車が一部応援に出ているとのことです。電気ガスも止まったという情報はありません」

「避難者の状況は？」

「推定ですが、住民のうち約一万人ほどが、高知から隣県あるいは本州に自主避難をしているという情報があります。主要な国道、県道に大きな渋滞はありませんが、交通量は増加しているようです」

「パニックは起こしていないか」

「今のところ、避難そのものでの混乱はありません。この点、引き続き自衛隊と協力しつつ、万全を期したいと」

「そうか。よくわかった」

腕を組みつつ、楡は頷《うなず》いた。

その二人のやりとりに、金平はいつもと同じく無言のまま耳を傾けている。

最初の会合において、対策本部を立ち上げると宣言して以降、金平は会議において対策本部長として率先して何かを指示することはほとんどなく、単に決まったことに後から承認を与えるという消極的な役割のみに徹していた。まさしく、昼行灯《あんどん》というあだ名そのものの存在感である。

「で、テロリストの足取りは」

なおも楡が、伊野塚に訊く。

「残念ながら、今はまだ……ですが、四国の四県警すべての人員を投入して、捜査をしております」

「つまり、やれることはやっていると」

「もちろんです。手掛かりは極めて少ない状況ですが、確実に輪は狭まってきていると理解しています。遠からずテロリストを逮捕したというご報告もできるかと」

「うむ、それならいい」

楡は首を何度も縦に振る。

「俺はな、日本の警察の捜査力と組織力を心から信用しているんだ。凶悪なテロリストを捕まえるには、ひとえに君たち警察だけが頼りだ。伊野塚君、現場では多くの困難や混乱もあるとは思うが、君のその指導力のもと、テロリストを捕まえることに全力を尽くしてくれたまえ」

「はっ！　もちろんです」

伊野塚が、深々と頭を下げた。

そんな二人の会話に、不意に田崎が割って入る。

「一点、発言してもよろしいですか?」

「何かね、君」

楡が、鬱陶しそうな表情で応じた。

「警察庁の対応に関し、君はとやかく言える立場ではないと思うが」

「承知しています。ただ、確認しておきたいことがあります」

「……言いたまえ」

眉《まゆ》の上に小さな縦皺《じわ》を刻みつつ、渋々といった調子の楡に、田崎は一度、テーブルを挟んだ各人の表情をぐるりと見回してから、落ちついた口調で言った。

「何らかの捜査情報が、庁外に漏れているという可能性はありませんか?」

「漏れている? どういう意味だね、田崎君」

楡は怪訝《けげん》そうに眉を顰《ひそ》めると、伊野塚が、はっとしたように口を挟んだ。

「な、何を言うんだね田崎君。まさか、わが警察機関が情報漏洩《ろうえい》を起こしているとでも言いたいのか」

「申し上げにくいですが、まさしくそのとおりです」

田崎は、表情を変えずに頷いた。

「警察庁では、これがテロだとおっしゃっています。ですがテロリストの足取りは、事件が始まって随分経ちますが、まだ確認できてはいないようです。もちろん、警察機関の捜査能力を疑うものではありませんが、だとすると、いまだテロリスト逮捕に結びつかないのは、それ以外の要因があるからではないかとも思われます」

「情報漏洩がある。だからテロリストに逃げられているとでも？」

「ええ。誰かが捜査情報を外部に、つまりテロリスト側にリークしているのです。そう考えれば、テロリストが捜査線上にあがってこないのも当然のことかと」

「馬鹿を言うんじゃない！」

どん、と伊野塚が握り拳《こぶし》をテーブルに叩《たた》きつけた。

「わが組織には、機密を漏らすものなどおらん！」

「承知しています。ですが今一度、確認をされてもよろしいのではないかと」

「必要ない！　我々が霞が関の中でももっとも情報管理が厳重な役所だということは、田崎君、君も知っているだろう？　その点、全省庁の中で情報漏洩の不祥事が多いのはどこの役所だったかね」

嫌味な口ぶりで問う伊野塚に、田崎はにこりと微笑んだ。

「……私ども、厚生労働省です」

「見たまえ。当の大臣の前でこんなことを申し上げるのもなんだが、最も足下がお留守になっている連中に、わが庁への指摘などされたくはないのだがね」

「まあまあ、落ち着け伊野塚君」

楡が、伊野塚を宥《なだ》めた。

「君たちが人一倍情報管理に気を遣っているということは、俺が一番よく知っている。もちろん、なお厳重にチェックする必要もあると思うがね」

「副長官がおっしゃるのであれば、如何様《いかよう》にも」

不承不承、引き下がる伊野塚。楡は、隣に座る金平に言った。

「いずれにせよ、テロリストが捕まらないのは、それ以上に彼らが狡猾《こうかつ》だからだと思うのですがね。長官もそうは思われませんか」

「……そう、かもしれません」

金平は、是とも非とも明確にしない、曖昧《あいまい》な口調で答えた。

それを見て、楡は言った。

「というわけだ。情報管理は信用しているが、警察ではなお万全を期すように。それより問題は厚生労働省だ。おい……家持君！」

「は、はい」

家持が、びくりと肩を震わせた。

顔色があまりよくない。事件が起きてから連日、休日を返上して行われてる委員会に朝から晩まで拘束され、体調を崩しているせいだろう。元々線の細いタイプの男だが、そのせいでますます虚弱に見える。

楡は、そんな家持に容赦なく問いを投げる。

「君のところの役所は一体、どうなっているんだ？　傷病者を収容する病院の確保はどうした。あちこちでベッド不足が生じているという声が上がっているようじゃないか」

「それは、え、ええと、はい、近隣の検疫事務所などを、臨時の収容場所にしてまして、それで急場の対応を」

「それですら足りないらしいじゃないか。医薬品の調達はどうなっている？　怪我人の治療がままならないと聞いているぞ。医師も足りているのか。地元病院との連携については日医《にちい》ともしっかり調整しているんだろうな。そもそも四国の県医師会連中の反応はどうなんだ？　避難者の援護にも手は回っているのか？　仮設住宅の手配は？」

「そ、それは、はい、そのう、ええと」

立て続けの質問に、家持は眼を白黒させつつ、絞り出すような声で答えるが、そのどれもがはっきりした答えとはなっていなかった。

楡は、苛々《いらいら》としたように言った。

「……なんだよ、君は聞かれたことにもまともに答えられないのか」

「は、はい。い、いいえ」

混乱しているのだろう、縦でも横でもない曖昧な方向に、家持は首を振る。

「部下からの報告は受けていないのか？」

「そ、それは、はい。受けてはいますが……」

縋《すが》るような、頼りない家持の視線が、田崎に送られる。

田崎は、斯波にだけ聞こえる程度の小さな溜息《ためいき》を吐きつつ、答えた。

「申し訳ありません。私たち事務方の説明が要領を得なかったせいで、大臣にご迷惑をお掛けしてしまったようです」

「やっぱりな」

楡は、呆《あき》れたように言った。

「大臣は役所の責任者だぞ？　君らがしっかりとレクしてもらわなきゃ困る」

「はい。重ねて申し訳のないことです」

「まったく、本当に君たちは頼りにならんな……官僚としてまずきちんとやるべき仕事をしたまえよ、田崎君」

嘲笑《あざわら》うように、ふんと鼻から息を吐いた楡に、田崎はにこりと笑みを作った。

「肝に銘じます」

このやり取りに、隣に座る斯波は、憤りを覚えていた。

面前でのあからさまな嘲笑《ちょうしょう》。それは、たとえ上長である政治家と、部下である官僚という関係の中にあっても、あってはならないものだ。

下を向いたまま、拳を握り締め、歯を食いしばる斯波。

そんな彼の足を、不意に、田崎がこつんと膝《ひざ》で突く。

はっとして顔を上げると、田崎が横目で斯波を見ていた。

田崎は、小声で呟《つぶや》いた。

「……耐えろ」

しかし、局長――。

そう言い返そうとした斯波の足を、田崎はまた、今度はさっきよりも強く突いて、囁《ささや》いた。

「言いたいことはわかる。だが今言うな。すぐに言うべきときは来るからな。君も、そのときにやるべきことをやりたまえ」

「…………」

そうだ。俺にはやるべきことがある。この屈辱は、言葉ではなく、行動で返せ――。

無言の斯波が、怒りをすべて呑《の》み込むと同時に、榆が「そういうわけでだ」と立ち上がった。

「諸君、特に厚生労働省の二人。君らは各々、自分の職務をしっかりと認識し、この国難に当たってくれたまえよ。今日はこれまでだ。次はまた二日後に……」

「ああ、榆さん。ちょっと、待ってもらえますか？」

不意に、誰かが榆を制止した。

「私からも質問していいですかね。なあに、すぐ終わる。だから、榆さんも伊野塚さんもそう慌てず、一旦《いったん》腰掛けなさい」

飄々《ひょうひょう》とした語り口――金平だ。

金平は、立ち上がった榆を再び着座させると、おもむろに一同に問うた。

「もう少し、私にもわかりやすく教えてください。結局、高知では今、何が起こっているのですかね？」

「テロですよ、テロ。長官」

楡が、面倒臭げに即答した。

「ずっとその前提で動いているじゃないですか。なあ伊野塚君」

「はっ。警察もその対策に万全を期しております」

伊野塚もまた素早く返答する。だが金平は、捉《とら》えどころのない口調のまま続けた。

「ですが、テロと言いつつ、その主犯は発見できていないのですよね？」

「それは……」

「したがって、誰かもいまだわからない」

「は、その、そこは鋭意捜査中でございまして、近々によいご報告もできるかと……」

歯切れの悪い伊野塚に、なおも金平は問う。

「では、テロに使われているのは、何ですか」

「使われている、というと？」

「原因物質です。国民をあれほどの危機に陥れているのに使われている武器とは、何なのでしょうか」

「それは、ええと」

「化学物質ですか？」

「……はい、致死性の神経性ガスだとは思われますが」

「具体的には?」

「それは……」

伊野塚はまたも言い淀《よど》む。

当然だ。彼には——いや、彼だけではなく、それを知る者はまだ、誰もいないのだから。

確かに、警察はすでに全力で、テロの犯人逮捕のみならず、原因の解明に向けても動いていた。原因がわかれば救える命もある。そのために多くの調査員を投入して解明に当たらせていた。

だが、いまだ結果は出ていなかった。

現地へ調査に行った者が皆、逆に自ら被害に遭って死ぬか、あるいは行方不明になってしまっていたからだ。

結局、調査員たちが次々と被害に遭うだけで、いつまで経っても原因さえ摑《つか》めないいま、いたずらに時間だけが過ぎていたのだ。もちろん、今も調査が続いているが、その規模は縮小せざるを得ず——志願する人間がいなくなってしまったのだ——原因解明のめども立ってはいなかった。

静まる場に、金平は小さな笑みを浮かべた。

「意地悪を言ってすみませんね、答えられないとわかっていて聞きました。ですが、答えられないという事実そのものが、ある意味では致命的です。何しろ、すべてが間違っているという可能性だって、あるのですから」

「…………」

そんなことはない、と言いたげに楡は顔を顰《しか》めた。だが彼が金平に反論をしないのは、金平が彼のボスである官房長官であり対策本部長であるからというだけではなく、そもそも反論できる材料に乏しいからである。

続く沈黙に、やがて金平が言った。

「どうでしょう、皆さん。何かご見解はないですか？」

その促しに、ややあってから、手を挙げる者がいた。

「官房長官、コメントをしてもよろしいでしょうか」

「どうぞ。遠慮なくおっしゃってください、局長」

それは、田崎だった。田崎は、こほんと小さな咳払《せきばら》いを前置いて言った。

「厚生労働省の担当局長として、申し上げます。というより、これは従前から度々申し上げていることではあるのですが……官房長官。これはやはり、テロではないのではないでしょうか」

「テロじゃない、ですか」

ほほう、と興味深げに金平は身を乗り出す。

そんな金平よりも前に出るように腰を浮かすと、楡が大声で怒鳴る。

「馬鹿も大概にしておけ！　君は！」

「そうだ。これがテロじゃないなど、今さらだぞ、田崎君」

伊野塚もまた、憤慨の体で言い放つ。

だが田崎は、二人の挑発めいた言葉には応じることなく、ただ淡々と金平に述べた。

「お考えいただきたいのは、官房長官、テロとはやはり、誰かが、何らかの目的を達成するための手段であるということです。にもかかわらず、これほどに被害が拡大している現状でいまだ犯行声明さえなされていないのは、いかにも不思議なことです。思うに、もしかすると我々は、何か大きな勘違いをしているのではないか？　そう我々自身を疑ってもいいのではないでしょうか」

「勘違いだと？　それこそ論外だ！」

田崎の言を遮るように、楡が大声とともに目の前で手を振った。

それに追従するように、家持が焦りながら田崎をたしなめる。

「そ、そうだぞ田崎君、分を弁《わきま》えない言動はやめたまえ。君はただの局長じゃないか。政治家を差し置いて、言っていいことと悪いことが……」

「まあまあ、いいじゃないですか、家持さん」

からからと笑いながら、金平が言った。

「どうせ議事録の残らない非公式の会議です。そもそも議論には、多面的な見方があって然るべきではありませんか」

「し、しかし……」

あたふたとする家持を無視して、金平が田崎に問う。

「要するに、田崎局長。あなたは、テロであるという見方は間違いである、勘違いであると、そうおっしゃるのですね」

「はい、長官。少なくとも、そうではない可能性を視野に入れておくべきであると考えています」

「待ちたまえよ田崎君。その、そうではない可能性っていうのは一体何なんだ。そんなものが、存在するわけなかろうが！」

目を吊《つ》り上げる伊野塚に、田崎は言った。

「それも、前々から申し上げています。これは、何らかの感染症なのではないかと」

「感染症だと？　は！　またそれか」

伊野塚は、両掌《てのひら》を上に向けると、あきれた表情を見せた。

「それはもう結論が出ている議論じゃないのか。エボラ出血熱のような高い致死率、極端に短い潜伏期間、まるで狂犬病のような人獣共通感染性……それらを兼ね備えた都合のいい感染症が、突然変異の結果、この日本において発生したなど、荒唐無稽《こうとうむけい》だとしてとっくの昔に却下したはずだ」

「確かにそうです。……ですが」

田崎は突然、強い響きを持った口調で言った。

「荒唐無稽も、確率はゼロではないのだということを、今一度省みるべきです。確かに、感染症であるという疑いを、確かにあのときの私たちは切り捨てた。だがその後、被害者たちが命とともに提供してくれたデータは何を意味しているのか？　例えば、彼らの多くが死亡する直前に、発熱や鼻づまりなどの前駆症状を呈していたという事実。例えば、この事件が、じわじわとではあるものの同心円状に、まるで何かが伝達されているかのような広がり方を見せているという事実。これらは感染症説を証明する事柄であるとは言えませんか？　だとすれば、一旦は打ち捨てたその可能性も、再び議論すべきときが来ていると、あなたも思えるのではないですか、伊野塚さん」

「む……」

田崎の意外な迫力にたじろいだのか、続く言葉に戸惑う伊野塚。

伊野塚だけではなく、皆が口を噤《つぐ》んだ。

そのとき、斯波はつい先刻の言葉を思い出していた。言いたいことはわかる。だが今言うな。すぐに言うべきときは来るからな。君も、そのときにやるべきことをやりたまえ——。

そうか、これが田崎の言った「言うべきとき」か。

「だ……だが、田崎君」

ようやく、我に返ったように、伊野塚が反論する。

「その荒唐無稽を仮に議論するとしてもだ、病原体となる細菌だかウィルスだかがわからないのでは、対策の立てようもないだろうが。それは一体何なんだ。感染症なら感染症でそれでもいいかもしれないが、そこがわからないことには話にならないだろう」

「…………」

「そうだ、病原体を特定して、持ってこい！　話はそれからだっ」

自分は何をすべきか。それは——やるべきことを、やることだ。

そう思うや、斯波は立ち上がった。

「わかりました。持ってきます」

全員の視線が、斯波に集まった。

斯波はその全員の顔を一瞥《いちべつ》すると、もう一度宣言した。

「私が、病原体を持ってきます。これが感染症であることを立証するために、私が病原体の正体を掴み、ここにお持ちします」

「…………」

半ば呆然《ぼうぜん》とする楡と伊野塚の間で、金平だけが真剣な眼差《まなざ》しを見せた。

「斯波参事官。君が病原体を持ってくるのですね。どうやって持ってくるのですか？」

「現地に行き、採取します」

「君が……行くのですか？　高知に」

「はい。我が省には医官や研究者、技官、優秀な人間がたくさんいます。私がキャップとなって彼らとチームを組み、高知に乗り込んで、人々が一体何に感染しているのか、その原因を必ず突き止めてきます」

「はあー、これはまた大きく出たな」

楡が、馬鹿にするような裏声で茶化す。

伊野塚もまた、斯波を鼻で笑うように言った。

「ふん。直接調べてくるというのか。別に構わんが、それは無謀というものだぞ。我々ですらそのせいで多くの優秀な部下を失っているんだ。ましてや君ごときにそれができるものか。いや……君が死ぬのは別に構わんが、あたら優秀な人材を無駄にしてどうする。そもそも必要な調査はすでに警察で行っているというのに」

「お言葉ですが、伊野塚長官。警察はテロという前提でしか調査をしていないものと存じています。感染症であることを前提とすれば調査の仕方も変わります。それは、あなた方警察にはできないことです」

「何っ！　貴様、我々が無能だとでも言いたいのか？」

眉《まゆ》を吊り上げる伊野塚に、斯波はなおも言う。

「そうは言っていません。ただ、我々も別のノウハウを持っているということです。もちろん、危険な場所に行くことは事実ですし、安全には最大限配慮します」

「そういうことを訊《き》いているんじゃない！」

「まあまあ」

伊野塚を制しながら、金平が頷《うなず》いた。

「いいでしょう、斯波さん。その提案を許可します」

不服そうな伊野塚を宥《なだ》めつつ、金平は言った。

「先ほど私が言ったように、多面的な物の見方は重要です。感染症説も、その正誤をこできっちりと明らかにしておこうじゃありませんか。もし感染症説が本当に説得力を持つものならば、きっと斯波さんが、何らかの証拠を持って帰ってきてくれるでしょう。できますか？　斯波さん」

「もちろんです」

斯波は、腰を九十度に折って頭を下げた。

その旋毛《つむじ》に向かって、金平は言った。

「ただし、対策本部としてのバックアップは難しいものだということを理解してください。対策本部は、事件がテロによるものだと公的には認めていませんが、一方で感染症によるものだと認めているわけでもありません。これはあくまで、厚生労働省独断、君たちの責任の範囲内で行われる調査としてください」

「承知しております」

「もちろん、役所の幹部自らが危険の中に飛び込んでいくのだということを、くれぐれも忘れないように。虎穴《こけつ》に入らずんば虎子を得ずですが、ミイラ取りがミイラになってしまわないよう、安全には万全を期すこと。いいですね？」

「ちょ、長官！」

「わかりました」

——高知行き。

この一連の事件が感染症によるものだとしても、あるいはテロによるものだとしても、極めて大きな危険が伴うことは明らかだ。だが、閉塞《へいそく》した状況を打破して、事件の尻尾《しっぽ》を摑《つか》むためには、自ら四国に乗り込んでいく以外に方法はない。

やるべきことをやる。それが、今なのだ。

そう思ったから、斯波は金平に進言し、そして、受け入れられた。

だが斯波には、実はもうひとつの目的があった。

それは——歩美。

高知行きの合間、歩美の実家がある愛媛にも寄れるかもしれない。

うまくすれば、歩美に会えるかもしれないのだ。

もし歩美と会えたなら、何をすべきか？

斯波は——すでに、決めていた。

それがほんの一時間でも、十分でも——彼女ときちんと話をしようと。

これから俺たちは、どうすべきなのか。しっかりと、それを話すのだ。

そして、伝えるのだ。

俺にとって歩美が、どんな存在なのかを。

4

愛媛の市街地。その大通り沿いにある小さな喫茶店。

しとしとと冷たい雨が降る中、小走りで店の庇《ひさし》の下までくると、宮野は静かに傘を閉じた。

先端からぽたぽたと流れる滴。二回振って傘の水を切ると、宮野は、ふう、と大きな溜息《ためいき》をわざとらしく声に出し、それから改めて大通りに面した店の外観に目を細めた。

赤い煉瓦《れんが》を模した壁面。上辺がアーチ型になった大きなガラス窓——マジックミラーになっていて、店の中までは見えない——がふたつ並び、その上に掲げられた色褪《いろあ》せた看板には、筆記体で「Parlor Kitagawa」と書かれていた。

あの頃と同じだった。商店街の古い店は、軒並み大きな商業ビルに建て替えられ、蔦《つた》の這《は》う鎧壁《よろい》を持った住居も、コインパーキングに変わってしまった今、この喫茶店だけは頑《かたく》なに、かつての面影を遺《のこ》している。

十五年前——。

宮野がまだ、愛媛の国立大学に通う大学生だった頃。

彼は、この近辺にある学習塾で、講師のアルバイトをしていた。

時給は千二百円。塾のアルバイトとしては安いほうだが、脱サラして三十年になるという温和な人柄の塾長が、半ばボランティアのように細々と続けているような塾だったから、特にノルマがあるわけでもなく、気楽だった。

歩美は、そこに通う女生徒だった。

小中学生ばかりの塾生の中で、高校生は彼女ひとり。大学受験を控え、予備校にいくほどではないけれども、一定の対策だけは取っておきたい。そんな彼女に科目を教えられるのは宮野しかおらず、必然的に彼が歩美に教えることになったのだった。

週二回、二時間のマンツーマン講義。

講義とはいっても、机を挟んで受験対策の問題を一緒に解いていくというだけのものだ。だが、和気藹々《あいあい》と雑談を交わしつつ、ひとつひとつの問題に挑み、参考書を開きつつ一緒に答えを考えていくやり方は、教える側の宮野にとっても、なんだか新鮮で楽しいものに思えた。

塾が終わった後も、「もう少し頑張りたいです」とせがむ歩美のために、宮野は彼女とふたりでこの喫茶店に来て、八時ごろまで問題を解いた。頼むのはいつも、宮野がコーヒー、歩美はオレンジジュースだった。

歩美が無事大学生になると同時に、宮野は大学院へと進んだ。

その頃になっても二人は、しばしばこの喫茶店に足を運んだ。勉強するためではなく、デートの待ち合わせのために。いつしか、二人は、恋人同士になっていたのだ。

そして——。

改めて、宮野は思う。

今もこの喫茶店は何も変わっていない。

参考書を片手に問題を解いていたあのときと、そっと手を繋《つな》いだあのときと、何ひとつ変わらず、ここに佇《たたず》んでいる。

その、変わらないということが、果たしていいことなのか、それとも悪いことなのか、宮野にはにわかには判断ができなかった。

ただ、ひとつだけ言えるのは——。

これから会おうとしている二人が、確実にあのときとは変わっているということだ。

何年振りだろう。歩美と会うのは。

いきなり別れを切り出され、困惑する宮野に、歩美はただ「ごめんなさい」とだけ言った。突然、片道切符とも言えるような異動の辞令を貰った。あるいは人伝に、歩美が斯波と結婚すると知った。あの日から、宮野と歩美は断絶した。彼女から連絡をしてくることもなかったし、宮野から連絡を取ることもなかった。取りたくもなかった。

広島に来てからの数年は荒れていた。

今にして思い返せば恥ずかしい話だが、初めは、怒りと悔しさと敗北感と慕情とが綯《な》い交ぜになったまま、ひたすら投げ遣《や》りに過ごしていた。

だが、時間が経ち、新天地の仕事にも慣れ、それなりの楽しさも見出《みいだ》し、同僚たちや地元の人たちとも馴染《なじ》んでいくにつれ、徐々に、荒《すさ》んだ感情も落ち着いた。

だから、今の宮野にとって、すべては過去のことだった。

俺と歩美は、もう他人なのだと、そう、思えていたはずだった。なのに――。

今ここにある、思い出のままに残っている喫茶店の外観。

それを見ていると、まるで自信がなくなってくる。

なぜ俺の胸中は、こんなにも騒ぐのか。

あるいは、あのときのように、あのマジックミラーの向こうの、あの席で、歩美はこちらを向いて腰掛けているのだろうか――あのときと同じ笑顔で。だとしたら――。

俺はその笑顔に、何と声を掛ければいいのだろう。

宮野は、ひどく戸惑いながらも、喫茶店の扉を引いた。

＊

歩美は、あの席にいた。

「あ、宮野さん……お久しぶりです」

宮野の姿を認め、頭を下げた歩美に、彼は「……久し振り」とややぶっきらぼうに答えた。

「ごめんなさい、わざわざ愛媛《こっち》まで来てもらって」

「ああ、いや……いいんだ。俺も久し振りに帰省したかったからね。君が地元に帰って来ているのと知って、むしろ瀬戸内海を渡るいい口実になった」

宮野は、歩美から目を背むけたまま答えた。

「そうでもなきゃ、なかなか帰る気にならなくてね」

「そうですか。……でも、今は高知があんなだし、不安だったんじゃないですか、四国に来るのは」

「愛媛は何ともないんだろ？　別に不安はないさ」

「宮野さんにそう言ってもらえると、私もちょっと安心できます」

宮野さん——か。

残念なような、あるいはほっとしたような複雑な気分で、宮野は思う。

やっぱり、あの頃とは違うんだな。正彦さんと呼ばれていたあの頃とは。

もちろん、呼び方だけじゃない。宮野はちらりと、歩美の姿を見た。かつては黒のロングだった髪は、今は肩までの茶髪だ。ラフだった服装も、年相応に淑《しと》やかな印象のものになっている。

確実に、お互いの時間は別々に流れていた——それが今、はっきりと見て取れた。

だから——。

「そうだね……斯波さん」

宮野は、彼女を今の名字で呼んだ。

しばし流れる、沈黙——。

ウエイトレスの女の子が、思い出したように注文を取りに来た。「ブレンドコーヒーを、ホットで」とだけ言うと、宮野は、窓の外になんとなく視線を向けた。

外からは、鏡のように見えるマジックミラー。だが、中からは外がまる見えだ。

「……君さ、俺が来るのは見えていたのか？」

宮野の、呟《つぶや》くような言葉に歩美は頷《うなず》いた。

「はい」

「やっぱり。ここからだとまる見えだったか」

「小走りで来られましたよね」

「時間に遅れそうだったんだよ……ああ、謝るのが先だった。十分ほど遅れてしまってすまない。言い訳だけど、フェリーが遅れてね」

「構いませんけど……何かあったんですか？」

「波が少し高かったらしい。スピードを抑えて運行したんだ」

「そうだったんですか。最近は四国から本州に行く人が多くて、混雑しているって聞きましたから、そのせいかと」

「そうだね。そう言われてみれば、フェリーターミナルもいつもよりは混んでいたような気がするな。愛媛方面《こっち》はがら空きだったけど」

フェリーだけでなく、高知の例の事件は、その規模が大きくなるにつれて、さまざまな形で人々の生活に影響していた。高知県内の役所や医療機関の大混雑がそうだし、もちろん宮野の勤務先である検疫事務所の混乱もそうだ。

だがそれも、ある意味では、まだ局地的な影響にとどまっている、といえた。日本の大部分では——高知に隣接する四国の各県でさえ——まだ、あの事件を比較的落ち着いた態度で受け止めていたのだ。

それは、何かあっても慌てないという、日本人の美徳ゆえだろうか。あるいは——。

「……いずれにしても、長いこと待たせてしまって申し訳ない」

「ううん。ゆっくりと待てたから大丈夫です。落ち着いて座れるところを待ち合わせ場所にしておいて、よかった」

「……それにしても、よく降るな、雨」

灰色の雨雲を、宮野は見上げた。

「コートを着ていても、染み入るような寒さだったよ」

そうですね、とつられるように視線を外に向けると、歩美は言った。

「ここ数日は冷たい雨ばかり。でも明日《あした》からは晴れて、気温も上がるみたいですよ」

「そうか。それなら、よかった」

自分で言っておきながら、具体的に何がいいのかは、よくわからないが。

「でも、それなら明日にすればよかったか」

「何がですか」

「ここに来るのをさ」

「だめですよ宮野さん。明日は平日じゃないですか」

「いや、最近は忙しくてね。平日も休日もないから、休むんだったらどの日でも似たようなものなのさ」

「相変わらず……忙しいんですね」

「ああ。普段はそうじゃないんだけれどね。今は、特別だ」

「あの事件の関係ですか？」

「ああ……まあ、検疫事務所も役所だからね。何かあれば忙しくなるのが定めさ。それでも給料は上がらず、まさに貧乏暇なし。役所のよくないところだな。政府は一体何をやっているんだ」

「ふふっ」

どこかのテレビで見たコメンテーターの口真似をした宮野に、歩美が微笑んだ。

「大変なんですね。お疲れさまです」

「いや、冗談じゃなく本当に大変なんだ。今も部下たちはてんてこまいだし、本当はここへも後ろ髪を引かれる思いで来たんだけどね。でも、時にはこうして息抜きをするのも大事なことだ。一泊して広島に戻れば、また頑張れる」

「なりますか？　息抜きに」

「もちろんだ。願わくば、一日だけじゃなくて、何日もいたいものだけどね。今は無理だが、事件が落ち着いたら、また来るつもりだよ。故郷なんだしね。なにしろたくさんの思い出もあって……」

——思い出。

ふと口を衝《つ》いて出た単語に、宮野は、思わず次の一言を失った。

思い出——それは、どんな思い出だったか。

言葉に閊《つか》えた宮野に、歩美もまた、曖昧《あいまい》な一言を返した。

「そうですね。たくさんありましたものね、思い出……」

そして、また——沈黙。

そのまま、どれほどの時間が経っただろうか。

いつの間にか運ばれていたコーヒー。気まずさを誤魔化《ごまか》すために、砂糖もミルクも入れないまま啜《すす》ると、あのときと同じ苦味が、あのときのように、口の中に広がった——。

「……ねえ、宮野さん？」

ふと、歩美が俯《うつむ》いたまま切り出した。

「どうした」

「私たち、どこで間違えたのかな」

「…………」

無意識にカップを置く。白い陶器のソーサーが、かつんと音を立てる。

——勘弁してくれ。

今さらそんなことを言われても、俺はどうすればいいんだ。

心を千々に乱されながらも、誤魔化すように口角を上げ、わざと歯を剝《む》き出すようなぎこちない笑顔を作ると、宮野は言った。

「間違えたか。だったら……今からでも来るかい？　俺のところへ」

それは、できないわ。

当然、そう言うだろうと思っていた。いや、そう言ってほしかった。

だが――。

数秒の後、歩美は顔を上げた。

そこには、宮野がよく知る、十五年前の微笑みがあった。

*

その、翌日。

停滞前線が太平洋上に去り、四国では一週間ぶりの晴れ間に、気温も上がったその日。

大方の希望的、楽観的な観測を裏切り、災厄は、絶望へと一気に王手を掛けてきた。

III

1

斯波が香川の厚生支局に着いたのは、予定を大幅に遅れた、夜七時だった。

役所の入口まで走って来た斯波を、中年の男が出迎えた。

大柄で、胴が長く足が短い、まるで熊のような身体だ。格闘技でもやっているのだろうか、胸板が厚く耳たぶも潰《つぶ》れている。年齢は、斯波よりも少し上くらいだろうか。男はワイシャツを肘《ひじ》まで捲《まく》った毛むくじゃらの右手を、斯波に差し出した。

「お待ちしていました。黒川晃《くろかわあきら》です」

「斯波だ。遅くなってすまない」

右手を差し出すと、男――黒川の肉厚でごつごつした掌《てのひら》が、力強く斯波の手を握り返した。

「取り急ぎ、こちらへ」

素早く踵《きびす》を返した黒川の後に、斯波も続く。

まだ新しく、綺麗《きれい》な庁舎だった。高い天井に輝くハロゲンランプはひとつおきに消されているが、エントランスには十分な明るさがある。黒川は、ホールから真っ直ぐエレベータ横の階段へと向かった。

「階段で行くのか？」

「四階ですから」

そう言うと黒川は、巨体に似合わず軽快に階段を駆け上がった。

四階くらいなら、エレベータを使うよりも階段の方が早いということだろう。荷物を詰めた鞄《かばん》を抱えながら、斯波もまたその後についていった。

はあはあと息を切らせて一段飛びに階段を上りながら、斯波は、前を行く黒川の背中に訊《き》いた。

「黒川さん、あんた厚生局の人か」

「はい」

「部局は？」

「麻取《まとり》です」

黒川は息ひとつ乱さず簡素に答えた。

なるほど、だからか。

麻薬取締部は、大麻など不法薬物の摘発を行う部署で、警察と同じような仕事をしている。黒川もそこに所属する麻薬取締官なのだろう。そう考えれば体格《がたい》がいいのも頷《うなず》ける。普段からの鍛え方が違うのだから。

軽やかに階段を上がる黒川の後を必死で追いかけているうち、四階に着いた。

「大丈夫ですか」

膝《ひざ》に手を突き、下を向いて喘《あえ》ぐ斯波を、黒川が気遣う。

「あ、ああ、平気だ」

と言いつつ息切れは収まらないが、斯波は、精いっぱいの平静を装いつつ尋ねた。

「皆は、どこにいる」

「奥の部屋です。すでにチーム全員揃っています」

チーム——斯波が金平の許可を得て迅速に組織した調査隊は、主に現地の職員や研究者からなる十三名で組織されていた。そのうちのひとりがここにいる黒川である。彼らは、すでに高松にある香川厚生支局——厚生労働省は、ここを仮の現地緊急対策本部としていた——に集合しており、調査隊のキャップである斯波の到着を待っていたのだ。

だが——。

「すまない、何時間も待たせてしまって」

正午から打ち合わせる予定が、もう夜だ。

謝る斯波に、黒川は言った。

「仕方ありません。突然でしたからね。逆に、よく来られたなと思います。大変でしたでしょう？」

ぶっきらぼうにも聞こえるが、裏表のない気遣いの言葉だ。

「ああ。長い道のりだった。だが……君たちに比べれば何てことはない」

それを好ましく思いつつ、斯波はようやく息を整えると、暗い廊下に向けて顔を上げた。

「行こう。すぐに会議だ」

＊

本来であれば、斯波は朝一番の飛行機に乗って、高松空港へと飛ぶ予定だった。

しかし、羽田空港で斯波を待っていたのは、四国行きの便がすべて、急遽《きゅうきょ》フライト禁止となったという報《しら》せだった。

天候は決して悪くはない。なのになぜ飛行機が飛ばないのか。空港の職員に訊いても、警察から指示があり、高松便はおろか、高知、松山、徳島の四国にある各空港へのフライトがすべて止められているのだとしか、説明はされなかった。

まさか高知で――いや、四国で何があったのか？。

もっとも空港のテレビニュースでは、四国に関する報道は特にない。携帯電話からネットにアクセスしても、それらしい情報は流れていない。

つまり、いつもどおり。だが――それがますます訝《いぶか》しい。警察側からの要請でフライトを止められるなど、明らかに何かが起きているのに、表面上は平静を装っているのだから。

斯波は職場に連絡を取ると、部下である女性課長補佐に情報収集を依頼した。

『わかりました、参事官。三十分だけお時間をください』

そう言って電話を切った優秀な彼女からの回答は、しかし、ものの五分で返ってきた。

「……なんだって？　本当なのか、それは」

彼女からもたらされた情報に、斯波は、思わず携帯電話を取り落としそうになった。

——四国各地で、大規模なテロが、同時に、かつ爆発的に発生しているらしい。

『本当です。参事官』

彼女は、ごく冷静に答えた。

「テロとは、つまりあの高知で起きている事件と同じものか？」

『はい。正確にはそう推定されている、ほぼ間違いないかと』

「情報元はどこだ。官邸か」

『警察庁にいる、信頼のおける私の同期です。庁内でも厳重な箝口令《かんこう》が敷かれているそうですが、非常事態なので、譴責《けんせき》覚悟でこっそりリークしてくれました。それ以外、霞が関内部で公的な情報は流れていません』

警察が情報の出所だから、テロという言葉を使ったのか。

テロだとは認めない立場の斯波には少々癪《しゃく》だが、情報源としては確実だ。

「……事件の規模は？　何か所で発生してる」

『ざっくりと、千か所以上だそうです』

「せ、千か所だって」

『ええ。細かい数字は未把握ですが』

ざっくりと、だとしても、これまでで最大、というよりまったく桁違《けたちが》いの規模だ。

「しかも、それが同時にだと。嘘だろ？」

『私も信じられません。ですが……本当のことのようです』

上ずった声。省内では普段、どんな場面でも決してクールさを崩さないことで有名な彼女から初めて聞く、焦りの声色。

『それだけじゃありません、参事官。被災者は少なくとも五十万人、うち死亡者は少なくとも三十万人程度とも推定されています』

「な……なんだと」

死亡者、三十万人。

斯波は思わず戦慄《せんりつ》した。それだけの死者を一度に出した災害など、過去に遡《さかのぼ》っても広島、長崎に落とされた原子爆弾ぐらいしか思いつかない。

まさに、未曾有《みぞう》の災害。

啞然《あぜん》とするばかりの斯波に、彼女はなおも続けた。

『発生は高知全域のみならず、愛媛、徳島にも及んでいます。四国で一斉に発生した同時テロは、まさに前代未聞の……』

「ちょ、ちょっと待て、愛媛も発生地になっているのか？」

『はい』

「……マジか」

ぐらりと揺れる上半身。斯波はすぐそばの壁に凭《もた》れると、汗ばむ額を押さえた。

愛媛には妻が——歩美がいるんだぞ。彼女は無事なのか。

言葉を失った斯波に、彼女は補足する。

『具体的にどこでどのくらいの被害があったのかまでは把握していませんが、件《くだん》の同期いわく、高知、徳島はほぼ壊滅、愛媛は南側を中心として被災しているとのことです。そう考えると、高知県杉沢村を中心として発生していた一連の事件が、今朝になって爆発的に領域を広げたと考えるのが適切なように思われます。ただ……いずれにせよ未確認の情報です。大臣官房でも今、事態把握に動き出しているようですので、詳細がわかり次第、すぐお知らせします』

「……頼む」

歩美のことは心配だが、彼女がいるのは愛媛の北部、今治《いまばり》だ。事件が起きているという南側からはだいぶ離れている。だとすれば、まだ事件に巻き込まれていない可能性のほうが高いだろう。

大丈夫だ、まだ慌てなくても——歩美は無事だ、そう信じよう。

自分にそう言い聞かせつつ、斯波はなおも訊いた。

「……しかし、それほどの事件がどうして、ニュースにならないんだ」

『現地で激しい混乱が起きているため、警察が航路、海路、陸路のすべてを封鎖し、情報統制を実施しているようです』

「情報統制か……そういえばさっき、警察内部で箝口令が敷かれていると言ったな」

『はい。とはいえこれほどの事件ですから、すでにマスコミ各社も支社を通じて薄々事態を摑《つか》み始めています。とはいえ警察もいち早く、各マスコミに対し安全保障上の理由による報道規制を要請しているようで……ニュースには流れないのはそのためでしょう』

「なるほど。しかし、ネット上にもまったく情報が流れないっていうのはどういうことだ？　今の時代、掲示板もあれば、ソーシャルネットワークだってある。現地にいる連中が何かしら書き込んでもおかしくないんじゃないか？」

『警察は、電話会社、携帯電話会社へ指示して、四国全域の電話、携帯電話、インターネットサービスをすべて止めさせたそうです』

「本当か？　ずいぶん大胆だな。だが……」

抜かりがない。これも、警察庁長官である伊野塚の指示だろうか。

「しかしそれだと、俺たちも現地と連絡が取れないってことだな」

『幸いにも、行政保有の臨時回線だけはつながっています。それを使って現地の支分部局と連絡を取り、細々と状況収集をしています。もっとも、現地は主要道路が大渋滞を起こしパニック状態に陥ってます。現地の人間でさえ、現状は把握できていないようですし、香川を除いてはそもそも連絡すらつきません』

「だろうな。もう、仕事どころじゃないんだろう」

『あるいは、警察から情報を貰《もら》うのが一番手っ取り早いのかもしれませんが、公的《オフィシャル》にはどこまで教えてくれるか……かといって、同期にも立場がありますし』

警察庁内でも厳重な箝口令が敷かれているほどの状況だ。たとえ気心が知れた同期といえども、いつまでも情報を提供してくれるとは限らない。

『もっともマスコミも、これほどの大事件ですから、いつまでも警察の指示通り隠し続けているとは思えません。明るみに出るのも、時間の問題かと』

「だろうな。だがそれでも、警察の連中はいきなり情報を開示するよりもましだと考えているんだろう。茹《ゆ》で蛙ってやつだ」

人間は適応力がある。一度にたくさんの情報を与えるとパニックを起こしてしまうが、漸次的な変化には鈍感だ。それを利用して、少しでも大惨事の衝撃を緩和しようとしているのだろう。

実のところ、過去そうやって情報を小出しにすることで国民の過剰反応を和らげた例は——国民自身がそうとは自覚していないものも含めて——数多くある。今回もきっと、同様の判断をしているのだ。そして、その多分に政治的な意味合いを含む判断は、警察ではなく、その上の対策本部において、具体的には、事実上の決定権者である榆官房副長官が、本当の決定権者である金平官房長官を差し置いて決断したのに違いない。

「あんまり副長官には好かれていないとはいえ、俺だって、一応は対策本部の人間だ。そこから流れてくる内々の情報もある。わかり次第君たちにもバックするよ」

『ありがとうございます。ところで……参事官』

彼女は、いつものクールな口調に戻って言った。

『やはり、参事官は高松に行かれるのですか。香川厚生支局は、調査隊を組織して参事官を待つと言っているようですが』

「もちろんだ」

斯波は即答した。

「四国がそんな状況であればこそ、俺が行く意味がある。警察や対策本部がどう考えているかは知らないが、少なくとも俺は、これはテロの爆発的拡大ではなく、感染爆発《パンデミック》だと考えている。何が爆発の引き金になったのかはわからないが、さっさとテロ説を捨てて感染症対策に乗り出していかないと、事態は四国だけじゃおさまらなくなるぞ。なにしろ……」

四国ではすでに三十万人が死んだのだ。もしこれが本州に上陸したら、一体何人が死ぬのだろう——。

「…………」

『……斯波参事官？』

「あ、ああ。すまない」

部下の呼び掛けに、斯波は我に返ると、力強く答えた。

「とにかくだ。今は危急存亡のときだ。調査隊のスタッフも待っていてくれるのだから、俺は行かなければならない。飛行機がだめなら電車で行く。それがだめなら船を使う。どんな手を使ってでも、俺は高松へ向かうぞ」

＊

幸いなことに、新幹線はほぼ通常通り動いていた。

情報統制のお陰だろうか、さしたる混乱もなく――もちろん、情報がなくとも不穏なものを感じ取っていたのだろう、訝《いぶか》しげな表情を見せる人々を時折見掛けたが――昼前には新神戸まで出ることができた。

だが、そこからが大変だった。

斯波の優秀な部下は、新幹線が神戸に着くまでの間に、瀬戸内海を渡るための方法を検討し、その都度情報をくれていた。

四国に渡るには、いくつかの手段があった。

ひとつは陸路によるもの。倉敷《くらしき》から瀬戸大橋を渡って坂出《さかいで》に出るルートか、神戸から淡路島を経由して鳴門《なると》海峡から徳島に入るルートのいずれかだ。もっとも後者のルートは壊滅状態にあるという徳島を経由する分だけ危険が伴うし、そもそもどちらのルートを選んだにしても、警察と自衛隊による橋の封鎖が行われているだろうから、往来は難しい。行政の人間であることが伝われば、あるいは通過できるのかもしれないが、大渋滞が発生しているという情報もあったことを踏まえれば、上陸してからの移動には確実に難儀する。陸路を選ぶというのはあまりかしこい選択であるとは言えなさそうだった。

あるいは、空路だ。一般の国内線は使えないが、ヘリで高松空港か、善通寺《ぜんつうじ》駐屯地に向かうことはできるかもしれない。そのためには自衛隊や警察の協力を仰ぐ必要があるが、ヘリや飛行機は、おそらく救助活動にフル稼働しているだろう。対策本部としてのバックアップもない以上、厚生労働省として特別の約束を取り付けるしかないが、それにはかなりの折衝と時間が必要であると思われた。

結局、海路が残った。

——新神戸からタクシーで神戸港まで出ると、フェリーターミナルは騒然としていた。フェリーはすでに航行を中止していたが、さすがに瀬戸内海を挟み四国にも近い神戸では、多くの人々がただならぬ事情を察していたのだろう、ターミナルは対岸の状況を確認しに行きたいという人々でごった返していた。彼らの多くは、親類が四国にいるか、あるいは一時的に四国から本州に渡ってきている者なのだろう、一様に険しい顔で、シャッターが下りたカウンターに向かって怒号を飛ばしていた。

斯波は、その裏手を駆け、急遽《きゅうきょ》チャーターしたクルーザーに乗った。特別に出航許可してもらった船だった。だが、警察との間で出航許可に手間取り、結局、クルーザーが神戸を出港したのは夕方、やっと高松港に着いたのは、すでに北斗七星が輝く夜になってからだった。

香川の厚生支局が、高松港のすぐ近くにあるのは幸運だった。

クルーザーを降りると、斯波は息せき切らせながら夜の大通りを——その、どこか不気味で禍々《まがまが》しい雰囲気を漂わせる、オレンジ色の街灯に照らされた大通りを——走り抜け、ようやく目的地に着いたのだった。

——黒川に案内されて会議室に入ると、すでに五人の男とひとりの女が待機していた。

彼らは斯波の姿を認めると、すぐに起立した。

「本省の斯波だ。遅れてすまない」

「いえ、無事に来はって何よりですわ」

青い作業服を着た、白髪交じりの五分刈りの男が、斯波を窓際の席に案内した。

「お疲れやったでしょう、参事官」

「ああ。でも休んでいる暇はない。すぐ打ち合わせだ。それにしても……」

斯波は、ぐるりとメンバーを一瞥《いちべつ》すると、言った。

「これで全員か？　確か、総勢十二名と聞いていたが」

黒川を加えても七人。五人ほど足りない。

斯波の問いに、黒川は少し躊躇《ためら》う間を置いてから答えた。

「……調査隊には、愛媛と徳島に住居を持つ者が五人いました。私たちも、何とかして彼らと連絡を取ろうとしたのですが……」

「わかった。それ以上は言うな」

斯波は、黒川を制止した。

調査隊のメンバーは、ほとんどが四国の人間だ。巻き込まれて行方不明になるか、あるいは死亡する人間がいても、一向におかしくはない。

逆に考えれば、この事件は今、それほどの重大な危機的局面にあり、調査も決して生易しいものではないということになる。

だから斯波は、ひとつ深呼吸を挟んでから、おもむろに口を開いた。

「本題に入る前に、調査隊のキャップとして、まず言いたいことがある」

七人の目が、斯波に注がれる。その視線を見返しつつ、斯波は続けた。

「この四国において、今や事態は急激に変化している。君たちの周辺も、昨日と今日とでは大きく変わっただろう。今日と明日《あした》とでも、また大きく違ってくるに違いない。だがひとつだけ、確実に言えることがある。それは、常に状況は悪化を続けており、したがってこの調査も、生易しいものではなくなるだろうということだ」

生易しいものではない――不穏当な単語に、誰かがごくりと唾《つば》を飲み込む。

斯波は、なおも続ける。

「そんな状況だ。家族や友人、大切な人、何より自分自身を心配するのが人の性というものだろう。もしかしたら今も、君たちはこの調査隊に参加したことを後悔しているかもしれない。この場から逃げたい、辞退すればよかった……俺はその気持ちを否定しない。責めもしない。だから皆、一度目を閉じてくれ。一分だけ待つ。その間に、この場を去りたいと思うものは遠慮なく、この場を立ち去ってほしい。いいか……」

そう言うと、斯波は目を閉じ、数を数えた。

瞼《まぶた》の向こうで、気配がした。椅子が動く音。布ずれの音。洟《はな》を啜《すす》る音。そして「すみません」という、小さな、そして今にも泣き出しそうなかすれ声——。

六十をカウントすると、斯波は目を開いた。

「……一分だ」

男が二人、いなくなっていた。

「はは、予定の半分以下になってもたな」

白髪交じりの男が、乾いた笑いとともに言った。

「確かに半分以下だな。だが、心強いよ。五人もいてくれればね」

斯波は笑顔で答えた。

実際、彼らは五人でも、頼もしい面々だったからだ。

「小野寺《おのでら》いいます。どうぞよろしく」

白髪混じりの男が名乗った。麻取の人間で、黒川の同僚だった。

厚生支局からもひとり、事務官の林《はやし》という若い男が残った。高知の出身で、地元の事情に詳しい人間だった。さらに、国立病院を昨年で定年退職したという年配の五十嵐《いがらし》医師と、もうひとり、若い女も残った。

「香川大学農学部で細菌学の研究をしている、片岡千恵《かたおかちえ》です」

彼女の自己紹介に、思わず斯波はどきりとした。

「少なくとも足を引っ張らないように頑張ります。よろしくお願いします」

小柄な体軀《たいく》。長い髪。大きな瞳《ひとみ》。

彼女の容貌《ようぼう》。雰囲気。そして声色。それらがどことなく、歩美と似ている――。

「……どうかなさったんですか？　参事官」

「あ、いや。何でもない」

斯波は、妙な考えを頭から振り払うように、頭を強く横に振った。

いや、違う。彼女は歩美じゃない。当たり前じゃないか。なのになぜ俺は動揺しているんだ。

席を立つと、斯波は誤魔化すように、わざと大きな声を張った。

「皆、自己紹介ありがとう。改めて俺も自己紹介をする。厚生労働省健康安全局参事官の斯波だ。官邸の対策本部にも片足を突っ込んでいる。よろしくお願いする」

咳払《せきばら》いを挟み、斯波は続ける。

「皆にはまず、俺の考え方を説明しておく。世間一般では、これがテロだと理解されているのは、すでに知っているだろう。実際、世界中に似たような事例があり、これをもって人々やマスコミは、この事件にもテロリズムという像を当て嵌《は》めている。だが一方で、俺は、これがテロだと断定はできない、むしろ難しいと考えている。要するに……これはテロじゃない」

「テロじゃないいうたら、何なんですか？」

小野寺の質問に、斯波は口角を上げた。

「当然の疑問だ。つまり、これは何なのか。この点、俺はこれが未知の感染症だと考えている。劇症型の感染症、それがパンデミックを起こしているのだとね。根拠はいくらでもある。たとえば、これだけ警察の連中がテロ対策を講じているのに、犯人の足取りが摑《つか》めないのはなぜか。それどころか、被害が拡大の一途を辿《たど》っているのはなぜか。あるいは、どうしてテロリストの目的がいまだ判明しないのか。どれも、これが感染症だと考えれば簡単に説明がつく。つまりこれは、原虫か、細菌か、ウイルスかはわからないが、それらのいずれかがもたらす危機なんだ。だが、肝心の感染症を何者が引き起こしているのか……その正体がわからない。それを突き止めるために、君たちに、集まってもらったというわけだ」

固唾《かたず》を吞《の》んで、斯波の言葉に聞き入る調査隊の面々。

斯波は、なおも言った。

「俺は、責任者だ。だが、そうは言っても本職は本省の一事務官に過ぎない。まったく頼りない指揮官だが、この未曾有《みぞう》の感染症災害の原因究明のために、全力で臨むつもりだ。だから……黒川さん、小野寺さん、林君、五十嵐先生、そして片岡君。君たちもどうか、俺と一緒に、全力を尽くしてほしい。このとおり、頼む」

ひとりひとり名前を挙げ、それぞれに頭を下げた斯波に、自然と拍手が起こった。

その拍手が止むのを待ってから、斯波は腰掛けた。

「ありがとう。では早速本題に入ろう。まずは被害の状況を教えてくれ。わかる範囲で構わない。なにしろ、本省にはまったく情報が入ってこないんでね。何が起こっているのか、そもそも、どうしてこんなに破滅的な事態が起きたのかもわからん。一体、何がどうなってる？」

「お答えします」

黒川が、手元のメモに目をやりつつ答える。

「おっしゃるとおり、昨晩までは確かに、四国はそれなりに平穏でした。高知の大半は相変わらず厳戒態勢でしたが、愛媛や徳島あたりはまだ落ち着いていたと思います。テロの……いや、何らかの事象の発生は、小康状態にありましたから」

「だが今朝、何かが起きた」

「そうです」

淡々と語りつつ、黒川が顔を顰《しか》めた。

「いきなり、高知、愛媛、徳島との連絡が途絶しました。夜が明けてすぐの朝方です。妙だと感じているうち、続々と人々が香川に逃げてきました。彼らの多くは、こう証言しました」

——道で、ばたばたと人が倒れていった。

——建物の中に避難した者も、すぐに死んだ。

——逃げ遅れた者は、皆死んだ。大人も子供も皆。

「……彼らはほとんど、愛媛と徳島北部の住人でした。一様に、とにかく車で脇目も振らずまっすぐに香川を目指し、逃げてきたと証言しています。逆に考えると、それ以外の者、つまり逃げるのをためらったり、車を使わなかった者は皆、犠牲になったのだろうと推測します」

「俺の情報では、被災地は、高知と徳島の全域と、愛媛の南部と聞いているが」

「おそらく、楽観的なバイアスがかかった情報です。具体的な境目はわかりませんが、少なくとも今おっしゃった地域は全滅していると考えるべきです」

「裏を返すと、今四国で無事なのは、香川だけということか」

「はい。ですが……わかりません」

黒川は言葉を濁した。

はい。だが、わからない。その言葉が何を意味するのか。

それは、香川も今は無事だが、いずれはどうなるかわからない、ということだ。

状況の予想を越えた深刻さに唸りつつ、斯波はなおも訊《き》いた。

「被災者の数は？」

「実数はわかりません。ただ、高知、徳島はほぼ全滅、愛媛は半数ほどが被災していると仮定すると、それぞれの人口は八十万人、八十万人、百四十万人ですから……」

「二百三十万人か」

斯波は、言葉を失った。

二百三十万人。衝撃的な数字だ。

被災者は約五十万人という警察の推定よりも、はるかに大きい。

もちろん、どちらの数字が正しいのかはわからない。とはいえ、もはや想像を絶する事象が発生しているのだということだけは、間違いないだろう。

斯波は、努めて冷静さを保ちながら、質問を続ける。

「……そのうちの、どれくらいが死んだ」

「言いたくはありませんが、おそらく、ほぼ全数」

「……酷いな」

「まったくです」

「……現地から救出できた者は？」

「います。逃げてきた者、警察に助けられた者などが……ただ」

黒川は口ごもりながら言った。

「彼らの多くは傷病者です」

「そうか」

斯波は無意識に目を閉じた。

彼は知っていた。この事件において、運よく生存した者――その運が必ずしも幸運かどうかはわからないが――のほとんどは、命こそ失わなかったものの、嘔吐《おうと》、痙攣《けいれん》、呼吸困難、意識の混濁といった症状を呈する「重篤な」傷病者であって、その大半は、後に死に至ることが多かったということを。

つまり、たとえ死を免《まぬか》れても、そのほとんどは瀕死《ひんし》なのだ。

「どのくらいいる」

「概算で、二万人か、それ以上です」

「二万人、か……彼らは今どこに？」

「一部は県内の病院に。一部は公民館や小学校の体育館に。ですが……」

語尾を濁しながら、黒川は顔を伏せた。

斯波は、容易にその意味を察した。

一気に収容された、数万人単位の瀕死の患者。

彼らはもちろん満足な治療を受けることもできず、ただ呻《うめ》きつつ死を待っているだけの状態なのだろう、と――。

「本州への搬送は？」

「警察と自衛隊が順次。ですが、何しろ数が多く……」

「……だろうな。うん……わかった、もういい」

斯波は話を切り上げた。おおよその被害状況は理解できたし、これ以上聞いても悲惨な内容しか出てこないからだ。

斯波は、問いの内容を変えた。

「香川県内の被害状況はどうなってる？」

「今のところ、都市部での大きな報告はありません。徳島や愛媛との県境がどうなっているかまではわかりませんが……ただ、被害そのものよりも大きな問題が」

「……パニックか」

「はい」

神妙な顔つきで、黒川は首を縦に振った。

「道路はどこも大渋滞です。橋も通行止めで、フェリーも、飛行機も、もちろん電車も使えません。県警が重大事態と称して、屋内への退避勧告を出していますが、県民はやはり恐慌状態に」

「やはりな……しかし、そんな状態だと二次災害が懸念されるな」

「はい。いずれは暴動に発展するおそれも」

「インフラは？」

「電話と携帯はだめです。が、電気、ガス、水道は生きています……今のところは」

「…………」

まさに、戦場だ——斯波は、長い溜息《ためいき》とともに目を閉じた。

そして——ふと、回想する。

かつて、歩美と結婚する際に、一度だけ斯波は香川を訪れていた。彼女の両親への挨拶《あいさつ》を兼ねて数日、愛媛に滞在したのだが、そのうちの半日を香川観光に充てたのだ。

あの日の光景を、斯波は今でもよく覚えている。

夏の、よく晴れた日だった。

鮮やかな緑色の穂がそよぐ田圃《たんぼ》。道の両側に点々とある、青い空と入道雲を映した、溜め池の穏やかな水面を。

レンタカーのアクセルを踏みつつ、斯波は隣に座る歩美に話し掛ける。

「瀬戸内はやっぱり、からっとしてるな。蒸し暑い関東とは大違いだ」

「そうかもね。でもそのせいで、昔は大変だったそうよ」

「干害だろう？　だからこんなに、溜め池をたくさん作ったんだよな」

「すごいよね。どれも大きくて、きっと、作るのも大変だったでしょうね」

「土木工事だからね。土砂崩れのたびに死人が出たろうな」

ゆるやかなカーブ。国道から一本内側に入った農道はがらがらだ。片手で軽やかにハンドルを切りながら、斯波は目を細めた。

「自然という大きなものを相手にして、それを克服するためには、一定の犠牲も仕方のないことではあったのだろうね」

「なんだか、可哀そうね」

「だけれども、おかげで今があるともいえるな。そのことに感謝するのが、後世の人間の務めさ」

「そうね。でも……」

助手席の窓から、そよぐ稲穂を遠目に見つつ、ややあってから歩美は言った。

「人間は、本当に自然を克服できたのかしら」

「ん？　今、何か言ったか」

「ううん。何でもないわ」

新妻は、嬉《うれ》しそうにも悲しそうにも見える機微を口元に湛え、微笑んだ。

そんな彼女がとても愛《いと》おしく、だから斯波は、語り掛けたのだ。

なあ、歩美。

君は――。

「……参事官？」

黒川の声に、斯波ははっと我に返った。

そして、心配そうに眉を寄せる黒川に、誤魔化すように言った。

「何でもないよ。ちょっと考え事をしていただけだ。すまない。しかし……報告を聞いている限り、まさに事態は一刻を争うようだ。さっそく、明日の早朝から動くべく、計画を立てよう。早速だが……」

てきぱきと打ち合わせを切り回し、指示を出しながらも、斯波は頭の片隅で思う。

歩美。君は——。

——君は、無事でいてくれているのか。

2

早朝。

小型の高速艇が、洋上をまっすぐに進んでいた。

空には雲ひとつなく、東の水平線にオレンジ色の太陽がくっきりと浮かんでいる。外洋だが、波面は凪《なぎ》かと思うくらい静かで、船はその鏡のように滑らかな表面を切り裂くように、最高時速三十ノットで西行していた。

まだ暗い明け方に高松港を出た船は、二時間ほど経過した今、すでに鳴門海峡を抜け、太平洋の海上にあった。

船の舳先《へさき》に立ち、手すりに両手を突きながら、斯波は景色に目を細める。

きらきらと、暁の光を反映する海面。水平線ばかりの周囲の中、右側にはわずかに緑色の陸地が見える。四国だ。ちょうど二時方向にある突端は室戸岬《むろとみさき》だろう。船は岬を右手にぐるりと回り込むようにして、弧を描く海岸線の中央に位置する港を目指していた。

——現地には、海路で入る。

それが、昨晩打ち合わせた方針だった。

元々、斯波は、事件の発祥地である杉沢村からも近い高知県佐南市で感染症の原因を調査し、その原因菌――か、ウィルスか、原虫か――を採取するつもりだった。

佐南市には、徳島から国道を経由して行くのが最も早い。高松からは、官用車を使って佐南市入りするというのが、当初、斯波の頭の中にあった計画だった。

だが、昨日の時点でそれは不可能だと判明した。

事件の爆発的な広がりに伴い、愛媛や徳島を経由して高知に行くことが極めて危険だとわかったからである。

陸路を使うことは難しい。さりとて空路も、ヘリや飛行機に余剰はなく、容易には使えない。

結局、海路しかなかったのだ。

斯波は、神戸から高松へと渡ったときと同じように、高速艇を借り受け、それを使って四国をぐるりと右に回り、高知入りすることを決めた。

もっとも、海路を選んだのには、もうひとつ、積極的な理由があった。

斯波は、高速艇の背後に輝く朝日に目を細める。

眩《まぶ》しい太陽の手前、洋上を、いくつもの黒点が横切っていた。それらの黒点は、固まるようにして群れを作り、ゆっくりと左へと移動している。

あれは鷗《かもめ》か、それとも海猫か。

遠くにあるため姿かたちは見えず、鳴き声も聞こえない。だからその正体もわからない。だがそれらの黒点が、沿岸部に生息する何かの海鳥であることは間違いない。いずれにせよ海鳥たちが洋上を飛んでいるということ。つまりそれは、洋上が安全だということを意味する。

この事件においては、人間を含む動物も大きく影響を受けていた。すなわち感染症は、動物にも伝染するのである。だとすれば、洋上を海鳥が問題なく飛んでいる限り、そこに斯波たちが感染する危険はないということになる。病原体はおそらく、洋上に存在しないのだ。

これは、病原体がかなり大きく重いものなのではないかという推測にも繋《つな》がるが、いずれにせよ、調査隊の安全を預かる斯波にとっては、行き帰りにもっとも安全と推定される海上ルートを選択することは、当然のことだともいえた。

ふと、甲板が緩やかに、しかし大きく横に揺れる。

船が波長の長い波を横切っているのだろうか。

揺れはまだ大きくなるかもしれない。船室に戻るか――。

「あ、隊長！　ここにいらっしゃったんですね」

不意に、誰かが背後から話しかけた。振り返ると――。

千恵がいた。

小柄な体格には似合わない青い作業服を着た彼女は、正面から吹きつける風に、肩までの髪を押さえながら言った。

「海、見てたんですか？」

「あ、ああ」

なぜか、斯波は焦ったように頷《うなず》いた。千恵はなおも訊《き》く。

「危険じゃないですか。外気に触れるのは」

斯波は、朝日をきらきらと映す彼女の黒い瞳《ひとみ》を直視しないようにしつつ、答えた。

「大丈夫だよ、たぶん。というより、むしろ自分からカナリアになる必要もある」

「カナリア？　どういうことです？」

「俺が死んだら、そこは危険だということだよ」

おどけて言う斯波に、千恵は眉根《まゆね》を寄せる。

「やめてくださいよ、隊長！　そんなの……なんか不吉」

「冗談だよ。本当に危ない場所には行かないさ。死んだら元も子もないからな」

「ならいいですけれど……でも、いくら大丈夫だと判断したからといって、万が一のことがあったらどうするんですか！　隊長がいなくなったら、私たちが困ります」

「困りはしないよ。そうなったらなったで、君たちは直ちに危険な仕事の任を解かれ、すぐさま逃げるというだけのことさ」

「いえ、やっぱり困ります。それじゃ誰が病原体を見つけるんですか？」

「さあな。誰かがやってくれるだろう」

「誰もやりませんよ、こんな仕事！」

怒ったような口調で、千恵は言った。

「聞いてますよ？　テロ一辺倒の対策本部で隊長がひとり志願したからこそ、この調査隊が結成されたんだって」

「……誰に聞いた」

「黒川さんとか、林さんとか……まあとにかく、いろんな人からです。この事件は感染症の可能性があって、パンデミックの恐れもある。でもそう考えているのは厚生労働省だけで、だから隊長が、証拠を摑《つか》むために、対策本部で官房長官を相手に怒鳴りつけた。それで、死を覚悟で四国に来たって」

「そんなふうに言われているのか、俺は」

まったく、嘘ばかりだ。確かに証拠を摑むために四国行きを志願はしたが、官房長官を怒鳴りつけなどはしていないし、ましてや死を覚悟しているわけではない。自分の口でも言ったとおり、死んだら元も子もないのだ。

それにしても、官房長官室でのやり取りが、誰の口を通じてかは知らないが、武勇伝めいた形で広まっているのは、一体、どうしたわけだ。

「まったく……侮れんな」

斯波は苦笑した。

「侮れないって、何がですか、隊長」

「噂の伝染力だよ。どんな感染症よりも恐ろしいかもしれないな。事実、もう妙なパンデミックを起こしているじゃないか、官房長官室での一件が。それはそうと片岡君」

「なんですか？」

斯波は、頬をぽりぽりと掻《か》きながら言った。

「その、隊長っての、はやめてくれないか」

「どうしてです？」

何がいけないのか、といった表情で、千恵が首を傾げた。

「調査隊の長なんですから当然、隊長じゃないですか」

「まあ、それはそうなんだが……なんだか、その呼ばれ方が妙に、むず痒《がゆ》い」

主任、係長、補佐——様々な肩書きで呼ばれてきた斯波だったが、隊長というのは初めてだ。確かに間違いじゃないのだろうが、いかんせん響きが子供っぽい。

だが千恵は、そんな斯波に目を細めて、あははと笑った。

「単に、呼ばれ慣れていないからそう思うだけですよ」

「そうだろうか」

「そうですよ。斯波隊長」

「……もう何も言うまい。ところで君、何の用だ。俺のことを捜しに来たんじゃないのか」

「あ！　そうでした」

千恵が、ぱんと手を叩《たた》いた。

「黒川さんからの伝言です。『あと三十分くらいで港に着くから、そろそろ準備を』と」

「ああ、もう到着するのか」

高速艇を運転しているのは、麻取の黒川だった。彼が船舶免許を持っていたことに斯波は驚いたが、よく考えてみれば、麻薬の取引は港や波止場が舞台となるイメージがある。あるいは彼は、仕事上の必要性から免許を取ったのかもしれない。

斯波は、寄り掛かっていた手すりから、身体を離した。

「なら、急いで防毒マスクと防護服を着ないとな」

——未知の感染症。

言うまでもなく、それは病原体を体内に取り込むことによって感染を起こす。とすれば、被害に遭わないためには、病原体の空気感染や経皮感染を防げるだけの防護を行うことが求められる。

この点、病原体が何かがわからないということは問題だった。それがウイルスなのか、細菌なのか、原虫なのか、それともそれ以外の未知の何かなのか。十分に防護を行って現地入りしたにもかかわらず殉職した警察官が多数いるという事実は、防護の方法を誤ったことから起こったものと推測された。おそらくは、自分たちに害をなすものの正体がわからないがために、防護が不完全だったのだ。

となれば、宇宙服のような完全密閉の防護服を着用する必要があるが、もちろんそれでは重すぎて、調査そのものに支障が出る。

熟考の末、斯波は調査隊のメンバーに、半面の防毒マスクと、簡易な防護服の着用のみを指示した。これならば、行動の自由を妨げない範囲で最大限の防護効果が得られるだろう。

もちろん、百パーセントの安全が担保されるわけではないが、ないよりはましだ。

「船室に戻ろうか、片岡君」

斯波は、千恵を促す。だが彼女は——。

「…………」

海岸線を見つめたまま、動かない。

「ん、どうしたんだ、片岡君」

問う斯波に、ややあってから千恵は答える。

「見てください、あそこ」

彼女の目は、右手方向に向いていた。

その視線の先にあるのは——陸地だ。

室戸岬から、向かって左側に延びる海岸線。その向こうに見えるのは、深緑色に染まる山脈だ。

「……なんだか、嘘みたいです」

千恵が、独り言のように呟《つぶや》いた。

「遠くから見るだけだったら、本当に普通の、いつもどおりの四国です。空も澄んでいて、森も青々としていて、海もきらきらしていて……なのに、あの自然が一面、死に覆われている世界だなんて……嘘みたいです」

「………」

無言の斯波に、千恵は言った。

「でも……本当のことなんですよね、全部」

「……ああ」

斯波は、躊躇《ためら》いながら首を縦に振った。

しばらく間を置いてから、千恵が、妙に明るい口調で言った。

「隊長。絶対に取り戻しましょうね。この四国を」

その前向きな眼差《まなざ》しに、斯波もまた、力強く首を縦に振った。

「もちろんだ」

*

高速艇を係留した場所から、細い道を内陸に入った先。路面に丸い凹凸がいくつも刻まれた急坂をしばらく登った、小高い丘の上、太平洋を一望できる一等地に、その病院は建っていた。

三階建ての建物。壁面はベージュのタイルで統一されている。雰囲気は明るく、病院というよりも、どちらかと言えば療養所に近い施設なのだろう。いつもならば、入院患者が日にあたりながら、見舞い客と談笑する姿が見られるに違いない。

だが――。

今、ここにあるのは、一面の「死」だった。

いや、ここまで来る高々十分弱の間ですら、斯波たちはすでにいくつもの死を嫌というほど目の当たりにしていたのだ。

犬の死体。猫の死体。鳥や雀の死体。そして――。

人間の、死体。

男もいた。女もいた。老人もいた。子供もいた。

彼らは一様に、その場所で息絶えていた。

何人分の死体があったかはわからない。二十人まではカウントしていたが、坂に差し掛かったあたりから、あまりの惨状に居たたまれなくなり、数えるのをやめたからだ。

なにしろ、視線を送る先には、必ず死体があった。

そこからいかに顔を背けようとも、その先にはまた死があった。

逃げ出したい。引き返したい。もう、たくさんだ。

斯波は何度も弱気に押し潰されそうになった。だが彼は、その都度丹田に力を込めた。

死の原因を調べる。それが、今の俺たちに与えられた任務だ。

だから斯波は、自らに言い聞かせた。俺は逃げ出さない。引き返さない。弱音は吐かない、絶対に――。

黄色い防護服を着た斯波たちが、エントランスの前に立つと、自動ドアがすうっと音もなく横に開いた。

電気は通じている。インフラはまだ生きているのだ。あるいは病院の非常用発電機が働いているのかもしれない。

斯波たちは、周囲をゆっくりと窺《うかが》いつつ、建物の中に足を踏み入れた。

清潔感のあるロビーだった。

暖かく、空調も効いている。

背後で静かに自動ドアが閉まる気配を感じながら、斯波は周囲に目を走らせる。

目に優しいクリーム色で統一された壁紙と、電球色の照明。正面にはカウンターがあり、その右手には横長の椅子が並ぶ待合室と、さらに奥には談話スペースらしき場所が見えた。いずれも、大きな窓からは太陽の柔らかい光が燦々《さんさん》と差し込み、温かな雰囲気を醸し出す穏やかな空間だ。

だが、ここにも、死は容赦なく襲い掛かっていた。

カウンターの奥には、職員と思《おぼ》しき女性数人の死体。待合室には、小さな子供を含む十人余りの死体。談話スペースには、もっと多くの死体。

ざっと見ただけで、三十人。

無意識に防毒マスクの上から口元を押さえた斯波に、後ろから、黒川がマスク越しのくぐもった声で言った。

「……斯波参事官。採取の指示を」

「あ、ああ」

斯波は頷《うなず》くと、メンバーのそれぞれに、あらかじめ決めておいた行動を取るよう指示を出した。

それを受け、一同は各々死体に向かっていく。ある者はその惨状全体の状況を確認し、ある者は瞳孔《どうこう》や皮膚の異状を確認して回り、ある者は綿棒で死体の表面や粘膜の組織を採取し、またある者は注射器を取り出して血液を抜き取った。

斯波は、彼らのてきぱきとした動きに頷くと、それからカウンターを左手に進み、パーテーションの奥へと向かった。

診察室、と表示されているその部屋は、引き戸で閉ざされていた。

斯波は習慣でノックをしかけて、すぐにやめた。人の気配が——それどころか、生きとし生けるものの気配はすべて——ないのだから、この行為には意味はない。

がらがらと軽い引き戸を開けると、六畳ほどの部屋があった。

右側にデスク。中央には患者用の椅子と、左側に診察台。奥には書棚と、大きな窓。

そして——。

二つの死体。

ひとつは、白衣を着た初老の医師の死体だ。書き物をしている最中だったのか、デスクの上に突っ伏すようにして事切れていた。

もうひとつは、まだ小さな女の子の死体だった。四、五歳くらいの、髪をお下げに結った可愛らしい少女――だが彼女も、椅子の上にちょこんと座ったまま、小さな身体を折り畳むようにして凭《もた》れ、うつろな瞳《ひとみ》を空に向け、絶命していた。

おそらく彼らは、診察中に感染症に襲われ、発症したのだろう。

「……畜生」

拳《こぶし》を握ると、斯波は誰にともなくそう呟いた。

だが、感情を動かされている暇はない。斯波はすぐ、目的のものを見つけるために、奥の棚へと向かう。

「……あった、これだ」

目当てのものは、すぐに見つかった。

斯波はすぐ、その厚手のケント紙の束をぱらぱらと捲《めく》る。

間違いない。カルテだ。誰が、いつ、どんな症状を訴えたか。どのような診断をし、どのような薬を処方したか。この病院に来た患者たちの記録である。斯波は医師が書いたそれらに目を走らせながら、これはと思しきカルテを抜き取っていった。例えば――。

患者A。鼻づまりを訴えて診察。三日後当院に緊急搬送。その時点で死亡確認。

患者B。意識不明の状況で入院。三時間後に死亡確認。看護師が嘔吐《おうと》、意識混濁。

患者C。微熱、アトピー様の発疹あり。直後呼吸困難を発生し、死亡。即座に隔離。

これら、事件の被害を受けたと思しき犠牲者たちの記録を、斯波は素早く選別すると、目ぼしいものを、持ってきたビニール袋の中に次々と放り込んでいったのだった。

――現地調査に当たり、場所をどこにするか、つまりどこを調査するかは、ひとつの論点だった。

感染源を持ち帰るという使命を確実に達成するためには、ただ無計画に現地を歩き回っても仕方がない。限られた時間、検体を短時間で効率よく収集することができて、なおかつ危険が少ない場所はどこかを検討する必要があった。

思案の末、斯波は病院を調査することに決めた。

病院には患者が集まる。彼らの多くは、事件の被害者、つまり感染者だったと推定される。とすれば、闇雲に死体を探すよりもずっと効率的に検体を採取できるし、同一場所における死亡の態様の差異も調べることができる。

それだけでなく、病院には診療記録という形で、彼らが死亡に至るまでの記録が存在している。患者がどのような症状を呈し、何を投与し、結果どうなったか。また医師として いかなる所見を持ったか。それらの記録は、感染症の特定、感染源、感染経路を特定するための大きな手掛かりとなるに違いない。

すなわち、現地の病院に行けば、より効率的な検体収集、情報収集を行えるに違いない、そう考えたのだ。

斯波はすぐさま高知県内にある、船を停泊できる場所から近い場所にあり、かつ一定の規模を持つと思われる病院を探した。かくして選ばれたのが、海潮町に立地するこの総合病院だった。多少高台に位置してはいるが、港からわずか三百メートルの距離にあり、船の停泊予定地から歩いて十分も掛からない。感染の危険が病原体に曝《さら》される時間に比例して増大することを考えれば、ここは理想的な調査地であったのだ。

結果——この病院に来たのは正解だった。

自らの正しさにひとり頷きつつ、斯波は黙々と、しかし素早く作業を続けた。

——二十分ほどで斯波は、すべてのカルテに目を通し終えた。

抽出したカルテを放り込んだビニールの口を縛ると、斯波はすぐに診察室を後にした。

診察室を出る瞬間、彼はふと、思い出したように振り返る。

さっきと同じように椅子に腰掛けたまま、少女が、灰色に濁った瞳で、斯波をぼんやりと眺めていた。

もはや物言わぬ彼女に、斯波は呟《つぶや》く。

「悔しかっただろう。だがその仇《かたき》は、必ず討つ」

そして、瞑目《めいもく》して少女の死体に手をあわせた。

＊

ロビーに戻ると、すでに面々は調査を終え、自動ドアの付近に集まっていた。

斯波に気づいた千恵が、駆け足で近寄った。

「遅かったですね、心配しましたよ、隊長」

くぐもった声。防毒マスクの奥から、斯波も同じようにこもった声で答えた。

「すまない、もう少し早く切り上げるつもりだったんだが、思ったより手間取った。君たちの首尾は」

「もちろん、ばっちりです」

千恵が、右手でオーケーを作ってみせた。

「採取できるものはすべて採取しました。正体が何だかはわかりませんけれど、これだけの材料があれば、きっと尻尾が摑《つか》めるはず。早く分析したいです」

「まったくだな」

斯波は頷いた。彼もまた、千恵が感染源の抽出をしている間に、カルテの内容を分析し、感染源の特定をしなければならないだろう。

全員に向かって、斯波は手を上げた。

「よし！　皆、すぐに船に戻るぞ」

踵《きびす》を返すと、斯波は自動ドアをくぐり、建物の外へと出た。

さっきよりも若干高くなった太陽が、斯波の目を射った。気温も上がって、二月とは思えない暖かさに感じられる。

日光に手を翳《かざ》すと、斯波は目を細めつつ、思う。

――集めるべきものは集めた。後は、船に戻るだけだ。

距離にして三百メートル。その短い距離を駆け抜け、船に乗り、岸を離れてしまいさえすれば、もう安全だ。

斯波は、ようやく少しだけ、ほっとした。

だが――。

斯波は、そのときこそ気づくべきだった。

不幸とは得てして、人が油断した瞬間を狙って襲い掛かるものなのだということに。

＊

――何があった？

斯波は全速力で急坂を駆け下りた。防護服の重さが負担となり、坂に刻まれた凹凸も、隙あらば斯波の足を巧妙に取ろうとする。

だが、足を止めることはできなかった。

横を見ると、黒川と千恵が、同じようにして必死に走っていた。

防毒マスク越しに彼らの顔色は窺《うかが》えない。だがおそらく、戦慄《せんりつ》と恐怖と困惑とが綯《な》い交《ま》ぜになった表情をしているに違いない。なぜなら、彼らも斯波と同じことを考えているに違いないからだ。つまり――。

何かが、起こった。

逃げなければ、死ぬ。

だが——わからなかった。そもそも一体、何が起こったのかが。

今にも縺《もつ》れそうな足を必死で前に出しながらも、斯波は後ろに振り返る。

坂の上、病院の駐車場には、三つの塊が見える。

それらは、斯波たちと同じ黄色い防護服で身を包んでいる。しかし彼らはもはや、地面に伏したまま、ぴくりとも動くことなく、その場で沈黙している。

彼らが倒れたのは、何の前触れもなく、突然の、そしてあっという間の出来事だった。

病院のエントランスを出た斯波が、調査隊を先導し、駐車場を早歩きで横切っているときに、それは起こったのだ。つまり——。

春を思わせる、柔らかくうららかな光。

頰を撫《な》でる、ふんわりとした風。

駐車場の脇にある杉林が、さらさらと梢《こずえ》を靡《なび》かせる音。

五感のすべてが、長閑《のどか》さだけを感じていた、その瞬間。

どさり。

米袋を落としたような、重い音が背後で響く。

調査隊の全員が、すぐに振り返った。

「……えっ？」

最後尾にいた五十嵐医師が、なぜかその場で仰向《あおむ》けに寝ていた。

「なんで？」

だが、絶句する間もなく、もうひとり、五分刈りの白髪頭が——。

どさり、とひと声も発しないまま、すとんと地面に落ちた。

「お、小野寺さん……？」

黒川が、呆然《ぼうぜん》と呟く。しかし、その言葉の最中にも——。

どさり。

またひとり、林が、崩れ落ちた。

斯波は、反射的に叫んだ。

「逃げろっ！」

何かが起きている。

明らかに、逡巡《しゅんじゅん》している暇などない。

「振り返るなっ！　海に向かって走れっ！」

言葉を交わすまでもなく、残りの三人はただ全速力で坂を駆け下りた。

——一体何が、あったんだ？

斯波は、また自問自答する。

五十嵐、小野寺、そして林の三人が倒れたとき、調査隊は大きく二つのグループに分かれて歩いていた。

斯波と黒川、千恵の三人による先頭グループと、そのほかの三人による後ろのグループだ。だが、分かれているといっても、ほんの十メートル程度しか離れてはいなかった。

だが、おそらくその差が、生死を分けた。

つまり、十メートルを隔てた位置には病原体があり、それに曝《さら》され冒された彼らが、死に至ったのだ。

だが――。

今さら、斯波は疑う。

あれは本当に、感染症なのだろうか？

彼らのいた位置を病原体が襲う。目に見えない病原体が彼らに感染し、感染症を発症する。そして死ぬ――これらのことが導くのは、すなわち、この感染症の感染力は著しく強く、また感染から発症までの時間、潜伏期間の長さがほぼゼロに近い、という結論だ。

感染力の強さは予測していた。だが、まさか潜伏期間は、これほど短いとは思っていなかった。

これまでの発症ケースからは、若干の潜伏期間があることが考えられた。発症者の多くは風邪様の症状を見せていたという報告があったからだ。だが、明らかにこれは違う。

感染、即発症、そして死亡――そんな感染症が、本当に存在しているのだろうか。

あるいは、突然変異がさらに突然変異を起こしているということなのかもしれない。

つまり、感染力が著しく強く、かつ潜伏期間なく死に至るような、凶悪な感染症へと、進化を遂げているのだ。だが――。

そんなことが本当に起こり得るのか？

――唐突に坂が終わり、目前に海が見えた。

「皆、もう少しだ！」

斯波は大声を張り上げた。

「あと百メートルだ、死ぬ気で走れ！」

叫びながら、斯波は自分自身に言い聞かせていた。

海岸線沿いの国道を越えて、あの港まで行けば、あの船に乗れば、逃げおおせる。

そうだ、あの港まで走れ。走れ。

だが――。

今まさに国道を横切ろうとした斯波たちの目前。

不意に、斯波たちの目の前に、予想しないものが現れた。

ききき、と甲高い悲鳴のような音を響かせながら視界を横切る、白い塊。

「えっ？」

それは、一台のバンだった。

ガラス窓は薄汚れ、ボディも泥に塗れた、白いバン。

なぜ、こんなところにバンがいる？

誰が運転しているのか。生き残りがいたのか。それとも——。

だが、斯波たちが当惑している間もなく、バンのドアが勢いよく開くと、そこからひとり、人間が降りてきた。

作業服に、防毒マスクを着けた人間。その下には、白髪交じりの豊かな顎《あご》ひげが見える。

男は、車を降りるなり、斯波たちを大きな身振りで呼んだ。

「船にゃ乗るな！　こっちゃ来い！」

「な、なんですって？」

「いいから来い！　早く車に乗らんか！」

船に乗ってはいけない？　どういうことだ。何かの危険があるということか。

足を止めた斯波たちが、お互いの顔を見合わせていると——。

「何をもたついとる、早く乗れ！」

男がなおも怒鳴った声。

どうする？

斯波は、ほんのわずかな逡巡の後——。

「彼にしたがう。バンに乗ろう」

短く、黒川と千恵に告げた。

一種の賭《か》けのような判断だった。だが、状況はわからないものの、彼がこの地の生き残りならば、その指示にはしたがうに足りるだけの真実が含まれているはずだ。

黒川と千恵は反対することなく、バンに向かう斯波の後を無言でついてきた。

「こっちだ、後ろに乗れ！　ドアは自分で閉めい！」

男は、後部のスライドドアを開けた。斯波たちはその後ろのスペースに転がり込むようにして乗り込んだ。

黒川がドアを閉めると、すでに男は運転席に乗り込んでいた。そして——。

「行くぞ！　ちょい乱暴にするけど我慢せいよ」

男は、アクセルを思いきり踏み込んだ。

悲鳴のようなエンジン音と、尻《しり》の下から身体を突き抜けるような震動とともに、斯波たちは背凭《せもた》れに押し付けられた。

容赦のない加速。あっという間に時速が百キロを超える。

国道とはいえ、元から高速走行を前提とはしていない道だ。狭い道幅にきついカーブ、そして時折踏みつける小石に、全方向に激しく翻弄《ほんろう》されながら、バンは海岸沿いの国道を西へと爆走を続けた。

目を白黒させる斯波に、運転席の男がハンドルを操りながら話し掛ける。

「……あんたら、運がよかったな。あのまま船に乗ったら、死んどったぞ」

「どういうことですか？　海の上も危険なんですか」

激しい加速度に舌を噛みそうになりつつも答える斯波に、男は言った。

「海は安全じゃ。だが、間に合わん」

「間に合わない？」

「確かに岸から一キロも離れれば安全じゃ。じゃが、そこに行くまでの間にやられてしまう。船がもたもた岸から離れようとしとる間に、追いつかれてしまうんじゃ。昨日も、そうやって死んだ連中がたくさんおったぞ」

「追いつかれる……」

男は、ハンドルを小刻みに切りながら——国道には、事故を起こした車が山のように放置されていて、道路状況は極めて悪かった——アクセルからは決して足の裏を離さないまま、話を続けた。

「そう、あいつらは足が速いんじゃ」

「あいつらって、……あの感染症の正体を知っているんですか？」

「いや、知らん。感染症かどうかも知らん……おっと」

ギャッというタイヤの音とともに、バンが高速で何かを避け、大きく揺れた。

すれ違いざまに、斯波は見た——暗がりに盛り上がるその塊が、確かに、人間の形をしていたことを。

「……今のは」

「死体だな。この辺りはあいつらのせいで地獄絵図だ。今この道も、あいつらで充満しとる」

「何だって！　そんなところを走って大丈夫なんですか」

「十分に観察しとるからな。大体の性質はわかっとるよ。とりあえず車を目張りして、猛スピードで駆け抜けている限りは、大丈夫だ」

「本当に……それで大丈夫なんですか」

驚く斯波に、男は平然と言った。

「よくわからんが、それで難を逃れられるのは事実……おっと、次のカーブはちょいときついから、どっかに掴《つか》まっとけ」

男は、アクセルを踏み込んだままで、岬を回りこむようなカーブに突入する。きききき、とタイヤが鳴る音がして、反対側のタイヤが浮いた。斯波たちもしたたかに、左側面に押し付けられる。

乱暴な運転に、吐き気をもよおす斯波。だが、ほどなくしてカーブは終わり、車体も落ち着きを取り戻した。

「ここから先はしばらくはまっすぐだ。道の状態もいいぞ」

「無茶な運転をしますね、あなたは」

「無茶せにゃ死ぬわ」

わはは、と髭《ひげ》を揺らしながら、男は笑った。

フロントガラスの向こう、海沿いに続くまっすぐな国道。

その消失点を見つめながら、ややあってから斯波は思い出したように言った。

「……助けてくれて、ありがとうございます。俺は、厚生労働省の斯波といいます」

「厚生労働省、お役人か？」

「はい」

斯波の頷きに、男も名乗る。

「新田《にった》貫一《かんいち》だ。村でちっさな診療所をやっとる」

「医師の方ですか」

「ま、藪《やぶ》じゃがな」

僻村《へきそん》を守る医師。小さい頃にテレビで見た『赤ひげ』という映画を、斯波は思い出した。

「ところであんたら、あんな危険な場所で何をしとった？」

「調査をしていました」

「そっちのふたりもか」

「ええ。こっちは同じ厚労省の黒川さん。もうひとりは、大学で研究をしている片岡君」

斯波の紹介に、黒川と千恵がそれぞれ、小さく会釈をする。

「たった三人で調査に来たんか」

「いえ、最初は六人いたんですが……」

「最初は？　ああ、もしかして……悪いことを聞いたな」

「いえ。仕方ありません。……それより新田さん、この車は一体、どこへ向かっているんですか」

斯波の問いに、新田は即座に答えた。

「行く先か？　南土佐村だ」

「なんですって？」

斯波は驚いた。南土佐村は、あの杉沢村――最初に事件が発生し、以後一貫して事件の中心地であり続けた村――に隣接する、海沿いの村だ。もちろん、昨日までの間に、犠牲者が千人単位で報告されていた危険地帯でもある。

「どうして、そんな危険な場所に向かっているんです」

「危険じゃあないぞ」

新田は、髭をいじりながら首を横に振った。

「確かに、あの辺りは早くから人の寄り付かん土地になったが、今じゃむしろ高知で唯一の安全地帯になっとるぞ」

「安全地帯？」

「そう。安息地じゃ。わしらはその安息地で、なんとか命をつないどる」

「本当に……平気なんですか」

「大丈夫だ。信じろ。まあ信じられんかもしれんが、わしらが生きとるのがその証拠だ。どうしたわけか、あそこだけは安全なんだな」

理由は知らんがな、と言うと、新田はまた、わははと鷹揚《おうよう》に笑った。

「わしら……というと、新田さんのほかにも誰か？」

「ああ。今は百人ほどがおるよ。普段の倍以上の人間がおって、開村以来の賑《にぎ》わいを見せとるな。……ほれ、あそこを見てみい」

新田が、ハンドルから片手を離し、フロントガラスの向こうを指差した。

「遠くに、岩肌ばかりの岬が見えるだろう。あの先端にちっさな集落があってな。そこがわしらの村だ」

新田の指差す先。

そこには、新田の言うとおり、赤い岩石が剝《む》き出しになった険しい岬が、長く延びている。

「わしの知る限り、あいつらから逃げきれたのは、わしらだけしかおらん。昨日から様子を見つつ生存者を探しとるが、あんたら以外には誰も見つからん。きっと、これからも見つからんだろう。言わばわしらは、最後の生き残りというわけだ」

そう言うと、新田はなおもアクセルを踏み込んだ。

エンジンがまた、苦しげに悲鳴を上げた。

＊

岬の突端、海に周囲を囲まれるようにして、細々と営まれる寒村。

高い位置を走る国道から、狭い側道へと分かれ、むき出しの岩肌を舐《な》めるようにして下りていくと、周囲に高木もなく、ただ磯と岩と枯草に挟まれた道に出る。そこを海岸線沿いにしばらく進むと、ようやく開けた土地が見え、そこに二十軒ほどの古い日本家屋が建ち並んでいた。

時代に忘れられ、取り残されたかのように、いまだ昭和の香りを残した家々。懐かしいような、切ないような気分に、胸を締め付けられる。

防毒マスクを外しながら運転席を降りた新田のもとに、すぐにひとりの老婆がひょこひょこと駆け寄った。

手ぬぐいを被《かぶ》り、腰の曲がった老婆だ。彼女は、しわがれた声で新田に言った。

「……新田先生、どこ行きよったんですか？」

「ああ、東のほうへな。あの辺りがどうなっとるか、確かめに行っとった。……ところで久子さん、あんたびっくりするぞ。お客さんだ」

「お客さん？」

「ああ。東の集落で捕まえた」

久子さんと呼ばれた老婆は、バンを降りる斯波たちを見るや、目を丸くした。

「おいよ！」

「生存者だ。もっとも、地元《ここ》の人じゃないがな」

「たまー、こりゃまあ難儀な」

なぜか久子は、両手を合わせて斯波たちを拝んだ。

「どちらさんかは存じませんが、げに、よう生き残ったのー。まっこと、ありがたい、ありがたい」

「まったく、そのとおりだ」

新田もまた、呆《あき》れたような口調で斯波たちに言った。

「今さらだが、あんたら、命が繋《つな》がったのは奇跡だぞ」

「そうなんですか」

「ああ、そうじゃ。おそらく一分……いや、十秒遅れちょっただけで、わしら皆、奴の餌食《えじき》になっとっただろうからな」

そう言われて、斯波は改めてぞっとした。

調査隊のうち三人は、現に新田の言うとおり餌食となったのだ。彼らと斯波たちとの間には、ほんの十メートルの差しかなかった。つまり、その高々十メートルを隔てて、確実に死があり、しかもそれは斯波たちを追いかけていたのである。

もしも、ほんの少しでも逃げるのが遅れていたら――。

返す言葉を失った斯波に、新田は言った。

「とはいえ、奇跡ちゅうのは、偶然じゃあないと、個人的には思っとる。だとすれば、あんたらが生き残ったのも、何かの意味があることとなんだろうよ」

「意味……」

「そうだ。だから、命は大切にしなければいかん」

「さあさ！　おまえさんがた」

横から、久子が満面の笑みで斯波たちに言った。

「とにかく、遠路はるばる、ヘーズ村くんだりまでご苦労なこっちゃ。あっちに空き家があるきに案内しましょ。ちっくと綺麗《きれい》じゃあねえが、ゆっくり休んでいかれるとええ。ささ……」

久子の促しに、黒川と千恵が、その後をついていった。

「あんたは行かんのか？」

ひとり残る斯波に問う新田に、彼は頷《うなず》いた。

「はい……俺は、後で」

「そうか」

新田が、ふむと頷くと、しみじみと言った。

「久子さんの言うとおり、ここは本当に何もない村じゃ。人もおらなきゃ名物もない。あるのは禿《は》げた岩山と荒れ海に、老人と病人ばかり。お陰で正直、わしも商売が立ち行かんで困っとるよ。医は仁と言うが、仁だけじゃメシは食えんからな。だが……」

新田はふと、神妙な表情を作った。

「今じゃ、ここ以外の村は全滅しとる。何もない場所が最後まで残るなんぞ、まったく、皮肉なもんじゃ」

「…………」

確かに、ここは何もない集落だ。

世間から、日本から取り残され、おそらくは誰からも忘れられたまま、いつまでも古い暮らしを続けていた村だ。ともすれば、このまま朽ち果て、潮に埋もれる運命だったのだろう。

だが、どうしたわけか、今ではこの村だけが残った。

新田の言葉を借りれば、ここだけが「安息地」であり続けている。

それは一体、なぜなのか。そこにはきっと、理由があるはずなのだが――。

斯波は、数秒の間を置いてから、隣の医師に訊《き》いた。

「……新田さん」

「なんだ」

「新田さん、ここの医師なのでしょう」

「そうじゃ。道の向こう、一番風が強い一等地に、わしの診療所があるぞ」

新田が、道の向こうに見える太平洋を指差した。

その方向から強く吹き付ける風に目を細めつつ、斯波は言った。

「……新田さんは、医師としてどんな見解をお持ちですか」

「どういう意味かね」

「俺たちは、この一連の大災害が、未知の感染症の爆発的感染拡大、すなわちパンデミックだと仮定し、その病原体を探しに来ました」

「言っとったな。えらい任務だ」

「しかし、政府の対策本部には、これがテロリズムだと強硬に主張する一派もいて、原因がどちらなのか決着がついていません」

「要するに斯波さん、あんたは、これが感染症なのかテロなのか、わしの意見を聞きたいということか」

「そうです」

「わしの意見なぞ参考になるかいな。田舎の藪《やぶ》医者だぞ。医局を離れてもう二十年以上になる」

「いいえ、新田さんはこの事件の間近にいる貴重な生き証人です。一貫して、医師として現地を見続けてもいる。実際に患者の診察もしたのでしょう？　俺たちのような、遠くから眺めていただけの人間とは違います。だからこそ知っていることもあるはずです。だから……教えてください。新田さんの率直な意見を」

「………」

新田は、しばらくの沈黙を置いてから、真剣な表情で言った。

「あんたは、あれが感染症や言うんじゃな」

「はい。少なくとも俺はそう信じています」

「なぜ、そう思う？」

「根拠のひとつは、被害の広がり方です。杉沢村をスタート地点として、ほぼ同心円状に広がっています。これはまさしく、何らかの感染症が順次空気感染をしていったときに見られるものです。また、感染してから発症に至るまでの潜伏期間に、微熱が出るなどの風邪様の症状を見せているという報告もあります」

「だから感染症。なるほど一理はあるな。じゃがな、斯波さん」

新田は、腕組みをすると、反論した。

「わしは、これはテロじゃろうと思うとる。何らかの化学物質を使った、テロだとね」

「なぜ、そう思われます？」

新田と同じように問い返す斯波に、新田は答えた。

「理由は多いぞ。例えば患者の症状を見てみい。どいつもこいつも、まったく信じられないくらいあっという間に死による。生き残りなんぞほんのわずかだ。要するに、致死率が高すぎるんだな、感染症にしては」

「知っています。だが、そういう感染症の前例がないわけじゃありません」

「確かにそうだ。だが、それにしてもあれほど素早く死に至るというのはやはり異常だ。しかも、神経系統に障害を生じて、痙攣《けいれん》や、呼吸困難を起こして死ぬ。潜伏期間があると言うとったが、わしが見る限り、潜伏期間なぞ存在せん。病原体へ感染した瞬間、即死亡するんじゃからな。それだけじゃなく、動物への感染力まであるときた。そんな感染症、わしは見たことも聞いたこともない」

「前例はなくとも、突然変異という可能性があります」

「あるな。否定はせんぞ」

首を縦に振ってから、新田は言った。

「じゃが、それであれば、この感染症の病原体が、何から突然変異したのかという問題が出てくるぞ。突然変異も無からは生まれん。あくまでも母体になる細菌なりウィルスなりがあって、それが突然変異するんじゃ。とすれば、この感染症の母体は何か」

「それは……」

以前も問われたことのある質問だ。だが――。

今も、その答えは見つかっていない。口ごもる斯波に、新田は言った。

「わしの見立てでは、変異元として一番可能性が高いのは狂犬病だな。狂犬病は神経系を冒して哺乳《ほにゅう》類を殺す。感染部位から神経系を遡《さかのぼ》り、脳に到達して死に至らしめる。その遡上《そじょう》速度は日にだいたい一センチ、逆に言えばその到達までの時間が潜伏期間になるわけだが、もしかすると、そのスピードが群を抜いて速い種があるのかもしれん。患者が皆、神経系統に問題を生じたり、ほかの動物にも感染するという点でも近い。だがなあ……」

「新田さんは、それは違うと考えている」

「ああ。あれは、狂犬病由来の突然変異ウィルスじゃあなかろ」

新田は、片手で髭《ひげ》を撫《な》でた。

「そう言い切るには、当然根拠もあると」

「もちろんだ。ひとつは日本では狂犬病がすでに撲滅された感染症だということだな。外国じゃいまだ流行している地域の方が多いから、そこから持ち込まれたことは否定せん。しかし……杉沢村じゃぞ？　あんな辺鄙《へんぴ》な村、外国に行った者も来た者もおらんじゃろ。もっとも、理由はそれだけじゃないぞ。わしはな……調べたんだ」

「調べた？　何をですか」

「病原体をだ。顕微鏡を覗《のぞ》いて、検体も大学病院に送ってな」

新田は、ふうと大きく溜息《ためいき》を吐いた。

「こりゃあ、感染症なんじゃなかろうか。わしも早くからそう疑っておった。だから、患者の血液を採り、組織片を調べることで、病原体を突き止めようとした。こんな僻地《へきち》の診療所だが、顕微鏡くらいならあるし、患者も何人も運ばれてきおったから、彼らにも協力してもらったんじゃ。もっとも、ほとんどは承諾を得る前に亡くなってしまったが」

「…………」

「結果、患者の血液、組織片からは、原虫や細菌の類《たぐい》は一切、見つからんかった。むろんウイルスもだ。大学にいる知り合いに検体を送って、狂犬病類似のウイルス感染がないか調べてもらったんじゃが、そうしたものは一切ないとの答えじゃった。つまりな……

なかったんだ。病原体は」

「病原体は、ない……」

言葉が続かない斯波――ややあってから、なおも新田は言った。

「……もちろん、わしらが見落とした可能性は大いにある。じゃがな、あるかないかもわからん感染源を探すよりも、もっと簡単で合理的な解釈があるじゃろ」

「それが……テロだと」

「まさしく。これは化学物質を使ったテロ、そう考えるのが一番早道というわけだ。おっと斯波さん、あんたの言いたいことはわかるぞ。テロだとしても、じゃあテロリストはどこにいるのか、その目的は何なのか」

反論をしようとした斯波を制しつつ、新田はなおも続ける。

「確かに、わしも含め、今まで誰もテロリストの姿なんぞ見てはおらん。目的もさっぱりわからん。だがひとつ言えるのは、さっきも言うたが、患者の多くが神経系統に重大な障害を生じて死んだという事実だ。わしゃな、二十年ほど前には東京の医局で働いとった。そのときに似たような症状で死んだ患者を何人も診とる」

「あの、例の事件ですか」

「ああ。はっきり言うが、今回の患者はあのときとよく似とる。だから言い切れる。こりゃあ、神経性の化学物質を用いたテロだとな」

「…………」

「もっとも、それでも説明のつかないことは、いくつもある」

「……例えば？」

寒くなってきたのか、新田はポケットに手を突っ込み、体を竦《すく》めた。

「死亡率が、高すぎる。二十年前のあの事件でも、これほどの人間は死なんかった。ばく露量には当然に濃淡がある。多量のばく露をした人間が死ぬのは当然だが、症状が軽い者がもっとたくさんいても、おかしくないはずだ。それがどうだ、この事件じゃあ生還できたのなぞほんのわずかだ。こいつは一体、どういうことなんだ。あるいは、二次災害の多さもそうだ。死体を不用意に検分すると、その人間も漏れなく被災しよる。こいつはまったく、単にテロだというだけでは、よく理解できん。少なくとも、わしにゃあな……だが」

新田は、ぶるりと震えた。

「それを差っ引いても、わしはテロだと思う。そう考えにゃ、説明がつかんのだ」

それだけを言うと、新田は口を噤《つぐ》んでしまった。

しばしの沈黙。

海風と、眩《まぶ》しい日の光に真っ向から曝《さら》されながら、やがて——斯波は言った。

「繰り返しになりますが、新田さんは、これはテロだと結論付けていると」

「ああ。神経性ガスを用いた、テロじゃろな」

「感染症である可能性は、ないと」

「ゼロとは言っておらん。だが限りなくゼロじゃろうな」

新田は、大きく首を横に振った。

感染症では――ない。

事件を見て、そして調べてきた現地の人間が、あれはテロだと言っている。感染症ではないと考えている。とすれば――。

斯波はふと、弱気になる。

俺たちの調査は、もしかすると無駄足だったということか？　命がけで――実際に三人の命を失って――拾ってきたあれらの検体には、病原体など含まれておらず、ただの廃棄物にしかならないということか？　つまり――。

俺は、間違っていたのか？

斯波の動揺を察したのだろう。新田が言った。

「誤解せんでほしいんじゃがな、原虫でも細菌でもウイルスでもない言うとるんは、あくまでも、わしの勝手な見立てじゃぞ。あんたがたの調査に意味がないとは考えておらん。原因が何であれ、検体をきちんと採取して、きちんと検査して、感染症なんかどうなんか白黒はっきりさせるのは、極めて重要なことじゃぞ」

「…………」

確かに、白黒はっきりさせるのは重要なことだ。だが――。

もしも感染症説が白だということになれば、それを強固に主張してきた、俺の立場はどうなる？　いや、俺だけじゃなく、俺を後押ししてくれた人の立場は——。

深く沈むような長い思索の後、斯波は言った。

「……新田さん」

「なんだ」

「あなたはさっき、『生還できたのなぞほんのわずかだ』と言いましたね」

「言ったな」

「もしかして……いるんですか。生き残りが」

「…………」

三秒の間を挟み、新田は答えた。

「おるよ。ひとり」

「その人は、どこに？　話が聞きたい」

「わしの診療所だ。だいぶ前に運ばれて、それ以降療養を続けとる」

「どんな人ですか」

「警察官だった男だ。杉沢村で警備に当たっていて、やられたそうじゃ」

「病状は？　会話できる状態ですか」

「少しぐらいなら大丈夫じゃろう」

「会わせては、もらえませんか」

「構わんよ。じゃが……」

躊躇《ためら》うような表情を見せつつ、新田は言った。

「二次災害の危険はまだある。大丈夫か」

「平気です。とにかく話がしたいんです。会わせてください。お願いします」

力強く懇願する斯波に、新田はくるりと踵《きびす》を返すと、背中越しに言った。

「案内する。ついて来るんじゃ」

＊

診療所は、二階建ての古い建物だった。

長年にわたって潮に当たり、風雨にも曝され続けてきたモルタルが、あちこちひび割れ、崩れ落ちている。

入口の扉を開けて中に入ると、懐かしさを覚える消毒液の臭いが鼻を突いた。

「こっちじゃ」

新田は、廊下の奥の一室へと、斯波を促した。

ぎい、ぎいと軋《きし》む廊下を進むと、厳重に目張りがされた木の扉の前で、彼は言った。

「念のため、被《かぶ》っておけ」

斯波は、新田から防毒マスクを手渡された。

二次災害を防ぐためだ。古い吸収缶が、いまだどのくらいの効果を持っているかはわからないが、ないよりはましだろう。手早く防毒マスクを装着すると、斯波は、新田と一緒に部屋の中へと入っていった。

　小さな病室。白いパイプベッドに、男が寝ていた。

　斯波が後ろ手にドアを閉めると同時に、新田がその男に声を掛けた。

「蘆高さん、起きとるかな？」

　浴衣《ゆかた》のような水色の病院着を着て、斯波たちに背を向けて寝ていた男――蘆高は、ゆっくりと仰向《あおむ》けになると、目線だけを新田に向けて、応じた。

「……はい。起きてます」

「気分は」

「わかりません。ずうっと……なんだか、ぼうっとしてて」

　蘆高は、つらそうに眉間《みけん》に皺《しわ》を寄せた。

　目の周りが黒く、見るからにやつれている。頬も無精ひげだらけだ。だが、年齢は自分とそうは変わらないように見える――じっと見つめる斯波を、蘆高は不意に見返した。

「あの、そっちの方は？」

「斯波さんいう方で、国のお役人さんだ」

「厚生労働省の斯波といいます、初めまして」

　斯波が簡潔に自己紹介すると、蘆高は、怯えた上目遣いのまま、首だけで会釈をした。

「……蘆高正司、といいます」

いだろう。

斯波は、努めて明るい声で訊《き》いた。笑顔も作ったが、おそらくマスク越しでは見えな

「お話は、できますか」

「はい」

「まだ体調もよくないところを申し訳ありません。幾つか、お伺いしたいことがあるん

ですが……」

「ええ、大丈夫です……たぶん」

若干、呂律《ろれつ》の回らない声。目もどこかうつろだ。

感染症であるならば、寛解期における症状の一種と判断されるだろう。テロであるな

らば、何らかの毒物の後遺症ということになるだろうか。

「蘆高さん、あなたはどこで被災されたんですか」

「俺ですかっ。俺は……その……」

目を瞑《つむ》ると、何かを一生懸命絞り出すように、蘆高は眉根《まゆね》を寄せた。

「確か……杉沢村の入口で、警備をしとったと思います」

「警備ですか。そういえば、あなたは警察官だと聞きましたが」

「はい。高知県警所属の巡査長です」

「具体的には、どんな警備を？」

「誰も杉沢村に入らんようにしとったんです。もっとも、誰かがやってくることなんか、

一回もありませんでしたが」

「そのときの天気は」

「晴れでした。気温が高かったように思います」

「警備は、ひとりで？」

「いえ、先輩とです」

「お幾つくらいの方ですか」

「私より二十以上、上の先輩です。頼りになる人でした。俺が高知県警に入ってから、ずっと、世話になった人です。なのに……ああ、俺は！」

蘆高はいきなり、表情を歪《ゆが》めた。

「先輩は……ああ、先輩はばったり倒れて、なのに俺は……俺は先輩を見捨てて。ひとりで逃げ出して……お、俺はなんてことを！」

「落ち着くんじゃ！　蘆高さん」

「うう……」

新田が声を掛け、彼を宥《なだ》めた。

しばらくの間、蘆高は顔だけを向こうに向け、嗚咽《おえつ》するように呻《うめ》いていたが、やがて、水っぽい声色で呟くように言った。

「すみません。俺、あのときのことを思い出すと、どうしても……気持ちが昂《たか》ぶって、わけがわからなくなってしまって」

「こちらこそ申し訳ない。つらいことを思い出させてしまって……」

謝りつつ、斯波は考える。

どうやらこの蘆高という巡査長は、警備の最中に、先輩警察官を見捨てて逃げたらしい。自責の念が、彼を取り乱させたのだ。

一拍を置くと、斯波はなおも訊いた。

「あなたがたが倒れたのは、どうしてですか？」

「わかりません。先輩は、バリケードを乗り越えてすぐばったり倒れて……逃げようとした俺も、すぐに気を失ってしまって……気が付いたときには、もうここにいて……」

救助され、緊急搬送されたのだろう。

当時、慢性的に四国とその近辺の病院は満杯だったという。こんな辺鄙《へんぴ》な場所にある診療所くらいしか、ベッドの空きがなかったのだ。

だが、結果としてみれば、それが彼の命を救ったとも言える。

「そのときに、ほかに誰か人はいた？」

「いえ、誰も」

蘆高は、首を緩慢に、力なく左右に振った。

「全然、風も、音もなく……なんか、視界が霞《かす》んだなあと思ったら、もう、俺らはだめでした」

「霞んだ……？」

気になる表現だ。斯波は突っ込んで尋ねる。

「どういうことですか、それ。煙か何かがあったとか」

「いえ、そういうんじゃなくって」

上手《うま》く言えないんですが――そう前置くと、蘆高は言った。

「もっと薄い、霧というか、靄《もや》というか、そんな感じのあやふやなものというか……」

「その何かが、あなたの周りにあったと？」

「はい。ああ、いえ……あったかどうかは……目が翳《かす》んだだけかもしれんので、何とも……臭いとか、そういうものも全然なかったですし」

「うーむ……」

腕を組むと、斯波は唸《うな》る。

霧。靄。霞――蘆高の証言するこの何かは、季節外れの暖かさが彼に見せた幻覚か。それとも何かの手掛かりか。

くしゅん。

不意に、蘆高がくしゃみをした。

「……風邪ですか？」

何の気なしに尋ねる斯波に、蘆高はもうひとつ、くしゅん、と大きなくしゃみで返事をしてから答える。

「ああ、はい。風邪だと思います。これは」

「これは？」

片眉を上げた斯波に、蘆高はすぐに言い訳するように説明した。

「ええ、俺、花粉症の気があるんです……でも、ここら近辺には杉がないですから、たぶんこれ、普通の風邪です。最近、夜が寒かったですから」

「なるほど……」

頷《うなず》く斯波に、蘆高は不意に言った。

「あの……斯波さん。俺、ここから追い出されるんですか？」

「はい？　いきなり何を」

「俺、知ってます。あいつらにやられた人間は、二次災害を起こすことがあるんでしょう？　俺がこの村に来る時も、村の人たちから受け入れしないほうがいいって意見があったって聞いています。でも……新田先生が説得してくれて、そのお陰で俺は今、ここにいられるって」

誰がそんなことを言ったんだ――と新田が舌を打つ。

村人の反対があったことを、蘆高の耳には入れないようにしていたのだろう。だが、人の口に戸は立てられない。噂はいつか、本人の耳にも入っていったのだ。

涙声で、なおも蘆高は訴える。

「昨日、高知が全滅したんでしょう？　ラジオで聞きました。でもこの村だけは無事なんですよね。どうしてそうなったかは知りませんけど、でも、だから、俺みたいな者がいると、この村も危険に曝《さら》してしまう」

「そんなことはない！」

頭《かぶり》を振りつつ、新田は言う。

「あんたがここにいるから、村が危険に曝される？　そんな馬鹿なことがあるか！」

「だけど、じゃあなんで新田先生も斯波さんも、そんな防毒マスクを付けているんですか」

「そりゃあ……」

口ごもる新田。彼に代わって、斯波は言った。

「……蘆高さん。あなたがここにいるいないは、村の危険とはまったく関係がありません。俺たちが防毒マスクを付けているのも、この大災害の正体がわからないからであって、あなたを元凶扱いしているわけじゃない」

「で、でも」

なおも、何かを言いたそうな蘆高に、斯波は諭すように言った。

「あなたは今、ただ体調を元に戻すことだけを考えるべきだ。それが、百万人単位の犠牲にもかかわらず、幸運にも命が助かった、あなたの義務です」

「…………」

納得したのか、蘆高がようやく口を噤《つぐ》んだ。

それを見て、ふと斯波は、今まさに自分で吐いた言葉を反芻《はんすう》した。

――百万人単位の犠牲にもかかわらず、幸運にも命が助かった、あなたの義務です。

斯波は、思う。この言葉こそまさに、命からがら逃げ切った俺にも当てはまることじゃないのか？　だとすれば――。

俺の義務は、なんだ。

感染症の正体をつきとめることか。

そうだとしよう。だが、そもそも感染症など本当にあるのか。新田や、楡や伊野塚たちの言うとおり、これはやはり、テロなのではないのか。

ならば、俺のすべきことは一体、何なのか――？

明確に存在していた、斯波が目指すべきゴール。

すぐ手が届く場所まで来たところで、不意に姿を消してしまったそれに、斯波は今、初めて焦りを覚えていた。

＊

いつの間にか、空は藍色《あいいろ》に暮れていた。

あとひと月で春分だ。とすると、今は午後五時過ぎくらいだろうか？　腕時計を見ればすぐにわかることを、斯波はあえて勘だけで推し量った。

遠くから、ざんざんと砂を叩《たた》き付けるような音が絶え間なく響いてくる。

あれは——波だ。

風も強くなり始めていた。陸風ではなく、生臭く饐《す》えた海風だ。この岬の突端では、時刻に関係なく、常に海からの強風が吹きすさんでいるのだ。

古い日本家屋の入口に立つと、斯波は、建て付けの悪い引き戸を無理やり引き開ける。入ってすぐに土間があり、一段上がったその向こうには、裸電球がぼんやりと照らす薄暗く狭い囲炉裏の四畳半があった。

その囲炉裏を囲むように、黒川と千恵が座っていた。防護服を脱ぎ、地味な紺色の作業服姿で細々と暖を取っていた彼らは、斯波の姿を見るや、すぐさま立ち上がり、同時に口を開いた。

「斯波さん！」

「隊長っ！」

手を挙げて彼らに応える斯波に、黒川が中腰で訊《き》いた。

「診療所へ行ってたんですか？」

「ああ。ひとり、生存者の男がいると聞いてね。会ってきたんだ」

「生き残りですか。どんな様子でしたか？」

「ショックがだいぶ尾を引いているようだったが、とりあえず話は聞けたよ。体調も悪くはなさそうだった……ここ、いいか」

断りを入れると、斯波はふたりの間に腰を下ろした。

身体が、氷のように冷えていた。

感覚をなくした指先を囲炉裏で炙《あぶ》ると、皮膚を通じて熱がじんわりと浸透していった。

今さら寒さを思い出し、斯波はぶるりと震えた。

「どうぞ！　隊長！」

不意に、千恵がペットボトルを差し出した。

緑色のラベル。お茶だろうか。

「ありがとう……だが、どうしたんだ、これ」

「さっき、久子さんが持ってきてくれたんです。ひとり一本分しかないけれど、喉《のど》を潤してくれって」

「そうか」

そういえば、今朝から水も食べ物も、何も口にしていない。

斯波は、キャップを捻《ひね》ると、茶を渇いた喉に流し込んだ。

寒さに味覚が麻痺《まひ》しているせいだろうか、まったく味がしない。だが――。

「……染み渡るな」

斯波は、思わず呟《つぶや》いた。

「おにぎりもありますよ。隊長の分もふたつ」

「本当か？」

アルミホイルに包まれたふたつの塊を、千恵から受け取った。

さして大きくはない。だがずっしりとした米の重みは、それだけで斯波に力を与える。

「これも、久子さんが握ってくれたんですって」

「そうなのか。なんとも……ありがたいな」

ここは四国の外れの寒村だ。そもそも物資に乏しいだろうに、本当なら村人たちの分として確保しているはずの水と食料から、こうして分け与えてくれている。

助け合いの精神に感謝しながら、斯波は握り飯に齧《かじ》りつく。

「……旨《うま》い」

斯波は、しみじみと呟いた。

不意に、黒川がラジオをつけた。

彼の私物だろうか、ポケットに入るくらいの小さな携帯用ラジオだ。側面に大きなスピーカーがついていて、イヤホンがなくても聞くことができる。

黒川がゆっくりとダイヤルを回すにつれ、ノイズばかりの音声は、やがてかろうじて聞こえる程度の音声へとチューニングされた。

――の状況についてお知ら……ける通信の途絶状況に……で何らかの事象の発生……。

――邸対策本部において本……ら指示がなされており……の点について楡副官房……。

「ニュース、やってますね」

「しっ」

黒川を制すると、斯波は音声に神経を集中した。

——は通行止めとなってお……も全面的に閉鎖し現在……不明となっております……。

——帯電話の使用は不能と……繰り返しお知らせしま……のテロ被害の状況につ……。

——数の死亡者が発生して……思われるのは高知県全……媛県南部及び徳島県全……。

——川にも多数の避難者が……きな混乱を来している……うか冷静な対応をお願……。

今、アナウンサーは何と言ったか。斯波は耳を凝らす。

多数の死亡者が発生していると思われるのは、高知県全域と、愛媛県南部及び徳島県全域——そう聞こえたが、本当にそう言ったのか？　とすれば、愛媛の北側はまだ無事だと考えていいのか？

だが——。

それきり、ラジオはガーガーと鳴るばかりで、もはやニュースは聞こえなくなった。

黒川が何度もラジオの向きを変え、振ってみるが、雑音は煩《うるさ》くなるばかりだ。

「あー、だめですね」

結局黒川は、諦《あきら》めた表情でスイッチを切った。

「風の影響でしょうか」

「……かも知れないな。本州のAM放送がたまたま聞こえたんだろう」

四国内では放送が中断している。そもそも情報を発信する人間すらいなくなっているのだ。ほんの少し、たまたまではあっても、情報が入手できたということだけで幸運なのかもしれない。

「どうやら、本州でも報道が始まっているようだな」

「規制が解除されたんでしょうか」

「いや、昨日の今日ではまだだろう。だが一日半が経過して、マスコミも痺《しび》れを切らしたんだ」

「逆に言うと、政府もまだ確実な情報を把握できず、混乱していると」

「そういうことになるな」

斯波は、茶を一口含み、頷《うなず》いた。

混乱――いや、それどころの話ではないだろう。

膨大な避難民の搬送に、増え続ける死者、負傷者、傷病者。すべてにおいて未曾有《みぞう》の規模で生じる中、原因さえ明確ではないのだ。対策本部のみならず厚生労働省《わ　が》でも、局長である田崎以下、不眠不休で対応しているに違いない。なのに――。

斯波は、思う。本来ならその渦中にいて陣頭指揮を執っていなければならないのに、こんなところで俺は、何をやっているのだろう。

「早く手を打たないと感染症は広がるばかりですね」

何となく発せられる、黒川の一言が、斯波の胸を抉《えぐ》る。

感染症――その病原体を、正体を突き止めるべく、俺はここに来たというのに。

「……どうしたんですか、斯波さん」

俯《うつむ》いた斯波を、黒川が気遣う。

「気分でも悪いんですか」

「いや。……なあ、ふたりとも」

ゆっくり顔を上げると、斯波は気弱に言った。

「もしかしたら、やっぱり……感染症じゃあないのかもしれないな」

「えっ？　斯波さん、どうしたんですか、いきなり」

怪訝《けげん》そうな黒川に、斯波は、ややあってから答えた。

「さっき、新田さんと話をしてきたんだ。独自に病原体を探し、かつ医師としての経験も踏まえた上で、新田さんは、これは感染症ではなく、化学物質を用いたテロだと言った。その言葉には説得力があった。そのせいかは知らんが、俺は……自分の考えは誤りだったかもしれないと、思い始めている……」

「斯波さん！」

問い詰めるように、黒川が言った。

「そんなことを言わんでください。それじゃあ……我々の苦労が無駄になる！」

「そうですよ、隊長！」

右隣から、千恵も身を乗り出した。

「弱音を吐いてはだめです！　そうしたら、すべてが終わってしまいます」

「しかし……考えれば考えるほど疑わしく思えてな。本当にこれは、感染症なのかと」

「隊長ともあろう方が、今になって何言ってるんですか！」

千恵がいきなり、ばんと畳に平手を叩《たた》きつけた。

「これは感染症です！　間違いありません！」

裏返る大声。

その剣幕に、しばし言葉を失っていると、やがて千恵は小さく咳払《せきばら》いを打ってから、声のトーンを落として言った。

「隊長。私はこれでも、細菌学者の端くれです。そりゃ駆け出しの若手ですけれども、それなりの学者勘は持っているつもりです。その立場から言わせていただきますが、これは感染症です。間違いありません」

「その言葉は、本当に嬉《うれ》しい。だが……」

ようやく、斯波は声を取り戻した。

「感染症だとすると説明のつかない点が、たくさんあるだろう」

「どんなことですか？」

「たとえば、そうだな、潜伏期間と致死率だ」

斯波は、ひとつ息を継いでから、一息で千恵に説明する。

「当初、俺はこの病気に潜伏期間があるものと思っていた。死に至った被害者が、その数日前から前駆症状と思われる微熱、あるいは鼻炎様の症状を訴えているという情報があったからな。だからこそ俺は、これが感染症だと判断したんだが、蓋《ふた》を開けてみれば、潜伏期間はほとんどなく、感染後即座に発症まで至っている。しかも、発症すると死亡率は百パーセントに近いんだ。こんな感染症が、本当に存在するものだろうか?」

「存在します」

千恵が、力強く即答した。

「これが特異な性質を持った細菌やウィルスである可能性が、十分に考えられます」

「そんな性質が、どうしていきなり備わった」

「突然変異ですよ。地球上には放射線などの変異要因が山ほどありますから」

「突然変異……か。だが、そんな都合のいい突然変異など本当にあるものだろうか?

そもそも、元は何から変異したんだ?」

斯波の反論。それは、かつて自分が投げ掛けられ、しかも答えられなかった問いだ。

だが千恵は、これにも即座に反論した。

「元が何かは知りません。でも、突然変異は大いにあります。その凄《すさ》まじさをなめてはいけません。隊長……私、菌とのお付き合いが長いですから、よくわかるんですよ。彼らは……微生物というのは、本当に凄い奴らなんです」

千恵は、口角を上げげつつ続けた。

「菌類は想像をはるかに超える早さで増殖する生物で。最適な条件では、たった一日で一兆の一兆倍にまで膨れ上がるんですよ。裏を返すと、DNA複製に伴う突然変異の機会もそれだけあるということです。仮に、ある菌にとって意味のある突然変異が起こる可能性が一兆分の一しかなくても、その変異は一日に一兆回起こるんです。そのうちのひとつも、人間にとって致命的な性質を持たないだなんて、どうして言えますか？」

「確かに、それはそうだが……しかし、それは机上の空論というものだ」

「空論なものですか！　これは現実に起こっている、菌との戦いです！」

「……戦い？」

「そうですとも」

千恵は、拳《こぶし》を強く握ると、空中に振り上げた。

「隊長、ペニシリンって知っていますか」

「ああ。フレミングが発見した抗生物質だろう」

「そうです。ペニシリンは優秀な抗生物質です。なぜ優秀かというと、人間には無害で、細菌だけを殺すという選択性があるからです。真正細菌は人間にはない細胞壁を持っていますが、ペニシリンはその細胞壁の主成分であるペプチドグリカンの発生を阻害します。その結果、細菌は破裂し、活動を停止する。もちろん細胞壁を持たない人体にはまったく無害です。こうしてペニシリンは、多くの人々を菌の侵蝕《しんしょく》から守り、命を救う万能薬として用いられてきたわけです。でも……その後、新たな問題が出てきました」

「耐性菌だな」

「そうです。さすが、ご存じでしたね」

「厚生労働省の所管事項だからな。もっとも専門的なことまではわからないがね」

苦笑する斯波に、千恵は嬉しげに続けた。

「万能の抗生物質としてペニシリンが無秩序に使われた結果、あるとき、ペニシリン耐性菌と呼ばれるものが誕生しました。これは、ペニシリンのようなβ-ラクタム系の抗生物質を分解する酵素を自ら作り出し、ペニシリンを無効化してしまうという性質を有しています。当然、これらの菌には、ペニシリンは効きません」

「つまり、万能薬が、一気に不能薬になったわけだ」

「そうです。このため、昭和三十年代に、医療現場で大きく問題になりました。もっとも、人間もペニシリン耐性菌の出現に手をこまねいていたわけではありません。すぐに次世代の抗生物質、メチシリンを実用化したんです。メチシリンはペニシリンに分解酵素を阻害する薬剤を配合したもので、これを使うことでペニシリン耐性菌を押さえ込むことに成功したんです。しかし……」

「菌類《あいつら》は、さらにその上を行った」

「はい」

千恵は、首を縦に振った。

「その数年後にはすでに、メチシリンにも耐性を持つメチシリン耐性菌が出現していました」

「メチシリン《M》耐性《R》黄色ブドウ《S》球菌《A》だな。社会問題にもなった」

「はい。現在では、MRSAはメチシリンのみならず、全β-ラクタム系抗生物質に対する耐性を持ち、医療現場の脅威となっています」

「人間が抗生物質を作ると、その抗生物質に耐え得る新たな菌が生まれる。改良を図ればさらにその上を行く。……まさにいたちごっこだというわけだ」

「まさしくおっしゃる通りです。医療研究の現場で、人間と細菌が知恵比べを繰り返しているのが実情なのです。ですが隊長、考えてみてください。菌がこれほどの狡猾さをもって人間の知恵と戦えるのはどうしてだと思いますか？」

「それは……」

斯波は、一考してから答えた。

「……なるほど、突然変異か」

「そのとおりです」

千恵は、大きく頷《うなず》いた。

「突然変異は侮れない現象です。発生頻度はほぼゼロといえるほど少ないものですが、それを上回る膨大な発生機会によって、人間と戦うためのさまざまな能力を獲得していくのです。もちろんこれは、ＭＲＳＡのような多剤耐性菌に限った話ではなく、もっと一般的な菌の性質にも言えます。だからこそ、強烈な毒性を持つ、あるいは尋常ではない発症スピードを持つといったことも、十分に考えられるわけです。逆に、そうではないと言い切れる確率的根拠が、一体どこにあるのでしょう？」

「……………」

言葉を返せない斯波に、千恵はなおも続ける。

「突然変異の結果、細菌は、人間の想像をはるかに超える多様な性質を獲得します。まったくあり得ないと思われるような性質、例えば、強酸性の溶液の中でも生きられる菌や、石油を生成するバクテリアだって生まれ得るんです。むしろ、いないと言うほうがおかしいんです」

ちなみに、このふたつの菌は実際に存在しているんですよ――と、千恵は嬉しそうな表情を作った。

斯波は、ふうむと唸《うな》った。

「確かに、君の言うことには説得力があるな。菌は時として奇跡的な業を見せることがある。例えば、ミトコンドリアの起源のように」

「共生現象ですね」

千恵が、すぐさま答えた。

原初の地球において、好気性細菌が真核細胞に共生し、ミトコンドリアという器官となったというのは、よく知られた話だ。元々、ミトコンドリアの祖先に当たる微生物と原生生物とは別々の存在だったが、いつしか原生生物がミトコンドリアを体内に取り込み、ミトコンドリアが酸素呼吸によって生み出すエネルギーを利用するようになったのである。その後、原生生物はミトコンドリアごと細胞分裂を繰り返すようになり、やがて進化の果てに、地球上の動物、植物、菌類はすべて、細胞内にミトコンドリアを有することとなったのだ。

「面白いい例ですよね。突然変異とは少し違いますが、菌たちが時に突拍子もない変化を遂げるといい一例だと思います」

「いずれにせよ、そんな魔法のような進化が起こったのなら、人間を含む動物に感染し、潜伏期間もほとんどなく、致死率が高い細菌やウイルスが生まれることも、想像上の話ではなく、十分に現実の出来事となり得るということか」

「はい。しかも、例えば身の回りにあるごくありふれた菌……例えば乳酸菌や大腸菌から変異することだってあり得るわけです」

「確かに、O157なんていう凶悪な大腸菌もあったな」

「あれが特定されたのも、一九八二年と比較的最近のことでした」

「うーむ……」

斯波は唸った。

確かに千恵の言うことには、専門家ならではの説得力がある。見れば、黒川も感心したような表情でうんうんと頷いている。

だが——だから諸手を挙げて納得できるというわけではない。斯波は、そのことを問うた。

「だが……もうひとつ重要な問題がある」

「どんな問題ですか?」

「新田さんが調べたところ、患者の検体からは、原因となる原虫も菌も発見されなかった。ウイルスも、大学に送って調べてもらったが見つからなかった。病原体がないのであれば、これが感染症であるとは、言い難いのじゃないか」

「なーんだ。そんなことですか」

千恵は、どうということもないといった口調で言った。

「それは単に、調べ方の問題ですよ」

「調べ方？」

「ええ。隊長は、新田先生がどうやってお調べになったか聞きましたか」

「顕微鏡を覗《のぞ》いたと言っていた。あるいは、検体を大学の知り合いに送ったと……」

「なるほど、最低限の検査はしたんですね」

大きく首を縦に振ると、千恵は続けた。

「確かに原虫や細菌は顕微鏡で観察できますから、検体を採れば、目視で調べることができます。ですが、原因菌が他の菌と見分けがつかなくなっているということがあるかもしれません。例えば、大腸菌にはO１５７も含めてさまざまな種類がありますが、どれも見た目はよくある桿菌《かんきん》にしか過ぎません。実際にそれが何なのかを特定するためには、抗原をきちんと調べる必要があるはずです」

確かに、新田はそこまで調べたとは言っていなかった。

「ウイルスもそうです。ウイルスはそもそも光学顕微鏡では観察できず、存在を確認するにはマーカーによって抗原を細かく調べる必要があります。新田先生とそのお知り合

い の方を疑うわけではありませんけれども、少なくとも、調べ方には疑問が残ります」

「つまり、新田さんは、病原体の存在を見落としていると？」

「ええ。その可能性が高いと思います」

「……なるほど。納得できたよ」

「隊長の疑問、解消しました？」

「ああ」

口の端を上げると、斯波は千恵に断言した。

「前言は撤回するよ。やっぱりこれは、感染症だ。確かに疑問は多いが、何よりもその広がり方が証左している。まさしくこれは、未知の感染症による未曾有《みぞう》のパンデミックだとね。間違いない。心強い言葉を……本当にありがとう」

斯波は頭を下げた。

千恵が、少しどぎまぎとしたような表情で答えた。

「こちらこそ差し出がましいことを言ってすみません。何だか偉そうに語ってしまって……でも、わかってもらえて嬉《うれ》しいです、隊長」

目を細めると、千恵は、笑窪《えくぼ》を作って微笑んだ。その笑顔は――。

――歩美。

どきりとして、思わず視線を逸《そ》らせた。

「……？　どうかしたんですか？」

不意に黙り込んだ斯波に、千恵が話し掛けた。

斯波は、怖いものでも見るように、もう一度、おそるおそる千恵の顔を見た。

歩美に似た、千恵の訝《いぶか》しげな顔。

だがよく見れば、もちろん――それは、歩美ではなかった。

当り前だ。千恵は、歩美じゃない。彼女が歩美であるわけがないじゃないか。

ほっとすると同時に、ふと――言い知れない不安が斯波の心の内側に渦巻く。

じゃあ、歩美はどうしているんだ。

彼女は今、どこで何をしているのか。無事でいてくれているのか――と、そのとき。

「あ……！」

唐突に、斯波は理解した。

俺が今、不安で堪《たま》らない理由を。それは――。

自分が彼女をこんなにも切望しているのに、当の歩美がここにいないから。

話も出来ず、無事でいてくれているのかもわからないからだ。だとすれば――。

――そういうことか。

なぜ歩美は、出て行ったのか。

なぜ歩美は、彼女自身が不満だと言ったのか。

俺にとって、唯一無二の存在である歩美。それは、逆もまた同じだったのだ。彼女もまた、同じ気持ちを持ち続けていたのだ。なのに――。

その彼女をあまりにも長い間ないがしろにし続けてきた男は、誰か？

「……あの、隊長。本当に大丈夫ですか？」

千恵が、黙り込んだままの斯波を、不安そうな顔で覗き込む。黙していた黒川もまた、心配そうな表情を浮かべて斯波を気遣った。

「横になりますか」

「あ、ああ。大丈夫、大丈夫だ」

斯波は、作り笑顔を千恵たちに見せると、ことさらに声を張った。

「ちょっと考え事をしていただけだ。気にするな」

「………」

なおも心配そうな千恵に、斯波は努めて明るく振舞いつつ——心の中で呟《つぶや》いた。

——やっと、気づいた。

彼女のことをないがしろにしていたのは——俺。

ほかでもない、この俺なのだ。

そのことに、やっと気づいた。だが——。

斯波は同時に、小さく、溜息《ためいき》を吐いた。

気づくことはできた。だがもう——手遅れなのかもしれない、と。

*

「ごめんなさい、斯波さん。わざわざ会ってもらっちゃって」

薄暗がりのカウンター。円筒形の曇り一つないグラスに注がれたカクテルを前にして、あの日――歩美は言った。

「今の時期、まだ忙しいんでしょう？」

「ああ、でも平気さ。君のためなら、いくらでも時間を割く」

斯波は、親身な笑顔を作りながら、手の中で寸胴なウイスキーグラスを回した。からんからんとグラスの中で氷が躍った。注文したのはバーボン、ロックをダブルで。普段それほど飲み慣れてはいない洋酒を、見栄で頼んだ。

「それより歩美ちゃん、何だい？　相談って」

「ええ、うん。その……」

言いにくそうに口ごもる。斯波は、先回りをして言った。

「いや、言わなくてもわかる。宮野のことだろう？」

「………」

薄桃色のニットを着た歩美は、無言のまま、こくりと頷《うなず》いた。

さらさらと肩から流れ落ちる彼女の長い黒髪を見ながら、斯波は言った。

「あいつは今、大変な仕事をしている。法改正のプロジェクトチームといってね。それこそ盆も正月もない忙しさなんだ。出張ばかりで、役所にもほとんど顔を出す暇がないくらいだよ。君も、最近はほとんどデートもしていないはずだ。そんな状況だから、君は不安を覚えている……どうかな？」

「………」

歩美は、カクテルを飲むでもなく、グラスを両手で握り締めた。

「あいつと最後に会ったのは？」

「三か月前です」

「そんな前か。で、それから、一度も会ってない」

「はい」

「ひどい男だなあ、宮野は。こんなに可愛い彼女を放《ほ》ったらかしにしておくなんて」

薄く笑いながら、斯波はバーボンを口に含む。まだ氷が十分に溶けきらないそれは、濃厚な香りとともに、アルコールの角張った刺激が、鼻を突いた。

「で、相談に乗ってほしいと」

「ええ」

「そうか。なるほど……」

数秒考えた後、斯波は言った。

「今の状況は、改正案が国会に出て、それが無事に通れば終わるから、そうだな、あと半年は掛かると思う。でも、裏を返せば、たったの半年待てば、また宮野には余裕が出来るってことだ。そうすれば、君たちもまた前と同じように……」

「いえ、あの」

歩美は、申し訳なさそうに、斯波の言葉を遮った。

「そうじゃないんです。斯波さん」

「ん」

そうじゃないって、どういうことだ。

片方だけ目を細めた斯波に、歩美は身体を向けた。

「私……よくわからないんです」

「よくわからない、って、何が」

「その……自分が、です」

胸のふくらみに細い手を当て、歩美は続けた。

「私、愛媛の生まれです」

「知っているよ。今治だろう」

「はい。だから、私……田舎者なんです」

「田舎者？　君がか？」

斯波は手を大きく横に振った。

「そんなことはない。おしゃれだし、言葉だって標準語だ。そもそも今治は言うほど田舎じゃない」

「言葉はすぐに直せます。格好だって、ファッション誌を真似れば、すぐそれなりになります。でもね、斯波さん、私やっぱり、田舎者なんですよ。だって……ここはやっぱり、故郷とは違う。未《いま》だに、都会にも慣れないんですから」

俯《うつむ》くと、歩美は訥々《とつとつ》と続けた。

「都会って、ものすごい圧力があるんです。都会にいる人たちは皆、宮野さんも、斯波さんも、その圧力をものともせずに動いて、働いて、役に立っている。でも私は……違う。どこか萎縮《いしゅく》しているし、動けない。役にも立ってない」

「何言ってるんだ。君だって、しっかり働いてるじゃないか」

「確かに、働いてます。でも、それだけ。役には立ててない」

寂しそうな顔で、歩美は首を小さく左右に振った。

「結局、私には都会は向いていないんです。宮野さんを追って東京に来たけれど、いつも守ってもらってばかりだし、いい大学を出たわけでもないから、彼の仕事を理解することもできないし。なんとか力になりたいとは思うけれども、でも無理なんです。だって……」

——田舎者だから。

歩美は、寂しそうにそう言った。

その姿を見て、斯波は怒りにも似た感情を覚えていた。

宮野――お前は一体、何をやっているんだ。お前を追い掛けてきた彼女だぞ。こんなに可愛らしい女だぞ。それをほったらかしにして寂しい思いをさせるとは何事だ。出世コースの仕事をして、眠る暇もないほど忙しいのはわかる。だが、その分どうして彼女のケアをきちんとしてやらない。

お前がそんな体たらくなら、いっそのこと――。

斯波はふと、歩美を見た。

間接照明の淡い光が照らす彼女が、物憂げにグラスを見つめている。長い睫毛《まつげ》。桃色のチーク。小ぶりな唇に浮かぶ、艶《つや》やかなグロス。そして、今にも折れてしまいそうな、たおやかな身体。

後ろ暗い謀略が、のろりと蠢《うごめ》いた。

放っておかれているのだろう？　だったら俺が放っておく理由もないぞ。

それなら――。

残ったバーボンを一気に呷《あお》ると、斯波は心の中で呟いた。

宮野――俺が、貰《もら》うぞ。仕事も。歩美も。

＊

燻《くすぶ》る炭がぱちりと爆《は》ぜる音で、斯波ははっと瞼《まぶた》を開いた。

今のは――？

しんしんと冷える壁際。にもかかわらず、首筋に滴《したた》るほどの汗を掻《か》いている。

――夢？　いや、違う。これは、回想だ。

大きく溜息を吐くと、斯波は湿った額に手を当てた。

きっと、自覚はなくとも疲労が蓄積しているのだ。気を抜いた瞬間、斯波は、白昼夢のごとく、あの頃の出来事をまざまざと思い出していたのだ。

誤魔化すようにして、斯波は、囲炉裏の中で熱を発する暗赤色の塊を鉄棒で突いて転がした。白くなった炭が、砂の中で灰を舞い上げた。

ふと横を見ると、千恵も、柱に凭《もた》れたまま、すうすうと寝息を立てていた。

小さな唇をわずかに開いた、安らかな寝顔だ。

「……疲れていたんでしょうね。彼女」

胡坐《あぐら》を掻いた黒川が、つぶやいた。

「ああ」

もっとも、疲れているのは、千恵だけじゃないがな――がりがりと灰を引っ掻いて炭を均《なら》しながら、斯波は苦笑した。

「無理もないさ。なにせ、生きるか死ぬかの瀬戸際だったんだから」

「まったく、危機一髪でした」

冷えるのか、黒川は太い指先を火に翳《かざ》した。

「あんな経験、初めてです。さすがに焦りました」

「君でも焦ることがあるのか？」

上陸したときも、仲間がばたばたと倒れたときも、黒川は落ち着いていた。まさしく、麻取として幾つもの事件を——時には、命が賭されるような修羅場をも——くぐり抜けてきた経験がもたらした、胆力だ。

だが黒川は、静かに首を左右に振った。

「正直に言えば、あのとき私は判断ができませんでした。斯波さんが『逃げろ』と叫ばなければ、立ち竦《すく》んだまま死んでいたでしょうね」

「…………」

数秒の沈黙を挟んでから、斯波は言った。

「小野寺さんのことは、本当に残念だった」

小野寺——五分刈りで白髪交じりの男。黒川と同じ麻取であり、二番目に倒れた男だ。

「無念です……ですが」

黒川は、表情も声のトーンも変えずに答えた。

「本望ではあっただろうと思います」

「本望？」

「小野寺さんは仕事の鬼でした。常日頃から、『黒川、俺はできれば仕事場で死にたいんや』とも言っていたんです。そのとおりに願いが叶《かな》い、きっと、あの世で胸を張っていることでしょう。私も、誇りに思います」

「……そうか」

嘘だ——と斯波は思った。

確かに彼は、仕事で死ぬことを願っていたかもしれない。だが、その願いがこんな形で成就されることまでは、望まなかったはずだ。

だから、それを誇らしいと言う黒川の言葉もまた——嘘だ。

彼の本心にあるのは、同僚を失った悔しさと無念さだ。だが、それを認めてしまえば、その死が無駄になる。無駄にしたくはないから、黒川はそれを、誇りという言葉に置き換えたのだ。

「……斯波さん。これから、どうされますか」

ぽつぽつと明滅する炭火をじっと見つめながら、黒川が訊《き》いた。

「ここは比較的安全です。しばらくの間なら滞在も可能です……。しかし」

「いつまでもここにいるわけにはいかない」

「はい」

黒川が、目線だけを上げた。

「集落の食糧事情もあります。いつまでも安全だという保証もありません。何より……私たちには使命があります」

「わかってる。あれを持ち帰らなければならないからな」

斯波は、ちらりと部屋の隅を見た。

そこにあるのは、黒いリュックサックだ。中には、あの病院から三人の命と引き換えに持ち帰った、カルテと検体が入っている。

「これが感染症であることを立証するには、あれが不可欠だ。そのためにも、いつまでもここで足止めを食うわけにはいかない。だが……」

「危険が伴う」

「そのとおりだ」

この村から船で無事に岸壁を離れるまで、無事でいられるかどうかはわからない。

「私は、どこまでもお供しますよ」

黒川が、うずくまった熊のような姿勢のまま、口角をわずかに上げた。

「船を動かせるのは、私しかいませんからね」

「すまない」

「いえ、これも本望ですから」

本望——その言葉は、嘘ではないように聞こえた。

「……これから、どうされますか」

先刻と同じ問い。

「そうだな……」

使命はある。だが、決断にはやはり、迷う。

逡巡する斯波。その答えを待つ間、黒川は無言で作業服の胸ポケットから小さな紙箱を取り出すと、その端を指先でとんとんと叩いた。

煙草だった。

その一本を口に咥え、大柄な身体を前傾させると、黒川は器用に煙草の先だけを囲炉裏の炭に当て、それからふうと満足げに煙を吐いた。

「……君、吸うのか」

「はい。けむたかったら、すみません」

バニラ香を含む煙をくゆらせながら、黒川は申し訳なさそうな顔をした。

「いや、構わないよ。……それより、俺にも一本くれないか」

「斯波さんも吸うんですか？」

「八年前まではな」

歩美との結婚を機に、煙草はきっぱりとやめたのだ。

せっかくここまで止められたのなら、吸わないほうがいい——などという野暮は言わず、黒川はただ、煙草を一本、そっと斯波に差し出した。

「ありがとう」

受け取ると、吸い口を咥え、黒川と同じように、囲炉裏の炭で火を点けた。

すぐに、八年ぶりの香味が、肺いっぱいに沁み渡る。

それは、脳を鎮静化させる、心地よい酩酊感。

やがて――斯波は、呟くように言った。

「……明朝だ。夜が明ける前に発《た》とう」

「わかりました」

黒川は頷《うなず》くと、煙草の灰を、とん、と囲炉裏に落とした。

3

明くる朝、激しい雨の中、彼らはバンの前にいた。

雲が厚く垂れ込める灰色の空。海からの風に煽《あお》られた雨粒が、防毒マスクと防護服に身を包んだ男たちと、作業服を着た女の身体を、ひっきりなしに叩《たた》きつける。もう日の出の時刻だが、いまだ周囲は仄《ほの》暗く、まるで岬ごと海の底に沈みこんでしまったかのようだった。

「事件は経験上、だいたい午前中に発生する」

新田医師は、くぐもった声で言った。

「午前九時から十時くらいだ。おそらく、奴らが活動する時間なんだろう。それまではまだ二時間以上時間があるし、特に今日みたいな寒い雨の日は、事件の発生率は低かったと思うが、あくまで経験則だ。気を抜いちゃあならんぞ」

「わかっています」

斯波は黒川とともに頷いた。

「気を付けて、隊長」

バンの後部座席に乗り込もうとした斯波に、千恵が声を掛ける。

傘も差さず、全身ずぶ濡《ぬ》れだが、そのことをまったく気に掛ける風もなく、千恵は、斯波にリュックサックを手渡すと、力強く言った。

「必ず、病原体を見つけ出してくださいね！」

「もちろんだ」

「でも……一緒に行けなくて残念です」

危険が伴う帰路。熟考した上で、斯波は千恵をこの村に置いていくことにした。

彼女は当初、斯波たちと同行することを強く望んだ。だが、仮に三人が全滅してしまえば、調査の事実を知る者は誰もいなくなる。リスクは最小限にする必要があり、誰かは残らなければならなかったのだ。

その判断に、理性的な研究者である千恵は、首肯したのだ。

「俺も、残念だ。だが」

悲しそうな顔の千恵に、斯波は微笑んだ。

「東京に戻ったら、すぐここに避難村ができていることを知らせて救助を寄越《よこ》す。それまでは、辛抱してくれ」

「わかりました。待っています」

「全部終わったら、皆で酒でも飲もう」

「……はいっ！」

千恵もまた、笑みを返した。

「行くぞ！」

斯波は黒川とともに乗り込むと、後部座席のドアを閉めた。

同時に、新田がアクセルを踏み込み、バンが走り出した。

いつまでもこちらを見送り続ける千恵の顔が、岩場の背後に消えてしまってからも、バンはぐんぐんと加速し、国道に出るときには、すでに時速百キロを超えていた。

水滴がフロントガラスにばちばちと当たり、滝のような流れを作っている。雨脚はなおも強さを増しているようだ。ワイパーは最高速で動いていたが、視界の状況は決していいとは言えなかった。

「……わかっとるとは思うが、車の中にいるときは比較的安全だ」

新田が、ハンドルを小刻みに操りながら言う。

「危ないのは、バンを降りた後、船に乗り込み、岸壁を離れるまでの間だ。そこまで行ければ、もうやられることはないと思うが……」

「つまり、それまでが勝負だと」

「そうじゃ。可能な限り迅速に、岸を離れるんじゃ」

可能な限り迅速に。だが、安全な海上まで離岸するのには、最低でも二十分は掛かるだろう。

その間に、命を繋《つな》げられるかどうかは――。

「……まさに『運試し』だな」

斯波は、強がりのような笑みを浮かべた。

長いようで短い時間の後、バンは港に着いた。

ほとんど急ブレーキで、高速艇を停泊させている桟橋ぎりぎりにバンを停めると、新田は言った。

「……気をつけるんじゃぞ」

「ええ、新田さんも。くれぐれも、片岡君をよろしく頼みます」

簡潔に返事をすると、斯波と黒川は、バンのドアを――。

「……行くぞ」

一気に開けて、飛び出した。

＊

顔に当たる雨。防毒マスク越しに肺の中に入ってくる空気。

それらがすべて、禍々《まがまが》しく冒されているという悪しき想像と戦いながら、斯波は桟橋を全速力で走った。

背後で、甲高いエンジン音があっという間に消えていく。

新田は無事に、村に帰れるだろうか？　心配しつつも、斯波は高速艇の太綱《ホーサー》を掛けている係船柱《ボラード》に飛びつき、太綱を思い切り引っ張った。

だが、雨で湿った麻の縄はぴたりと柱に張り付いたまま、なかなか動かない。

「斯波さん！　加勢要りますか？」

黒川の叫びに、斯波はそれ以上の絶叫を返す。

「何とかなる、君は船を！」

歯を食いしばり、なおも指先から全身まで、力を込めて引っ張り上げると、やがて縄は斯波に屈し、係船柱から外れた。

「よし！」

同時に、高速艇のエンジンが掛かり、軽油が燃える黒い煙が辺り一面に吐き出される。

斯波が桟橋から高速艇の甲板に飛び移ると、すぐ船はばりばりという爆音とともに、最大出力で船体を半回転させた。

「斯波さんは中に！」

運転席からの黒川の声。

転がり込むようにして甲板から船室に入ると、斯波はドアをぴたりと閉め、その傍にへたり込んだ。

平衡感覚を攪拌《かくはん》する荒海のうねりと、尻《しり》の下から突き上げる高速艇の唸《うな》り声。

それらに翻弄《ほんろう》されながら、斯波はただひたすら、祈り続けた。

神よ、もしあんたが存在するのなら、どうか俺たちを助けてくれ、と——。

そして——。

どれだけの時間が経ったのか。

「……斯波さん」

黒川の呼び掛けに、斯波ははっと我に返り、顔を上げる。

船室の中央で舵輪《ハンドル》を操る黒川は、斯波の顔を見ると、うれしそうな表情で言った。

「斯波さん。見てください、あれ」

斯波は立ち上がると、窓の外に目を遣《や》った。

一面が灰色にくすんだ太平洋を進む船。左側の遠くに、岬が見えた。

あれは——室戸岬か。

「五キロメートル。無事に離岸しました」

「俺たちは……助かったのか？」

「ここまでくれば、もう大丈夫です」

「そうか……」

斯波は、大きな溜息《ためいき》をひとつ吐くと、呟くような言葉で、黒川を労《ねぎら》った。

「よくやった。本当に……よくやった」

高速艇は、来た時と同じ、四国の東側を迂回《うかい》するルートを——しかし、来た時からは三分の一になった人員を載せて——一路、高松へと向かって行った。

船上、斯波は思った。

多くの犠牲を払う調査だったと。

だが——得るものも、あった。

それは、黒いリュックサックの中にある検体。あるいは症状を記録したカルテ。これらを詳細に調べてみれば必ず、病原体の正体が何なのか、特定できる。

病原体が何なのかさえわかってしまえば、こちらのものだ。治療法もわかるし、ワクチンを作ることもできる。ペニシリン耐性菌にメチシリンで対抗したように、四国に蔓《まん》延《えん》する病原体を駆逐し、この悪夢のようなパンデミックを収束させることができるに違いない。

そうなるだろう。そのはずだ。

だが——。

高松の港についた斯波を待っていたのは、耳を疑うような報告だった。

*

「な、なんだと……?」

臨時回線で、本省の部下から掛かってきた電話を受け取った斯波は、その報告を聞いて、思わず受話器を取り落としそうになった。

「もう一度言ってくれ。それは……本当なのか？」

『本当です、参事官。本災害を引き起こした原因物質が特定されました』

「まさか」

原因「物質」だと？　原因は、病原体じゃなかったのか——？

「……一体、何なんだ？　その原因物質は」

上ずる声で斯波が問うと、本省にいる斯波の部下は、ごく淡々と——しかし、言葉の端々に無念さを滲《にじ》ませながら——答えた。

『有機リン系神経ガス……サリンです』

IV

1

サリン――この一九三〇年代にナチスドイツの陸軍省で開発された化学物質について日本人が知っていることは、あまりにも多く、同時にあまりにも少ない。

それは、あれほどの社会的影響を与え、かつ潜在的恐怖を呼び起こした事件であったにもかかわらず、ほとんどのマスコミが、社会的な意味についてのみ報道をしたからだ。化学物質としての特性については、科学的領分の話であり報道価値がないとされたのか、詳細に解説されることはまずなかったのだ。

サリンは、イソプロピルメタンフルオロホスホネートというやや長い正式名称を持つ物質だ。十個の水素原子と四個の炭素原子、二個の酸素原子に、リン原子とフッ素原子をそれぞれひとつずつ組み合わせた、高々十八個の原子からなるこの化合物――原子の数だけで言えば、キシレンなどと同じごくシンプルなもの――は、しかし、人体に対して機能する毒物としては最強のものであり、その製造コストの安価さと、それ以外には使用用途が考えられないという点にも鑑《かんが》みて、おそらくこれまでに存在した化学物質の中でも、飛びぬけて邪悪なものとして位置づけられるものである。

　人体には、脳を中心として無数の神経が張り巡らされている。神経は、その末端で筋肉と接続しているが、継ぎ目にはほんのわずかな、原子百個分にも満たない程度の隙間がある。脳から発せられた指令が、神経を伝播《でんぱ》しこの接続部に達すると、末端はアセチルコリンという化学物質を放出する。このアセチルコリンが、筋肉に刺激を伝え、脳の指令どおりに筋肉を動かすのだ。

　だが、化学物質であるアセチルコリンがそのまま存在していると、筋肉は刺激し続けられてしまう。そこで人体はコリンエステラーゼを分泌する。コリンエステラーゼはアセチルコリンを分解する酵素だ。これにより、放出されたアセチルコリンは即座に分解され、筋肉が興奮し続けることを防いでいるのだ。

　サリンの毒性は、ひとえに、このコリンエステラーゼと結合する性質から生じている。人体に摂取されたサリンは、すぐさまコリンエステラーゼと結合し、その分解機能を奪う。すると、放出されたアセチルコリンは分解されることなく、いつまでも筋肉を刺激し続けることになる。

　この分子レベルのエラーは、しかし人体に対しては深刻な影響を与える。

　すなわち、筋肉の暴走が起こり、大脳が全身を制御できなくなるのだ。人体は大脳のコントロールによって機能する繊細な精密機械であり、ごく単純な動作も、多くの筋肉の絶妙な連携により行われている。だが、その神業のような連携を、サリンはすべて失わせてしまう。結果として、手足の運動障害、嘔吐《おうと》、痙攣《けいれん》、失禁、瞳孔《どうこう》の収縮などを発症し、最終的には呼吸筋の麻痺《まひ》が直接の原因となって、窒息死に至るのである。

もちろん、サリンは神経の塊である大脳にも直接働きかける。サリンの影響により、大脳そのものも暴走するのだ。このため言語障害や精神錯乱が引き起こされ、あるいは不可逆性の意識変容を起こすことさえある。

加えて、サリンは致死量が極めて少ない。

例えば、一立方メートル中に高々〇・一グラムのサリンガスを含む空気を呼吸しただけで、人間はほぼ百パーセント死に至る。またサリンは、呼吸するだけでなく、皮膚に付着しただけでも、その毒性が発揮される。サリンは、経皮吸収するのである。

最初の事件発生が認められてからおよそ一か月。原因物質がサリンであると断定するのに、これほどの時間を要したのは、調査に向かった専門家が帰らぬ人となるなど調査そのものが難航したことや、そもそも対策本部内部が必ずしも一枚岩ではなかったことなど、さまざまな要因が挙げられるだろう。

だが、高知全域を含む四国の半分を死の世界にした原因が、ようやく、このサリンであると断定された今——。

急ぎ新幹線で東京へ引き返す途上、斯波は、考えていた。

サリンという単語は、きっと多くの人々に同じ連想をもたらすだろう。

それは——テロリズム。

当然のことだ。人為的につくられたサリンという化学物質を用いた事件など、人為的なテロであるとしか考えられないからだ。

だからこれは、サリンを用いた無差別テロ。人々はきっと、そう信じ込むに違いない。

だが、それでも斯波は、信念を変えてはいなかった。

サリンが検出されても、これは感染症。きっと病原体そのものが、サリン毒性を持っているのだ。きっとそうだ。そうに違いない。

もはや意地で、斯波はそう信じていた。いや、信じ込もうとしていたのだ。

だが――。

*

高知行きを宣言して以来、何日ぶりだろうか。

首相官邸にある、官房長官室――今はその入口に「四国大規模テロ対策本部長室」という看板が掲げてある――に足を踏み入れた斯波は、すぐさま不穏な空気に出迎えられた。

いつもの大テーブル。上座はもちろん、対策本部長である金平長官だ。だが、金平は、テロ対策特別委員会で国会に張り付いていることが多く、隣に座る官房副長官の楡が対策本部の事実上の指揮を執っていた。

楡の隣には、伊野塚警察庁長官がどかりと腰掛けていた。四国の大災害が「テロ」であると確定して以降、伊野塚は対策本部の事務局長という重責を与えられ、テロ対策においても強いイニシアチブを握っていた。

その向かいに、厚生労働省から家持大臣と田崎局長が、どちらも無表情のまま座っていた。斯波が田崎と会うのは、実は彼が高知へ赴いて以降初めてだった。田崎は役所を不在がちで、結局、高知行きの報告もできないまま、今に至っていた。

田崎は、ほんの一瞬ちらりと斯波と目線を合わせると、一言だけ述べた。

「斯波参事官は、そこへ」

一礼をして、指示された下座へと着いた斯波に、伊野塚があからさまに嫌味な口調で言った。

「さて参事官殿。早速だが、高知旅行のご報告を賜ろうか」

——来たか。

斯波は、丹田に力を込めると、起立する。

「はい。ご報告を申し上げます。先週、私は当省内で調査隊を組織し、高知県海潮町の総合病院へと赴いて、資料の収集を試みました。作業は難航し、予想外の事態にも襲われましたが、何とか検体を採取し、またカルテ等の参考資料の入手にも成功しました。帰庁後すぐ、検体を東京大学医学研究室に送付し分析を……」

「過程はいい。結果だけ言え」

仏頂面の楡が、厳しい口調で結論を促した。

「申し訳ありません。では結論のみ申し上げます。私は、四国で起こっている事象は、未知の感染症による感染爆発、パンデミックであると考えており……」

「まだ君はそんなことを言っとるのか！」

バン、と伊野塚がテーブルを平手で叩《たた》き、斯波の言葉を遮った。

「サリン対策で忙しいというのに、どうしても大事なことがある、二分でいいから意見を述べさせてほしいと言うから聞いてやっているんだぞ？　にもかかわらず、まだそんな世迷言《よまいごと》を言っとるのか！」

「世迷言ではありません、伊野塚長官」

斯波は、すぐさま言い返す。

「信じていただけないのは仕方ありません。サリンという化学物質が検出されたのですから、これをテロだという前提で考えるべきだというご判断は理解しています」

「理解するも何も、当然のことだろうが」

「しかし、結論はやはり間違いです。なにしろ、私は現地をこの目で見てきたのです。その経験から、こうしてご進言申し上げているのです。これは、紛れもない感染症です。しかも人から人へと伝播する悪性のものです。だとすれば、テロリストの捜索活動のような、本州と四国とを往来する人員を増やすことは、むしろ感染拡大を招きます。今すぐ四国を封鎖して、とにかく感染爆発を食い止めることが必要です」

「口を慎め斯波っ！」

伊野塚が激昂《げきこう》した。

「貴様、この期に及んで我々のすることに文句をつけるのか？」

「そ、そうだぞ斯波君。それは言い過ぎというものだ」

おろおろしつつ、家持が口を挟んだ。

「テロリスト捜索は、警察庁さんの独断じゃなく、対策本部の判断でやっているんだぞ。君ごときがどうこう批判することじゃあないだろう」

「でしたら、対策本部におけるご判断の転換を進言します。これは一刻を争うのです。現状、存在しないテロリストの捜索につぎ込んでいるマンパワーを、すぐに感染拡大の水際阻止と四国封鎖と生存者の救出へと転じさせるべきです。高知にはまだ、生存者もいるのです。彼らの人命も救助しなければ」

「だ、黙りたまえよ、君！」

家持が、目を三角にして、裏返った声で叫ぶ。

「政治家である僕たちに逆らうのか、そ、それでも官僚か」

「逆らうつもりはありません。ご進言を差し上げているのです」

「進言ったって、も、妄言にしか聞こえない」

「妄言ではありません」

「ならば、き、君の頭はおかしくなっているんだっ！　病院に行け！　い、今すぐに！」

「家持君。君、少し冷静になりたまえよ」

「は、はっ、す、すみません……楡長官」

顔を真っ赤にして立ち上がる家持を、楡がやんわりと制した。長官は金平だ。家持が楡の肩書を間違えたのがわざとなのかそうではないのかはわからないが、楡は訂正することなく、にんまりと、まんざらでもなさそうな笑みを浮かべた。

「君のよくないところは、興奮すると論点がどんどんとずれていくところだ。国会でも、その欠点を衝《つ》かれて何度も窮地に陥っただろう」

「それは、そのう……」

「いいか、今聞くべきは、それぞれがどう思うかというような主観的な話じゃあない」

「は、はあ」

家持が再び席に着いたのを確認すると、楡は、ねちっこい笑みを顔に浮かべたままで、斯波に尋ねた。

「さてさて斯波選手。改めて貴殿のご見解を問おうか」

「なんでしょうか……楡副長官」

「サリンが検出されていることについて、君はどう思うかね？」

「どう思う……というと」

「サリンが元はナチスドイツの合成した化学物質であって、これまで天然に存在していなかったということは、博識そうな君なら当然知っているだろう。聞かせてもらいたいのは、この極めて人工的な化学物質であるサリンと、君が述べる感染症との間に、いかなる関係があるかということだ」

「それは……」

間を置いてから、斯波は答えた。

「サリンは、感染症の病原体が生成したものと考えています」

「ほう。そいつが自らサリンを生み出したと」

「そうです。ボツリヌス菌が感染後にボツリヌストキシンという猛毒を生み出すように、この病原体もまた、感染後……あるいは感染前からかもしれませんが、サリンを生成しているのだろうと思われます」

「サリンとは、そんな簡単に合成される化学物質なのかね？」

「はい。分子数は十八ですし、使われる元素も、炭素、酸素、水素、リン、フッ素と、自然界に多量に存在するごくありふれたものばかりです」

「つまり、これまでには天然には存在しなかった、サリンを生み出す菌が、新たに生まれたというわけか。君いわくの、突然変異の結果として」

「そうなります」

「そうか、そうか。なるほど、なるほど」

くくく、としばらくの間、楡は嘲るように笑った後、突然真顔になった。

「では、その証拠を見せたまえ、斯波君」

「証拠……ですか」

「そうだ。突然変異を起こした結果、サリンを生み出すという病原体。その証拠は一体、どこにあるのかね？　生憎と私は頭が悪くてね。こんな馬鹿な私にもわかるように、はっきりと見せてはくれないか？」

「それは……」

詰まりながらも、斯波は答えた。

「今は……まだ、お見せすることができません」

「なぜだ？」

「現在、検体の分析中だからです。結果が判明するまでには、どうしても時間が……」

「君が帰ってきてから、もう一週間近くが経つぞ。なのにまだわからないのかね。さっき一刻を争うと言ったのは、他ならぬ君自身ではなかったかと記憶しているが、その君が、随分と悠長なことを言うものだ」

「分析にはそれなりの時間を要します。今しばらく時間を……」

「くどい！」

突然楡が、斯波の言葉を強い口調で遮った。

「君の言い訳は聞き飽きたぞ。結局君は、自身の主張を根拠づける証拠など持ってはいないのだろう？　家持じゃあないが、君の言うことは単なる思い込み、妄言に過ぎん」

「そんなことはありません、楡副長官。証拠でしたら、現在分析を……」

「嘘を吐け！」

楡が、大音声を張り上げた。

「君が検体の検査を依頼したという大学には、俺からすでに問い合わせてある。未知の原虫、未知の細菌、未知のウィルス、すべては未検出だと聞いているぞ。しかもその結果を信じず、引き続き君が無理に詳細な検査依頼をし続けているということもな！」

「それは……」

斯波は二の句を失った。楡の言ったことは、まったく真実だったからだ。

斯波たちが命がけで持ち帰った検体。そこからは、病原体は何も検出されなかったのだ。

顕微鏡による目視検査。抗体検査。培養。最速かつ注意深い分析にもかかわらず、被害者たちの血液、粘膜、体組織には、何らの病原体も存在しなかったのだ。

その結果を見て、斯波は考えた――これは何かの間違いだと。

だからすぐさま、分析の再依頼を行った。

とはいえ、他ならぬ斯波は自覚していた。彼が分析を依頼したのは、日本でも有数の分析力を誇る大学の研究室。そこでの結論がそうそう間違うはずがないのだということを。

そして、実は斯波は、薄々、わかっていたのだ。

新田医師が言っていたとおり、病原体などないのだということを。

だが――そのことを斯波は認めなかった。認められなかったのだ。そこに病原体がなくとも、彼はなおこれが感染症であると信じていた。病原体がないのは、患者の死後すぐに病原体そのものが溶解してしまうからだ、だから見つからないのも仕方がないのだ――そう思い込もうとしていたのだ。

しかし、現に証拠はなかった。

証拠がなければ、説得力もない。

説得力がなければ――それはただの、うわごとだ。

うわごとをどうやって信じさせるのか。

そんな都合のいい方法を、もちろん斯波は知るはずもない。

黙したまま、反論できずにいる彼を、楡はなおも怒鳴り散らした。

「東大の教授が頭を抱えて嘆いていたぞ。確認検査を何度も繰り返した、信頼度の高い結果を、どうして信じてもらえないのか。信じてもらえなければ、我々はどうすればいいのだろうかとな。だがそんなことなどどうでもいい。問題は、何も検出されていないという結果であり、証拠がないという事実だ。斯波参事官、君はこの結果が見えていないのか！　その目はただの節穴か！」

「………」

もはや斯波は、何も言えず、ただ立ち竦《すく》むしかなかった。

やがて楡は、ふんと鼻から息をぞんざいに吐き出すと、冷たく言った。

「……何人死んだ？」

「今、なんと」

「人間が何人、君のために死んでいったかと聞いている」

凄味《すごみ》のある声色だった。

「そ、それは……」

三人です、ひとりはまだ高知に残っています——そう答えようとしたが、斯波の口はまるで金縛りにあったかのように固まり、動かない。

「聞いているぞ。高松で調査隊を組織した君は、六人で現地に向かった。だが、高松に戻ってきたときには、ふたりきりだったそうじゃないか。残りの四人はどうした」

「…………」

「言うまでもない。死んだのだろう？　もちろん未知の事態に殉職はつきものだから、そのこと自体は責めん。問題なのは、それだけの犠牲を払ってもなお、貴様が何ひとつ証拠を摑《つか》めなかったということと、そもそも証拠などあるはずもないところに、あれほどの忠告を受けておきながらのこのこ赴いていった貴様の無謀さだ」

まずいものでも吐いて捨てるように、なおも楡は続けた。

「にもかかわらず、貴様は結果すら認めようとせず、あまつさえ妄想を吐き続ける。責任すら取ろうとしないでな。これは一体、どういう了見だ？」

「そ、それは……誤解です、楡副長官」

それでも斯波は、必死で食い下がった。

「今はまだ分析がなされていないだけで、これは間違いなく」

「だから何度言ったらわかるんだ貴様は！　何を言おうが自由だが、証拠がなきゃ話にはならんのだ！」

がん、と楡はテーブルの足を蹴《け》った。

「病原体を持って帰ってくると豪語したのは貴様だろうが！　それができなかった以上、無能な貴様には発言の権利などない！」

「しかし……」

「無能は無能らしく、おとなしく上長の言うことだけを粛々と聞いていたまえ！」

「……斯波さん。私からもいいですか？」

青筋を立てて怒鳴る楡の隣で、それまでじっと腕を組み、居眠りをするように目を閉じていた金平が、思い出したように言った。

「私は、斯波さんの言われる感染症説には、それ相応の説得力があると考えていました。ですから君に、高知行きを許可し、新たな資料を持ち帰ってもらうことを期待したのです」

「心から感謝をしております」

礼を述べた斯波に、しかし金平は、ごく淡々と告げた。

「ですが、今の話を伺う限り、君が持ち帰ってきたのは自己主張だけのようですね。それだけではどうにもならないということは、君ならば容易に理解できるでしょう。意気込みは買っていたつもりでしたが……残念です」

「申し訳……ありません」

「これまでです、斯波さん。もう結構ですから、どうぞお座りください」

「………」

——負けた。

もはや斯波には、反論の余地も材料もなかった。

斯波が倒れ込むように腰を下ろすと、ややあってから金平が、田崎に言った。

「田崎局長」

「なんでしょうか」

「殉職者のご家族には、くれぐれも手厚い補償を。そして、大役に尽力してくれた斯波さんにも、十分なねぎらいを、よろしくお願いします」

「かしこまりました」

そのやり取りの間、斯波は、つまらないものでも見るかのような楡と伊野塚の視線を感じつつ、ただひたすら、無念さに項垂《うなだ》れているしかなかった。

＊

「斯波君、君の顔を見るのも久しぶりだな」

官邸からの帰途。官用車に同乗する田崎からそう言われた斯波は、すぐに返答した。

「はい。ご報告できず、申し訳ありませんでした」

「長旅だ。さぞ疲れただろう」

「ああ、いえ、平気です。疲労はもう取れましたから……」

「ここらで少し、長めの休暇を取ったらどうかね？」

「休暇ですか？　いえ、その必要はありません。それに今は休暇なんか取っている場合じゃ」

「そうだな……埼玉あたりなんか、いいんじゃないか」

田崎は、車のウインドウに肘《ひじ》を掛け、じっと道端の街路樹を見つめたまま、斯波の言葉を遮るように続けた。

「あそこは落ち着いたベッドタウンが多い。便利で過ごしやすいぞ」

「埼玉……ですか？」

話が嚙《か》み合わず、ちぐはぐだ。

きょとんとする斯波に、田崎は口調も表情も変えず、しかし決して斯波とは目を合わさないまま、言葉を継いだ。

「君は今、確か都内に住んでいたな。埼玉だったら通うのにも、引っ越しせずに済むだろう」

「引っ越し……一体何の話ですか」

「なあに、仕事にもすぐに慣れる。長閑《のどか》な席《ポスト》だそうだからな」

ああ――。

斯波もようやく、察した。

「土日もアフターファイブも充実して、いい気晴らしになるだろう。新天地でも、模範的な国家公務員として、職務に励みたまえ」

そうか、これが「ねぎらい」の意味か――。

「……わかりました」

途方もない脱力感に苛《さいな》まれつつも、斯波はもはや、そう頷く以外にはなかった。

＊

斯波は次の日、関東厚生局への出向を命じられた。

事実上の、左遷だった。

2

国会は紛糾していた。

衆議院テロ対策特別委員会において、すでに通算十日間にわたって続けられている「四国テロ問題集中審議」では、いまだ与野党による激しい攻防が行われていた。とはいえ、野党による厳しい対策本部批判は、全国的なテレビ中継において国民に対し政府与党の不備をアピールし、政権交代を狙うという思惑とともに、批判のための批判に終始し、結局はただいたずらに無益な審議ばかりを続けているのが実情だった。

「金平テロ対策本部長ー」

委員長が金平の名を呼ぶ。金平は、メモを持って答弁者席に飄々《ひょうひょう》と歩いて行くと、マイクに向かって答弁を読み上げた。

「その点につきましては、現在調査中であり、社会的混乱を回避するという観点からも、お答えを差し控えさせていただきます」

「答えになっていません、委員長！」

質問者である、改革新党の女性党首を務める三笠川由布子《みかさがわゆうこ》議員が、高々と挙手した。

「三笠川由布子君ー」

委員長の呼び声に、ベージュのスーツをびしりと着こなした三笠川が立ち上がる。五十を過ぎたとは思えない、若々しくテレビ映えするルックス。黒髪のショートカットが凛々《りり》しく、胸には大きなブローチ——もちろん宝石はすべて本物だ——が、ぎらぎらと輝いている。

三笠川は、マイクに向かって叫んだ。

「金平本部長、もう一度お訊《き》きします。これほど日本が混乱しているのは、ひとえに本部長、あなたをトップとするテロ対策本部と、総理以下、官邸が情報統制をしているからではないのですか？　社会的混乱を回避するというのは言い訳……そう、言い訳です。とどのつまり、この社会的混乱はあなたがたの情報隠蔽《いんぺい》により引き起こされてるんです。ですから、きちんとお答えください。現状、四国を中心としたテロによる死亡者数、負傷者数及び避難者数は、それぞれ何人ですか？」

「金平テロ対策本部長ー」

金平が立ち上がる。

「繰り返しになりますが、それは現在調査中であり、お答えを差し控えさせて」

「お話になりませんっ！」

三笠川が声を裏返して激昂《げきこう》した。

「いいですか金平本部長！　今現在、情報を隠蔽するというのは、まさにあの四国と四国周辺で暮らし、あるいは避難し、さらには今もテロ被害と戦っている国民を、さらに危険に曝《さら》すことになるんですよ？」

「あー、三笠川由布子君ー、発言は挙手、指名の後に行うようにー」

「すみません委員長」

三笠川が手を挙げる。

「三笠川由布子君ー」

「本部長！　漏れ伝わるところによれば、あなたがた対策本部は、警察庁と結託して、指示という名目で各報道機関や放送局、それだけでなく電話会社やプロバイダに対しても、強硬な情報規制を敷いていたそうじゃないですか。しかし、すでにマスコミではこのテロについて大きく取り上げています。テロに使われているのがあのサリンであって、すでに数十万人単位での死者が出ているそうですね？　被害の規模はほぼ四国全土にまで及び、高松市の周辺を除いては、すでに死の土地になっているという話もあります。被害はとんでもない規模になっているんですよ。今すぐにでも必要な情報をすべて開示していただきたい！　それが絶《ぜ》っ対に必要です！」

絶っ対に、のところで、三笠川は右拳《こぶし》を握り締め、下に引っ張るような仕草をした。

「金平テロ対策本部長ー」

「えー、繰り返しになりますが、お答えは、差し控えさせていただきます」

「三笠川由布子君ー」

「あくまで要求は突っぱねると。ならば、情報規制を行う法的根拠は？」

「金平テロ対策本部長ー」

「詳細なお答えはできませんが、有事の際の特例的な措置として、治安維持のために行ったものと理解いただければ」

「三笠川由布子君ー」

「法的根拠もないのに情報規制を行った、ということ？」

「金平テロ対策本部長ー」

「個人的見解ですが、そのような理解でいいかと。あくまで緊急避難的な措置であるということで」

「滅《め》っ茶苦茶なご答弁ですね！」

まったく呆《あき》れ果てたとばかりに、三笠川は言った。

「茫然《ぼうぜん》自失です。開いた口が塞《ふさ》がりません。まさか、金平先生ともあろう方から、そのような無責任なご答弁をいただくなどとは、思ってもみませんでした」

「三笠川由布子君ー、発言は挙手、指名の後に行うようにー」

「すみません委員長……まあいいでしょう、時間がありませんので、この話についてはまた改めて、きっちりと追及させていただきます。ところで次の質問です。今度は対策本部と警察庁の両方にお訊きしますが」

三笠川は、手元のメモをぱらりと捲《めく》ると、質問者席に身を乗り出さんばかりの前傾姿勢をつくり、答弁者席を指差した。

「テロ対策という名目のもと、警察による不祥事が相次いでいます。特に多いのが職権の濫用事案です。二点ほどご紹介しましょう。まず先週、宗教法人『全命会』が家宅捜索を受けましたが、その後誤認であるとわかり、所轄の警察署長が謝罪するという事件がありました。またこれも先週ですが、大阪府に在住するアフガニスタン人家族が逮捕されましたが、これも後に誤認逮捕であると判明し、釈放されています。いずれも警察官が前のめりに職権を振りかざした結果起こった不祥事であり、まさしく勇み足と言えるものです。一歩間違えれば国際問題になりかねないものでもあったわけですが、この点について警察庁長官のご見解を伺います」

「伊野塚警察庁長官ー」

伊野塚が、不遜《ふそん》な顔つきで答弁者席に立つ。

「ただ今の三笠川先生のご質問ですが、いずれもテロ防止に係る行動計画に基づく司法警察活動の一環であり、問題はないものと考えます」

「委員長！　委員長っ！」

目を三角にして、三笠川が手を挙げた。

「三笠川由布子君ー」

「なんですかそれは！　聞き捨てなりませんよ！　国家権力である警察が、平和主義の宗教団体や外国人家族の権利を侵しておきながら、まったく問題がないなどというのは、どういうことですか！　信じられません。答弁としてあり得ませんよ。いいですか、先ほど申し上げた事例は、あくまでも氷山の一角なんですよ。私のところには、テロを防ぐという名のもとに、多くの人々が警察権力による不当な人権侵害を受けているという陳情が相次いでいるんです。この点について、警察庁長官と、内閣を統轄管理する官房長官たる金平長官の、誠意あるご認識をお聞きしているんですよ」

「あー、えー、金平テロ対策本部長ー」

「総理のもと、対策本部長として引き続き、適切に管理をしてまいりたいと思います」

「伊野塚警察庁長官ー」

「先ほどもお答えしたとおり、警察としては法令で認められた範囲での活動を行っているところです。不利益を被る方がおられることについても、それ自体は残念なことですが、テロ防止というより大きな利益との比較考量の結果、許容されるものであると考えています」

「許されるわけないでしょう！」

ヒステリックに、三笠川が吼《ほ》えた。

「三笠川由布子君ー、くれぐれも発言は、挙手、指名の後に、行うようにー」

だが委員長の注意を無視して、三笠川は続けた。

「テロリストが検挙されている中での誤認逮捕。それはわかります。長官、あなたが言うように、テロ防止という利益のためにやむを得ず侵害された法益であるという理屈が成り立つでしょう。しかし現状はどうですか？　ひとつ、これは通告はしていませんでしたが、伊野塚長官、国の治安を司《つかさど》る警察庁トップであるあなたにお聞きします。今現在、テロリストは何名、逮捕しましたか？」

「伊野塚警察庁長官ー」

「えー……、それはお答えすることは差し控え」

「ゼロですよ、ゼロ！」

伊野塚の答弁を遮るようにして、三笠川はぴしゃりと言った。

「三笠川由布子君ー」

「長官、ゼロ人ですよ。いいですか皆さん、ゼロ人ですよ！　ゼ、ロ、人！　差し控えるも何も、テロ対策本部が立ち上がってから随分経っても、いまだテロリストの逮捕には至っていないというのが事実じゃあないですか。結果が出ていないんですよ。しかもテロはまだ四国中で起こっている。テロ防止の利益もクソもないんですよ。警察は何をやってるんだって声がありますよ。私のところにも毎日のように訴えに来られる方がありますよ。その結果の出ない行為によって、不利益を被る国民がたくさんあるんですよ。一体、あなたがた与党と警察官僚は、このような状況をどう思われていて、これからどうされるおつもりなんですかって、そういうことを私は聞いているんです」

「あー、金平テロ対策本部長ー」

「引き続き適切な警察活動管理に取り組んでまいります」

「伊野塚警察庁長官ー」

「先生のご懸念はごもっともですが、我々としても、今金平先生がおっしゃったように、適切な捜査活動に努めたいと思います」

「取り組む？　努める？　口では何とでも言えますね！」

「三笠川由布子君ー、発言はくれぐれも私の指名後に行うようにー。なお、質疑の時間をすでに一分、超過していますー」

「はい委員長。もう残り時間もあまりありませんので、テロにより間接的に被害を受けている我が国の現状を簡単にご紹介して終わりにしたいと思います」

三笠川は、手元のメモをちらちらと見ながら、滔々《とうとう》と述べた。

「愉快犯と思われるテロ声明があちこちで行われています。その都度各地で大規模な避難が強いられているほか、これに基づく誤認逮捕が相次いでいます。また、職場、学校において、特定の方々……これは四国から避難された方のほかにも、在日外国人など外国籍の方、特定の宗教をお持ちの方も多いようですが……これら無実の方々に対する謂《いわ》れなき差別、いじめ、嫌がらせ、さらにはテロ犯人と決め付けた暴行事件にまで発展しています」

「三笠川由布子君ー、時間をオーバーしていますので発言は手短にー」

「一体、政府与党は何をやっているんですか？　まったく国内治安が機能していないじゃないですか。これ以上民自党には任せておけません、というか任せておくべきではありませんよ。今すぐに総理大臣は衆議院を解散し、国民にテロ対策の信を問うべきです！　その上で、テロの主体がわからないという理由で非協力的なアメリカよりも、今回の件で協力的な申し出をいち早く行ってくれているアジア諸国と連携して、テロ根絶に向けて協働していくべきである……そう強く提言し、私からの質問は終わらせていただきます。ありがとうございました」

――テロで四国が大混乱の渦中にあって、総選挙を提言するというのも無茶な話だ。

だが、実際にテロ禍に遭っている四国の住民三百万人を除く大多数の国民——それは日本国民のなお約九十七パーセントを占める——は、いまだテロはどこか他人事《ひとごと》でもあった。事実、四国と、四国と海を隔てて隣り合う地方はともかく、それ以外の中部、北陸、関東、東北、北海道においては、ある意味ではいつもどおりの活動がなお営まれていたのだ。だからこそ経験豊富な野党党首である三笠川の目論見《もくろみ》どおり、世論は、反与党の方向へと徐々に動き始めているのも事実だった。

だが、このような、結局は誰の得にもならない不毛な論戦や駆け引きが永田町で繰り広げられている間にも、サリン禍は着実に拡大を続けていた。

サリン禍はいつしか、高知と徳島のみならず、愛媛全域、香川の大半にまで広がっていた。姿の見えないテロ犯人、そしてサリンの恐怖に、住民たちは続々と四国から逃げ出していた。そして、幾度かの暴動めいた混乱を経て、三月に入るころにはすべての住民が本州への避難を終えていた。警察や自衛隊、行政機関の最前線として多少の関係者が駐在していた高松周辺も、最終的には現地対策本部の広島への撤退を機に、人のいない地となった。

こうして四国は、無人島となった。

もっとも、これはある意味ではテロ対策を講じやすくなったということでもあった。

四国はやられた。だが幸いなことに、四国は全方向を海に囲まれている。

ならば、何とかしてテロ禍を四国のみに封じ込めよう——それがいつしか、消極的ではあるものの、テロ対策本部の方針となっていた。

だが——。

必死の捜査活動、瀬戸内海と太平洋の監視活動にもかかわらず、封じ込めは敵《かな》わなかった。

まず伯方《はかた》。次に岩国と淡路。そして大分。明石。和歌山。

サリン禍の前兆となった、あの死亡事件が、本州、九州でもちらほらと出現し始めたのである。

テロ対策本部はもちろん、この事実をもひたすら隠蔽《いんぺい》し続けていたのだった——。

＊

まったく、なにもない部屋だった。

部屋とは言っても、個室ではない。事務室の一角を、六畳程度の広さに薄いボードのパーティションで仕切っただけで、壁の上部が三十センチほど空いているのだ。そのお陰で、隣り合う事務室の雑談まで丸聞こえだった。

デスク、椅子、本棚のどれも、とりあえずどこかの倉庫から持ってきたのだろう、古く、傷だらけで、本棚に至っては法令集の一冊すら入っていなかった。もちろんデスクの引き出しにも、申し訳程度に鉛筆と朱肉が入っているだけで、手元にはメモ帳すらなかった。

だが、仕方がない。これは、突然の人事に、慌てて個室を用意した結果なのだから。

それに、だからといって不自由はしなかった。なにしろ今の彼の仕事は、基本的に右からやってきた決裁にそのまま判を捺《お》し、それを左に流していくというものなのだから。

すなわち、やってもやらなくてもいいような作業。

こんな仕事に、意味はあるのか——そうは思いつつ、斯波はすでに諦《あきら》めていた。

あってもなくてもいいようなポスト。今の俺には、その程度の価値しかないのだから。

長い溜息《ためいき》を吐き、斯波は椅子に凭《もた》れた。肘《ひじ》掛もない灰色の椅子が、ギイと切なげな音で軋《きし》んだ。

——三月一日《サンピン》の人事異動は、役所においてはイレギュラーなものだ。

通常、霞が関の人事は、主としてノンキャリの異動時期である四月一日《ヨンピン》と、幹部の異動時期である七月一日《ナナピン》または八月一日《ハッピン》——これは通常国会が閉じる時期とリンクしている——に集中する。それ以外の異動もないわけではないが、大抵は職員の死亡、退職に伴う補充人事や、不祥事など特異的な事由による配置転換があった場合に限られている。

だから、曲がりなりにも本省のキャリア参事官として第一線で働いていた斯波が、突然、この変わった時期に、地方支分部局のしかも部次長というポスト——一応部屋付きではあるが、本来はノンキャリアのポストであり、しかも欠員となっていたもの——に異動してきたことは、誰の目にもこう映っただろう。

ああ、都落ちか。

この席に腰を落ち着けて数日が経つ。だが、斯波の都落ちを慮《おもんぱか》り、あるいは蔑《さげす》むような周囲の人々の視線は、今もなお彼を苛《さいな》んでいた。

——ぼん、ぼん、と不意に濁った音がした。

誰かがノックした音だ。中空のボードで作られたドアは、普通のドアのように乾いたいい音がしない。

斯波は、上体を起こすと覇気のない返事をした。

「……どうぞ」

「失礼しまーす」

両手に何かを持って、男がのそのそと入ってきた。

間延びした印象のある、ぼんやりとした顔の男だ。ノーネクタイに、便所に置いてあるようなサンダル。確か、年齢は五十代半ばの係長だったと記憶しているが——。

「あのー、決裁をお持ちしたんですが」

「急ぎの決裁か」

「いえ、そのー……」

はっきりしない返事だ。斯波は苛立《いらだ》つ内心を堪《こら》えた。

「じゃあ、後で見る。そこに置いておいてくれ」

「あー、はいー」

スローな返事とともに、男は斯波のデスクの上に決裁案件が挟まれた決裁板を七、八枚、どさりと置いた。

ふと、斯波は訊《き》いた。

「君、ネクタイはしなくていいのか？」

「ネクタイですか。そうですねえ、まあ、したり、しなかったり」

答えにならない返事をしつつ、男は屈託のない笑顔を見せた。

「この方が楽ちんですから。もちろん、お客さんが来たときにはしますよ？　でも、ほとんど来ないんで。それにしても次長は律儀ですねえ、いつでもスーツでピシーとして、靴もピカピカで。毎日磨いているんですか？」

「……まあね」

斯波は、曖昧《あいまい》に頷《うなず》いた。きちんとしていること、それが当然、と思っていたが、ここのしきたりは違うらしい。郷に入っては郷に従えの諺《ことわざ》どおり、あるいは俺もゆるい、いかにも公務員然とした格好をした方がいいのだろうか——。

「すいません次長、あといっこだけ」

不意に男が、人差し指を立てた。

「ちょっと工事したいんですけど、いいですか」

「工事？　何の」

「電話です。電話機」

男は、愛想笑いのような表情を浮かべながら、デスクの上を指差した。

「次長の机、まだないでしょ？　電話。次長がお越しになるまでに間に合わなかったからなんですけど、さっき業者がやっとこさ新しいのを持ってきたんで、付けさせてもらえないかなーと」

「ああ……」

そうだった。

斯波のデスクには、いまだ電話もなかったのだ。

「構わないよ。部屋から出ておいたほうがいいか」

「あーいえ、大丈夫です。機械持ってきて、ちょいちょいーと、コード繋《つな》げるだけですから」

「そうか。じゃあ、頼む」

「はいはいー」

男は、部屋からのそのそと出ていくと、すぐに平たい段ボールの箱を持って戻ってきた。

それから、慣れた手つきで箱を開け、発泡スチロールのパッキンの間から、真新しいプッシュホンと灰色の電話ケーブルを取り出す。

のっそりとした動作の割に、意外と作業の手際がいいのは、男がこれまで、この手の作業ばかりをやってきたからだろうか。

「不便だったでしょ、次長。電話がなくって」

「ああ……そうだな」

斯波は、男の雑談に適当な相槌《あいづち》を打った。

不便、か――。

確かに、電話がなくては仕事にならない。ここに来た当初はこんなことで仕事になるのかと憤ったが、実際のところこの三日間、不便でもなんでもなかった。こちらから誰かに掛ける用件などなかったし、誰かがこちらに連絡を取ろうとする気配もほとんどなかったからだ。

一度だけ、直属の部下だった女性課長補佐が、斯波のことを案じて携帯電話に連絡をくれた。

だが彼女も、仕事に関わる話は一切しなかった。おそらく、田崎から仕事の話はするなと言い含められていたのだろう。彼女には悪意はなく、ただ業務命令としてその指示に従っているだけだとわかってはいたが、それでも、ショックだった。

もはや俺の古巣は、俺のことなどまるで必要とはしていないのだ――。

誰からの連絡もなく、もちろん、四国で起こっている一切の情報も、斯波の耳には入ってこない。だから、誰に連絡する必要もない。結局、電話があったところで使いもしないのだ。

男がデスクに電話を据え付けている間、斯波は決裁に目を通した。

計八件の決裁。百円単位の会計処理に、庁舎の省エネを求める事務連絡の移達。どれも、一目で内容が理解できるほど簡易で、かつ問題点など挙げようもないほど単純なものだった。少なくとも、斯波の能力を生かすほどの重要性は、どこにもない。

考える必要がない、とわかると同時に、やる気もなくなった。

斯波が、朱肉と決裁との間で八回、判を捺すための往復動作を繰り返すと、ちょうど作業も終わったのだろう、男が空になった段ボールを折りたたみながら言った。

「終わりましたー。これで外線にも内線にも掛かります。……あ、次長の内線番号ですけど、六六七です。惜しいですねえ」

何が惜しいというのか。その言い草に斯波は心の中で苦笑する。たかが内線番号だろう。そもそも六六六では却《かえ》って不吉というものじゃないのか？

「んじゃ、私はこれでー。次長はごゆっくり。あ、端末《パソコン》は明日《あした》届く予定ですんで、そしたらまた作業しにお邪魔します。失礼しましたー」

男はのんびりとした口調でそう言うと、出て行った。

ぱたん、と薄いドアが閉まるのを見届けた斯波は、再び椅子の背に深く凭れた。

ごゆっくり、か――。

その、何とも間延びした、長閑《のどか》で忌々しい言葉。

斯波は、今しがた出て行ったばかりの男の顔つきをもう一度思い出す。

ぼんやりと弛緩《しかん》した表情。決して不愉快さを与えることはないが、緊張感の欠片《かけら》もない顔つき。きっと、人生において大きな揉《も》め事《ごと》に出くわすこともなく、安穏に生きてきたのだろう。普通に学校を出て、公務員になり、日々の仕事を淡々とこなしつつ、結婚して、子供を育て、定年を迎えるのだ。

ふと――目線を窓の外に向けた。

抜けるような青空の中に、柔らかな春の日差しが迷い込んでいる。流れるように視界を横切る小鳥の群れを追いながら、斯波は物思いに耽《ふけ》った。

仕事では、もはや出世は望めなくなった。

今後の俺に待っているのは、ひたすら閑職を盥《たらい》回しにされる日々だろう。ゼネラリストとして養成されているキャリアは、幹部として仕事をしているうちはいい。だが一旦《いったん》メインストリームを大きく外れてしまえば、途端に使い勝手が悪くなる。

こうして、霞が関からは遠く離れた場所を転々としながら、後輩連中に続々と追い抜かれ、燻《くすぶ》ったまま五十を過ぎた頃に肩を叩かれる。その時には、あの係長のような安穏な顔つきで、退職辞令を受け取るのだろう。はるか下の年齢の幹部から、ごくろうさまという作り笑顔で見送られて――。

あるいは、もし俺が歩美と一緒に人生を歩いているならば、それでもまだ、前向きになれたのかもしれない。片足を失っても、もう片方の足は残る。不自由はあるかもしれないが、立つことはできるのだ。だが――。

斯波は大きく、溜息《ためいき》を吐いた。

何もかも、手遅れだ。

もう俺は、両足を失ってしまっている。

当の歩美とは、いかに望もうとも、もはや共には歩けない。

なぜなら彼女は、もう、すでにこの世の人ではないだろうから——。

——東京に戻ってきてから、斯波はあらゆる手を尽くして妻の足取りを追っていた。

歩美の言葉を信じるならば、彼女は愛媛の実家にいたはずだ。だが愛媛はその後、サリン禍に飲み込まれた。おそらく彼女は、瀬戸内海を渡って本州に避難しただろう。とはいえ、何百万人もの大移動である。歩美がどこにいるのかを調べるのは、困難を極めた。大阪に避難した黒川の力も借り、八方手を尽くしてはみたが、それでも、彼女の行方は、まったく杳《よう》として知れなかった。

歩美の父親、つまり斯波の義父と連絡がついたのは、ようやく彼が左遷の辞令を受けた深夜のことだった。

消沈していた斯波だったが、不意に掛かってきた義父からの電話に——ごったがえす避難所で二時間列に並び、ようやく電話ができたのだという——やっと歩美とも話ができる、再会できると心から喜んだ。

だが、義父は言いにくそうに、斯波に告げた。

『……すまない茂之君。実は歩美は、私たちと一緒にいないんだ』

「なんですって？」

どういうことですか、と訊き返す斯波に、義父は答えた。

『先月、あの一斉テロがあった日の前日から、歩美は家を出ていたんだ。誰かと会うと言っていたんだが……』

一斉テロがあった日――それは、一日にして四国の半分が死の土地と化した、あの日のことだ。

『私たちも急いで避難しなければならなくなって、結局、それから歩美とは会えずじまいのままになっているんだ』

「じゃあ……どこにいて何をしているのかも」

『わからない。あちこちに連絡をしたり、人を使って探してみてはいるんだが……』

見つからないんだ。そう気落ちした声で、義父は言った。

斯波はそれきり、何も言うことができなかった。

それは――歩美が死んだという報《しら》せに等しいものだったからだ。

四国はもはや、死の島だ。義父のように辛くも逃げ出せた住民もいたが、それは四国在住者の四分の一にも満たないと推定されていた。つまり、他の人々は全員、サリンにやられて死んだのだ。歩美の行方がわからないということは、ほぼ、その死亡者リストの中に彼女も入っているということを意味する。すなわち――。

妻は――歩美は――死んだのだ。

頭をばりばりと掻《か》き毟《むし》りながら、斯波はなおも思う。

――そういえば。

あの岩ばかりの岬の村は、どうなっただろう？

斯波は、あの岬の村の人々を救出すべきことを各方面に懇願した。だが、人手が確保できないとの冷酷な判断のもと救出作業が実行されることはなく、結局はそのままにされた。もちろん、あの村に住む新田医師や、斯波たちが置いてきた千恵の安否も、今はどうなっているのかわからないままになっていた。

彼らは、どうなったのか。

情報がないから確定はできない。だが、推測はできる。

きっと、彼らも死んだのだ。

みんな死んでしまったのだ――歩美も、新田も、千恵も、誰も彼も。

そう思えば、もはやこれからのことを考えることすら、馬鹿らしい。

斯波は、投げ遣《や》りに足をデスクの上に投げ出した。

俺は今まで、一体何をしてきたのか。考えなくともすぐにわかる。俺は、ただひたすら出世のために生きてきた。友人を蹴落《けお》とし、誰よりも成果を挙げ、犬のように、上司の命令に従い、働いた。今回の事件でも、正義感を振りかざし、志願して命がけの高知行きまでしたが、それとて、俺が事務次官になるためにやったことなのだ。

だが、そうやって生きてきた結果、何が残ったのか。

妻も地位もなくし、抜け殻のようになった自分だけじゃないか。

結局すべては無駄で、まったく馬鹿馬鹿しい、そんな人生だったのだ。

もっとも——。

斯波は、自虐的な笑みを浮かべた。

俺の人生だけじゃない。いずれすべてが無駄になるのだ。よく考えてみれば、自分がこれからどうなるかよりももっと大きな問題があるじゃないか。そもそもこの日本がこれからも残っているのかどうかという、深刻な問題が。

四国から始まったあの感染症——滑稽《こっけい》だと自覚しつつも、斯波は今もなおあれが感染症だと信じていた——は、まだ広がりを見せるだろう。四国から九州、本州へ。西日本から東日本へ。そして全国へ。この荒波に、あの対策本部が対応し切れるとは思えないし、議員たちだって、これ幸いに権勢争いをするだけだ。結局は皆が右往左往しながら、すべてが何ひとつ解決することなく、氷河に飲み込まれるようにして、ずるずると日本は滅んでいくのに違いない。

歩美は死んだ。皆死んだ。そしてどうせ俺も死ぬ。俺に残されているのは、この国が死ぬまでの間の、長いか短いかもわからない間、単に流れ作業で判を捺すだけという、安穏だが、つまらない人生だけなのだ。だとすれば——。

もう、どうでもいい。

真綿のようにぬくぬくとしていて、だからこそ息苦しく、まるでまとまりのない思考に苛《さいな》まれ続ける斯波の目の前で、不意に——音が鳴った。

＊

ぎくりとした。

突然の大音声に、初めは建物の警報サイレンか何かかと思い、斯波は腰を浮かせた。だがすぐ、これはそんなに大袈裟《おおげさ》なものではなく、単に目の前の機械が鳴り響いているだけなのだと気づき、ほっと息を吐いた。

鳴っているのは、電話だった。

今据えつけられたばかりの電話機が、ピピピという電子音を撒《ま》き散らしているのだ。音量がやたらと大きいのは、最初の設定がそうだからだろう。しかし――。

誰からだ？

本省からだろうか――と考え、斯波はすぐに首を左右に振った。それはない。なにしろ俺はもう用済みなのだ。とすると、大方さっきの係長が、試験的に掛けてきているのだろう。

気を落ち着けつつ、ともかく斯波は、真新しい受話器に手を伸ばし、取り上げた。

「はい、斯波です」

『……斯波か？』

男の声。聞き覚えのある声だった。だが、さっきの係長ではない。誰だっただろうか。

「そうですけど、あなたは」

『俺を……忘れたか』

記憶に焼きついた、その特徴のあるからりとした声。

思い出した。お前は──。

だが、斯波の深層心理が、それを認識すまいと抗《あらが》った。

無言のままの斯波に、男は続ける。

『まあそうだろうな、お前からしてみれば、俺の存在など、もう過去のことにしかすぎないのだろうから』

くくくと自虐的に笑う男に、ようやく、斯波は言った。

「お前……宮野か」

『……ああ』

男は、電話の向こうで静かに答えた。

宮野正彦──斯波の同期であり、ライバルであり、そして斯波によって左遷に追いやられ、恋人も奪われた、哀れな男。

その宮野が今、なぜ、俺の元に電話を掛けてきているのか？

身構える斯波に、宮野は続けて言った。

『覚えていてもらえて光栄だ。お前……今埼玉にいるんだってな』

「………」

『捜し当てるのが大変だったぞ。まず本省に電話して、異動先を聞いて。だがそっちに電話をしても、なかなか内線がつながらなくてな……どうだ斯波、地方暮らしの感想は。予想していたよりも、悪くはないだろう？』

嫌味に聞こえる宮野の台詞《せりふ》。斯波はそれには答えないまま、つっけんどんに訊《き》いた。

「……なんの用だ」

『そう尖《とが》るな。地方籍の先輩としてのご助言を申し上げたくてね。まず地元の定年間近の人間は、たとえ部下でも十分に尊重すること。ぼうっとしているように見えても実務には明るいし、地方で叩《たた》き上げた職員は、本省から来た若造よりも、自分たちの先輩のほうを信頼するからな。それと……』

「言いたいのはそんなことか。用がないなら、俺のことは……そっとしておいてくれ」

そっとしておいてくれ――無意識にそんな弱音を口にしてしまったことに、言ってから斯波は後悔する。

だが宮野は、不意に口を噤《つぐ》むと、ややあってから、低い声で言った。

『用か？　あるとも。それさえなければ、斯波、わざわざお前のところに電話して声を聞くなど、考えたくもないところだ』

吐き捨てるような口調。それは、宮野が斯波との間の確執を忘れていない証拠だった。

宮野は、一拍を置いてから告げた。

『だが、俺には義務がある。だから電話を掛けた』

「……義務？」

『そうだ。お前に伝えなければならないという義務がな。そしてお前も、俺の言葉を聞く義務がある』

「伝えるとか、聞くとか……何のことだ」

『いいか、俺は今、広島にいる』

「知ってるよ」

当然だ。他でもない斯波自身が、宮野をそこに追いやったのだから。

「検疫事務所だろう。それがどうした」

『そして、ついこの間までは、瀬戸内海の向こう側、愛媛にいた』

「……愛媛だと？」

ちょっと待て、お前は一体、俺に何が言いたいんだ——そう言おうとした斯波に、

『よく聞け』と宮野は告げた。

『お前の妻、歩美は、今、俺と一緒にいる』

「な……何だって？」

斯波は、目を何度も瞬《しばた》く。

歩美が、宮野と一緒にいる——だと？

その簡単な言葉の意味を咀嚼《そしやく》するのに、なぜかやたらと時間が掛かる。

だが斯波は、やがて、受話器に訴えかけるように言った。

「あ、歩美が、お前と？　一体どういうことだ？」

まさか宮野、貴様、歩美を——。

『話せば長くなる。だが、かいつまんで話すとだ』

語気を強める斯波に、宮野は、それと反比例するように淡々と話を始めた。

『この間俺は、歩美と会った。愛媛でだ。歩美が俺に相談があると言ったんだ。だから会った。相談の内容は、他でもないお前のことだ。お前にも、心当たりがあるはずだ』

「それは……」

口ごもる斯波に、宮野は続けて言う。

『もっとも、会いはするが、話を聞いて、コーヒーを飲んで、終わり。ただそれだけの予定だった。なにしろ俺も翌日には広島に戻らなきゃならなかったからな。だが、それは不可能になった。次の日には、あの悪夢のような出来事が俺たちに襲い掛かってきたのだから』

「悪夢……まさか」

『そうだ。サリン禍だ』

受話器の向こうで、宮野が息を継いだ。

『あの日、皆が死んだ。誰もかれも、まるで山の方から雪崩に押し潰《つぶ》されるように、死んでいった。直感的に、一か所にとどまれば自分たちの命も危ないと悟った俺たちは、とにかく逃げた。歩美の実家の無事を確かめる暇もなかった。俺は何とかして、新居浜《にいはま》の港から瀬戸内海を渡る方法を模索した。苦労はしたが、役人の特権も駆使して何とか、命からがら広島に戻ることができたんだ。だが……』

つらそうに、宮野は言った。

『逃げる過程で、歩美が、やられた』

「やられた、だと。まさか……」

ごくりと唾《つば》を飲み込みつつ、斯波は訊いた。

「死んだのか。サリンにやられて」

『……いいや』

宮野は、ややあってから答えた。

『死には、しなかった。だが』

「だが？」

『まだ、眠ったままだ』

「………」

言葉を失う斯波に、宮野は言った。

『歩美は、瀬戸内海の洋上で意識を失った。瞳孔《どうこう》が収縮し、痙攣《けいれん》を起こしていた。応急処置が間に合い一命は取り留めたが……意識は戻らなかった。広島につくとすぐ俺は、断られるのを承知であちこちの病院を渡り歩いて交渉した。本当に、大変だったよ。けれど幸運にも、市内の病院の個室をひとつ、確保したんだ』

「歩美は、その病院にいるのか」

『ああ。今も歩美は病院で眠っている』

「そうだったのか」

脱力したように大きく息を吐くと、斯波は言った。

「生きていてくれたんだな……歩美は」

意識不明——それでも歩美は、生きている。

その事実に、改めて斯波はほっと安堵《あんど》した。

だが——。

彼はすぐさま、ある感情に囚《とら》われた。

安堵したにもかかわらず、すぐに心がどろどろと騒ぎ、不愉快に苛立《いらだ》ったのだ。

その正体は明らかだった。

それは——猜疑《さいぎ》心。

なぜ歩美は、宮野の元にいたのか。俺の不在に、奴らは何をしていたのか。そもそも、ふたりは少なくとも一晩、一緒に過ごしている。その間に一体、何があったのか。

もしかしたら、歩美の心はすでに宮野の元にあったとでも？

もしかしたら、彼らはもう——宮野と歩美は恋人に戻っていたとでも？

——いや。

斯波は、渦巻く疑念をすべて無理やり嚥下《えんげ》すると、宮野に言った。

「歩美を救ってくれたこと、本当に感謝する。そして……」

頭を左右に振り、目を強く瞑《つむ》ると、その短い言葉を──なぜかそれしか思いつかなかった言葉を、ほろりと零《こぼ》した。

「本当に、すまなかった」

＊

すまなかった──。

斯波のその一言には、対象が付されていなかった。誰に対して、あるいは何に対して。そのすべてが、曖昧《あいまい》なままだった。

だがそれは、それでも、これは明らかに、万感のこもった謝罪だった。

ありふれた言葉。

だが、そこには多くの思いが込められていた。

斯波の謝罪の後、宮野はずっと黙っていた。

斯波も黙っていた。まるで、凍結していた年月を少しずつ溶かすように、お互いの息づかいを受話器越しに感じながら、彼らはただ、沈黙だけを交わした。

そして、長い時間の後──。

宮野が、言った。

『……率直に言えば、俺はまだお前のことを許せない。そして、これからも許すことはない』

「…………」

『お前が俺から歩美を奪ったこと。俺を陥れたこと。悪意があるとは知らず安穏としていた俺にも責任はある。だが、お前のしたことがどれだけの暗闇を俺にもたらしたか。今のお前ならば、十分に想像がつくはずだ』

「……わかっている。今さら許しを乞《こ》おうとは、思わない」

『よく聞け、斯波。俺は、歩美をお前に二度と返さないつもりで電話をしたんだ。少なくともお前といるよりも、俺といたほうが、歩美は幸せになる。そう思ったからだ。俺は、お前に歩美の無事を知らせた上で、歩美は俺のものだと宣言するつもりで、この電話を掛けたんだよ。だが……』

身動《みじろ》ぎする気配。受話器を持ち替えたのだろうか、数秒を置いて、宮野は言った。

『気が変わった。歩美は、お前に返す』

「……なんだって」

『聞こえなかったのか。歩美をお前の元に返すと言ったんだ。歩美はお前と一緒にいるべきだ。だから……返す』

「…………」

斯波は、宮野の言葉を心の中で繰り返す。

宮野は、俺に歩美の無事を知らせた上で、歩美は自分のものだと宣言するつもりで、この電話を掛けた。だが、気が変わった。歩美は俺に、返す。

ありがたい言葉だ。でも——本当に、それでいいのか。

一拍を置いて、斯波は言った。

「なあ、宮野……俺は、歩美がいなくなって、初めて気づいたことがあるんだ」

『なんだ』

「歩美は俺のほうを向いていたのに、俺は歩美のほうを向いていなかった。そのことに、初めて気づいたんだ。八年間も一緒にいながら……初めてな」

『……………』

沈黙した宮野に、斯波は言った。

「家を出ていくときに、歩美は俺に言った。『私が不満なのは、私だ』と。きっと歩美は、ひたすら自分を責めていたんだ。俺が歩美を見ようとしないのは、自分が至らないからだと……一方の俺は、そのことに気づかなかった。微塵《みじん》も……」

『歩美は、昔からそういう奴だよ』

宮野の言葉に、斯波は小さく笑みを浮かべた。

「ああ。そして俺は、彼女の自責に気づかないどころか、その我慢強さに甘えきっていたんだ。だから歩美は……結婚生活に自信を失ったんだ。そう考えると、なあ……宮野。

歩美はやっぱり、お前と一緒にいたほうが幸せなんじゃないかと、思えてならないんだ」

『それは、違うな』

宮野が、ぴしゃりと言った。

『やっぱり歩美は、斯波、お前と一緒にいるべきだ』

「なぜだ？」

『あの日、俺は歩美とじっくり話をした。歩美は確かに言っていたよ、私は間違ったのかなと。だから俺は、歩美が結婚生活に疲れ果てて、お前から逃げてきたのだと思った。だが……話していくうち、それは違うと気づいた。彼女はな、決して言わなかったんだよ。斯波、お前が悪いだなんて、一言も言わなかったんだ。それで俺は理解した。ああ……歩美はやっぱり、斯波の妻なんだとね』

「…………」

『それでも斯波、お前がもしもあの頃のお前のままならば、俺は歩美を返す気にはならなかっただろう。だがお前は、気づいた。変わった。だから……返すんだ。歩美を幸せにできるのは、お前だけなのだからな』

「宮野……」

『誓って言うが、あの日、僕と歩美との間には何ひとつ疚《やま》しいことは起きなかった。かつての恋人として、彼女に対してしてやれる最大のことは、彼女を元気づけ、斯波歩美として東京に帰すことだけだったからな。何とも悔しいが、仕方がない。結局は、それが彼女の望むことなんだから』

「そうだったのか」

本当にすまない――そう呟《つぶや》いた斯波に、宮野はなおも言った。

『さっきも言ったように、これ以上お前のことを許せはしないし、許せるわけがない。だが、これだけは肝に銘じてくれ。俺が最も許せないのは、お前が歩美を幸福にしてやれなかったという事実だということをな』

「………」

斯波は、宮野の言葉を反芻《はんすう》するように沈黙してから、一言だけ返した。

「……ありがとう」

『礼を言われるようなことは何もしていないぞ。だが感謝するなら、歩美に感謝してやってくれ。ところで……斯波、僕が電話をしたのは、歩美のことだけじゃないんだ』

宮野が、唐突に話を変えた。

『噂に聞いた。お前、四国に来たんだってな？』

「あ……ああ」

『いつ来た』

「お前たちが愛媛でサリン禍に遭った日から三日間だ。初日は高松にいて、その後二日間は高知の海潮町にいた」

『海潮町だって？』

宮野は驚いた声で言った。

『サリン禍の中心にあった町じゃないか！　そんなところにいたのか』

「ああ」

病院で見た死屍《しし》累々。あの少女の、うつろな目——フラッシュバックのように思い出し、斯波は無意識に顔を顰《しか》めた。

「……ひどいところだったよ」

『そりゃあそうだろう。しかし、あんなところに何しに行ったんだ？』

「調査だよ。サリン禍の原因が何かを探るための」

『原因か。確かに原因は、あの時点では謎だったからな。それにしてもお前、二日間も一体高知のどこにいたんだ？　海潮町周辺で無事に過ごせる場所なんか、どこにもなかっただろうに』

「いや、それが、あったんだ」

『どこにだ？』

「南土佐村だよ。海岸沿いにある集落の住人に助けられて、九死に一生を得た」

『南土佐村《あそこ》に、そんな場所があったか……？　一体、どこの集落だ』

「岬の先端にある集落だよ。海風が強くて、木も生えていない、岩場ばかりの鄙《ひな》びた村だ。俺たちはそこで診療所を開いている新田という医師に助けられたんだ」

『村の名前は』

「なんだったかな……村人は『ヘーズ村』とか言っていた記憶があるが」

『ヘーズ村。聞いたことがないぞ？　字瓶《へい》地《ぢ》のあたりか？　いや、あそこには岬がなかったはずだが、それに、岩場ばかりとは』

　ぶつぶつと宮野は呟いた。

『……で、その集落は安全だったのか』

「ああ。集落で一泊した後で俺たちは高松に戻ったんだが、少なくとも集落にいる間は安全だった。もっとも、今もそうかはわからない。俺たちは命からがら逃げ帰ったが、あの村の住人たちは今、どうなっているか……」

　新田医師、蘆高、久子、そして——千恵はどうなっただろう。

　言葉に閊《つか》えた斯波に、宮野は、ふと思いついたように言った。

『なあ、斯波。ひとつお前の見解を訊《き》いてもいいか』

「あ、ああ。……なんだ」

『あのサリン禍、本当にテロか？』

「どういうことだ？」

　訊き返す斯波に、疑わしげな口調で、宮野は言った。

『政府も政治家もマスコミも、あのサリン禍はテロだと言っている。だが考えてみるに、僕にはどうもそれが訝《いぶか》しい。はっきり言うが、俺は、あのサリン禍はテロによるものではないと考えている』

「…………」

『じゃあ何なのか？　俺にはひとつの仮説がある。だがそれを述べる前に、是非とも斯波の意見を訊きたいんだ。なあ、斯波。お前も、あれはテロじゃないと考えているんだろう』

「俺は……別に……」

『隠さないでもいい』

　宮野は、ぴしゃりと言った。

『そうでもなければ、わざわざ厚生労働省の人間が、決死隊を組んでまで危険な高知の中心まで現地調査に行ったりはしないじゃないか。違うか？』

「それは、そのとおりだが」

　口ごもる斯波に、宮野は諭すように言った。

『斯波。お前はたぶん、俺と同じような結論に辿《たど》り着いているはずだ。そして、日本があれをテロの結果だという前提で動いている限り、サリン禍を防げることは決してないということにも。そもそも、あれがテロなんかじゃないということは本来、誰が見ても明らかなはずなんだ。テロならば目的が存在する。目的があるならば要求もある。要求があるならば、犯行声明もあってしかるべきだ。だがそれがない。目的も要求も見当たらない』

斯波は何も言わず、しかし心の中で首肯していた。そう、あれがテロリズムだと断ずるには、今もなお圧倒的に要素がひとつ、不足しているのだ。目的という要素が。にもかかわらず、人々があれをテロだと信じて疑わないのは、あの事件を「未知の恐怖」にしたくないからだ。同じ恐怖でも、誰かはわからないが、そいつが確実に起こしているのだと言ってしまったほうが安心できる。誰がやったか、どうしてそうなっているのかすらわからないという未知の恐怖よりもずっと受け入れやすいのだ。人々だけでなく、政府が率先してテロ説を採用するのは、ひとえにその恐怖の方が「飲み込みやすい」からなのだ。

その欺瞞《ぎまん》に、宮野も気づいていたのだ。

宮野は、数秒を置いてから、おもむろに言った。

『斯波。俺は、あのサリン禍の本当の原因を知っている。あれはテロじゃない。あれは、れっきとした感染爆発。パンデミックだ』

＊

サリン禍はテロではなく、感染症によるもの。

当初から斯波が主張し、そしてあらゆる嘲笑《ちょうしょう》と罵声《ばせい》を浴びてきたこの説を、宮野はむしろ自信を持って、そう断言した。

「そう思うさ。俺も、心からそう思っているとも……だが」

そんな宮野に、斯波は数秒を置いてから、しかしだからこそ反論する。

「その考え方には致命的な問題がひとつある。見つからないんだ。病原体が」

『調査に行ったんだろ？　病原体の採取はしなかったのか』

「もちろんしたさ。死亡していた人間たちの血液や粘膜を、検体として持ち帰った。もし細菌か、ウィルスに感染していれば、そこから病原体が検出できるはずだった。だが……それはみつからなかった」

病原体なくして、病気はない。それは突然変異以前の問題だ。

「要するに、お話にならなかったのさ。感染症説は……」

溜息《ためいき》を吐く斯波に、しかし宮野は、あっさりと答えた。

『そりゃ当然だろう。見つかるはずがない』

「当然？　どういうことだ」

『患者の検体を幾らこねくり回してみたって、サリン禍を生み出している病原体が見つかるはずがないだろ』

「話が見えないぞ……何を言っているんだ？」

『詳しくは、後で説明する。それよりも先に、お前に言っておくべきことがある』

斯波の問いには答えないまま、宮野は続けた。

『テロに気を取られて、正しい対策を取ることなくこのまま放っておけば、サリン禍はすぐに本州や九州、北海道にも及んでいくだろう。日本だけじゃない。世界中へと広がっていくのも時間の問題だ。そうすれば、世界は滅ぶ。だから斯波……俺はお前に頼みがある』

「頼み……？」

『ああ。お前の力を借りたい』

宮野は、真剣な声音で言った。

『今ならばまだ、被害は最小限で食い止められる。そのために斯波、お前に……本省や対策本部とつながりのあったお前に、このことを強く進言してもらいたい』

「進言だって？　無理だ」

斯波は、首を大きく横に振った。

「俺はそのせいで追い出された身だぞ。今さら俺の言うことなど、誰も聞いてくれはしない」

『いや、言える。お前ならできる。できるはずだ』

「だが……」

『頼む、斯波。俺の頼みを……訊いてくれ』

懇願する宮野——その声色からは、電話の向こうで深く頭を下げているさまが、容易に想像できた。

ふと——斯波は思う。宮野はどうして、かくも懇願するのか。

相手は、かつて宮野を陥れ、想い人をも奪った男だ。宮野が自分で言ったとおり、いまだ容易に許すことはできない相手だ。それがどうして、頭を下げられるのか。

その答えに、ややあってから斯波は気づいた。

それは——使命感。

中央を放逐されて何年も経つ宮野の声は、それがいかに正しく、大きいものであろうとも、もはや上層部の耳には届かない。だが、宮野は自分の主張をそこへ、いかなる手を使っても通したいと考えている。それこそが、真実に辿り着いた者の使命だと信じているからだ。その使命のために、たとえそいつが決して許すことのできない男であったとしても、頭を下げているのだ。

だとすれば——俺はどうすべきなのか。

その問いに対する答えは、明白だった。

斯波は、首を縦に振り、力強く言った。

「わかった……わかったよ宮野。力になれるかどうかはわからないが、俺ができる限りのことは、やろう」

『そうか……恩に着る』

ほっとしたように言う宮野に、斯波は訊いた。

「だが、教えてくれ。さっきお前が言っていた、患者の検体から病原体が見つからなくて当然ってのは、どういうことなんだ？」

『ああ、それはな……』

宮野はようやく、ある仮説を斯波に告げた。

それを聞いて、斯波は――。

「まさか、そんなことが……」

絶句した。言葉を失い啞然とする斯波に、宮野はなおも続けた。

『起こっているんだ。すぐには信じられないだろう。だが、そう仮定することで、すべての事象に説明がつく。自然界ってのはな、それくらいの無茶を平然とやりかねないのさ』

自信を持って言う宮野に、しかし斯波はなおも言う。

「だがそれは、お前の仮説に過ぎないんじゃないのか？」

『ああ、まったくの仮説だな、現時点では』

「やはりな。だとすれば……上を説得するために、どうしても必要なものがある」

『わかっている。証拠だろ？　だが、心配は無用だ』

笑いながら、宮野は答えた。

『証拠なら、俺が取ってくる。お前と同じように、命を賭《と》してな』

3

コンコン。

「……どうぞ」

斯波が局長室のドアをノックすると、すぐに返事があった。

ドアを開けると、局長室のやけに冷えた空気が、頰を撫《な》でた。

「失礼します」

局長室は、三十畳以上はある広い部屋だ。もしかすると、あの官房長官室よりも広いかもしれない。灰色の絨毯《じゅうたん》に、重厚なデスクと本棚。打合せ用のテーブルも、十人以上が向かい合わせで座れるほどの大きなものだ。そして、奥の大きな窓からブラインド越しに見下ろす、国会議事堂――。

斯波は、部屋そのものが持つ威圧的な雰囲気にたじろぎつつ――不思議なことに、局外に籍を置いて初めて、ここがそれほどに威圧的な場所であることを知ったのだ――しかし、腹に力を込めると、深く一礼をした。

「ご無沙汰《ぶさた》しております、田崎局長。関東厚生局の斯波です」

「……斯波君か」

デスクの向こうで背を向けていた田崎は、振り向きもせずに答えた。

「元気にしていたかね」

「はい。何とかやっております」

「仕事には慣れたか」

「それは……」

答えるまで、斯波は少し躊躇《ちゅうちょ》した。慣れるも何も、仕事らしい仕事などないポストなのだ。だが、慣れるという言葉の意味が、そのポストに居続けるか、あるいはもっと過酷な待遇を受ける覚悟ができたかということなら――。

「はい。おかげさまで、慣れました」

「そうか」

斯波の頷《うなず》きに、田崎は、感情のこもらない相槌《あいづち》だけを返すと、なお振り返ることなく続けた。

「で、今日は何か用かね。定員がらみの相談か、それとも不祥事でもあったか」

「いいえ」

「では異動後の挨拶《あいさつ》か。そう言えば君、異動してからこっちに顔を出していなかったな」

「違います。そういう用件ではないのです、局長」

「じゃあ、何だ。すまないが、今日はこれから会合がある。何かあるのなら手短に言え」

つっけんどんな口ぶりだ。だが斯波は怯《ひる》むことなく、ガラス窓に黒く映る田崎のシルエットに立ち向かった。

「実は……今日、私は、局長にお願いがあって参ったのです」

「お願い？」

田崎の身体が、ぴくりと震える。

「それは私的なものか、それとも公的なものか」

「後者です」

「ならば君のしていることは筋が違う。まず君は、自分のところの厚生局長の了解を得て、しかる後に公文書で私あての依頼をすべきだ。それが行政マンの仕事の進め方というものではないのかね」

「心得ています。しかし」

斯波は、一歩前に出た。

「これは局長に、直接お願いすべき話です。だから失礼を承知で参りました」

「直接……まさかとは思うが、それは例の四国に関する話ではあるまいね」

「その、まさかです」

斯波は、さらに歩を前に進めた。すぐそこに、田崎の幅広なデスクがある。

その上にどんと両手を突くと、斯波は言った。

「田崎局長、お願いです。私に四国への渡航許可を出してください」

「渡航許可、だと？」

「はい。四国へ渡りたいのです。どうしても」

「……君はまだ、あの説にこだわっているのか」

あの説——言うまでもなく感染症説のことだ。

呆《あき》れたように言った田崎に、斯波はなおも食い下がる。

「現在、四国は完全に封鎖されていて、一般人はおろか、役所の人間も往来を禁じられています。もし四国へ行こうとするならば、少なくとも局長級の許可が必要です。ですから局長、お願いします。四国への渡航を、許可してください」

「ならん！」

田崎は、強い口調で拒絶した。

「そんな許可、出せるわけがないだろう！」

「そこを何とか、お願いしたいのです。田崎局長」

「ならんものは、ならんのだ！」

田崎が、初めて振り返る。眉間《みけん》に深い縦皺《じわ》を寄せた、険しい表情。

デスクの上に、どん、と拳《こぶし》を振り下ろすと、田崎は声を荒らげた。

「なぜ君はそこまで感染症にこだわる？　確かに、私もあの説が優位だと感じていた時期があった。だが現在、すでに結論は出ている。政府の決定として、すべてが動いてしまっているんだぞ。そんな状況下で、どうして今さら感染症説など持ち出せるんだ」

「それは、局長。あれが、紛れもなく感染症だからです」

「くどいぞ斯波君。君はそもそも、すでに四国の件にタッチできる権限を失っている。部外者なんだ。その分を弁《わきま》えたまえ！」

田崎が、出入口のドアを指差した。

「さあ、埼玉に帰って、関東厚生局部次長としての本来業務に戻るんだ！　どうしても通したい話があるのなら、その前に君も役人としての筋を通したまえ！」

「待ってください、局長。私の話を最後まで聞いてください」

「いいや、待たん。さあ、出て行きたまえ！　今すぐにだ！」

「いいえ、出て行きません！」

「ならば業務命令違反、懲戒処分だぞ！」

「構いません！」

鬼の形相の田崎に、斯波は毅然《きぜん》として言った。

「そうしたければそうしてください！　そんな覚悟、とうにできているんです！」

「…………」

無言で睨《にら》み合う、田崎と斯波。

そこにあるのは、かつての上司と部下という間柄を超えた、意地の張り合い。

そう、これは——勝負だ。

あのときのように、敗けるわけにはいかない大勝負なのだ。

真っ向から視線をぶつけながら、斯波は、一言一句に魂を込めた。

「局長。当初から申し上げているとおり、あれは紛れもなく感染症です。局長はもちろん、こうおっしゃるでしょう。『しかし証拠がどこにもないじゃないか』……確かに、病原体は被害者の検体のどこからも発見されませんでした。おそらく、これからも被害者の検体から病原体が発見されることはないでしょう。でも、それは当然のことだったんです」

「…………」

瞬きもせず、口を開くこともなく、ただ睨みつけ続ける田崎に、斯波は言った。

「我々は、ある重大な思い違いをしていたんです。だからこそ、検体を調べても病原体が出て来るはずがなかったんです。いいですか局長、あの感染症は……」

*

斯波が説明を終えると、田崎は数秒の後、彼から視線を逸らせた。

そして、おもむろに椅子を引き、静かに腰掛ける。

顔を伏せ、目の前で両手を組むと、ようやく——田崎は、呟くように言った。

「……本当なのか？　それは」

「……本当です」

斯波は、田崎から決して視線を外さずに、大きく首を縦に振った。

「だが、確認したわけではないのだろう」

「はい。しかし、確信があります。これは……真実です」

「確認していないのに確信があり、真実だとは、どういうことだ?」

「それは……私の友人が、そう信じているからです」

「君の……友人?」

田崎が、顔を上げる。先刻までの険しさは、そこにはない。

「今は広島にいる同期の男です。奴は優秀な男で、この感染症のメカニズムをほぼ解明しています。私は、あいつを信じています。だから……これは真実です」

「……そうか」

重厚な革張りの椅子に深く凭《もた》れると、田崎はしばし、物思いに耽《ふけ》るように瞑目《めいもく》した。

そして、ややあってから——。

「……私に何をしろというのかね」

「さきほど申し上げた通り、四国への渡航許可をお願いします」

「なぜ、四国へ行く必要がある」

「証拠が必要だからです。これが感染症であると示す、明白な証拠が」

「ふむ……」

田崎は顎《あご》をさすりながら、深く唸《うな》ると、ようやく目を開いた。

「確かに、物証は必要だ。それがないとどういう目に遭うのかは、君もよくわかっているだろう。必要性があるのは間違いない。だが……それでも、許可を出すのは難しい」

「どうしてですか」

「君が要注意人物だからだ」

田崎が、斯波を指差した。

「渡航許可は、内閣と警察庁の承認がなければできないことになっている。当然、許可決裁は官房副長官や警察庁長官のところも通る。君に目をつけている楡さんや伊野塚さんが、君が四国へ行く許可に対する決裁を通すとは思えない」

「それでしたら大丈夫です」

斯波は、にこりと微笑んだ。

「行くのは、私ではありませんから」

「君じゃない？　じゃあ、だれが行くんだ」

「先ほど申し上げた我が同期です。あいつは元々その筋の専門家です。調査を任せるにあいつ以上の適任者はいません。必ず、四国で証拠を摑《つか》んで来てくれるでしょう」

「その男は、四国が危険な場所だとわかっているのか？」

「もちろん、誰よりもよく知っています。だからこそ志願して、四国に行くと言っているのです」

「……………」

田崎は、再びしばしの沈黙を挟んでから、静かに頷いた。

「わかった。取り急ぎ起案したまえ。楡さんと伊野塚さんは、私がうまく丸め込む」

「ありがとうございます！　田崎局長」

「ただし、条件がある。この仕事はとにかく困難だ。四国で命を落とすかもしれないし、あるいは証拠を持ち帰れないかもしれない。だが……失敗することも許されない。それほど困難な仕事であるということを、くれぐれもその男には、伝えてくれたまえ」

「承知しました、局長。必ず伝えます」

頷《うなず》くと、斯波は、しかしその場から退かず、なおもデスクの前に立ち続けた。

「……どうしたんだ、斯波君。まだ何か、用でもあるのか」

「はい。実はもうひとつ、局長にお願いがあるのです」

困惑した顔の田崎に、斯波は言った。

「私を、官邸の次の会議に同席させてください」

「官邸だと？　まさか、君」

田崎は、目を見開いた。

「また、対策本部で一席ぶつつもりじゃないだろうな」

「まさしく、そのつもりです」

「無理だ！　さすがに……そこまでは……」

田崎は、頭の上で手を大きく左右に振った。

「対策本部の主導権は、今じゃ完全に榆さんと伊野塚さんに握られているんだぞ。君に関する決裁ですら通らないのに、ましてや君がその場に同席するなんて……そもそも君は、あの場所にいていい立場ですら……」

「わかっています。ですが、そこを何とかお願いしているんです」

「何とかと言われても……これぱかりはなあ」

顔を背けた田崎に、斯波は懇々と述べた。

「私が榆副長官や伊野塚長官に嫌われているのは知っています。そんな人間の吐く言葉が、どれほど彼らの心を動かせるのかもわかりません。しかし……今は国家存亡のときなのです。日本がこれから存続しうるかを問われている局面なのです。放っておけば、サリン禍は間違いなく九州、西日本から東日本、北海道にまで及び、日本は滅びます。あるいは世界にこの禍が蔓延《まんえん》する可能性すらあるのです。これはまさに、人類にとって破滅的な結果をもたらすパンデミックなんです」

「……………」

「私は、彼らにも理は伝わると思っています。ですが、伝える場面がなければ、伝わるものも伝わらない。ですから局長……あなたのお力で、何とかその場面を作ってほしいのです。それができなければ、日本は終わりなのですから」

「むう……」

田崎は腕を組むと、しばらくの間、痛みをこらえているような顔をした。

だが、やがて、ほっと小さな息を吐くと、呟くように言った。

「……筋悪《すじわる》だな」

「はい」

「見込みがないという点では、むしろ筋ゼロだ」

「承知しています」

「どうにかしたければ、大きな代償が要るぞ？」

「わかっています」

斯波は頷くと、自分の喉輪《のどわ》を摑んだ。

「これを賭《か》けます」

「……首か」

「はい。斯波茂之は国家公務員の職を辞する。これを、場を設けるための交換条件にしてください。それならばきっと、楡副長官と伊野塚長官も納得されるでしょう」

「君の人生を賭ける、か。……ふふっ」

田崎は、含み笑いを浮かべた。

「いい案だ。だが、駄目だな」

「駄目？　どういうことですか」

「それだけでは足りないということだよ。おそらく、楡さんと伊野塚さんは、賭け金が君の首だけでは、うんとは言わないだろう」

「じゃあ……どうすれば」

「まあ、簡単なことだな」

田崎もまた、自分の喉輪を掴んだ。

「こいつも賭ける」

「き……局長の？」

「ああ。軽い頭だが、君のとセットにすれば、それなりに効果があるはずだ。特にあのふたりにはな」

ははは、と田崎は声に出して笑った。

「た、確かに、それならば確実です。しかし、局長は……」

斯波は狼狽《うろた》え、言い淀《よど》む。

田崎はこの局長職の後に、事務次官となることがほぼ確実視されていた。言わば、官僚の最終目標地点まで、あと一歩というところまで来ているのだ。その局長が首を賭けるということが、一体何を意味するか、わからない斯波ではない。

だが、田崎は——。

「おいおい、言い出しっぺの君が狼狽えてどうするんだ！」

楽しそうに体を揺らしながら、言った。

「国がなくなれば名誉もクソもなくなるんだ。これくらいのギャンブルは当然だろう。だが、そもそも名誉以前の問題だな。私は国のために働くという初志から始まり、ここまでやって来た。ここできっちりと貫徹しておくのもまた、粋《いき》というものじゃないかね？　それに……」

田崎は、茶目っ気のある表情を作ると、片目を瞑《つむ》った。

「君にも前に言わなかったか、やるべきことをやると。それがまさに……今なんだよ」

4

三月十日。斯波は、神戸の港にいた。

霞《かすみ》に覆われたような曖昧《あいまい》な天気。天頂《いただき》に向かう太陽が、輪郭のはっきりとしない丸い姿を、薄雲の向こうで陽炎《かげろう》のように揺らめかせている。

港は、閑散としていた。コンクリートの埠頭《ふとう》に打ち寄せる波が、ざんざんと打ち寄せる中、スーツ姿の斯波は、潮風に目を細めつつ、ひたすら水平線に目を凝らしていた。

生暖かい春の風とともに、穏やかな瀬戸内海の潮の香りが、ほのかに斯波の鼻を突いた。

不意に、水平線の向こうに、白い波飛沫《しぶき》が見えた。

――来た。

斯波の内心に緊張が走る。見つめているうち、小さなシルエットは、やがて形を確認できるほどの大きさになり、見る間にその姿を顕《あら》わにした。

青黒い海を切り裂くように、一直線にこちらへと向かってくる逆三角形。

同時に、遠吠《とおぼ》えのようなエンジン音が、風の音を掻き消す。

それは、一隻のクルーザーだった。

斯波は、無意識のうちに、その船に向かって力一杯手を振っていた。

クルーザーは、少し斜めに角度を変えると、大きく弧を描くようにして港へと進入し、斯波の立つ埠頭と平行に、その白い身体を横付けした。

水飛沫が飛び、濃厚な海そのものの匂いが、辺りに充満する。しかし、スーツが濡《ぬ》れるのも構わず、斯波はクルーザーを見つめた。

腹を抉《えぐ》るエンジンの爆音が止むと、嘘のように静けさが戻ってくる。ややあってから、揺動するクルーザーの甲板に、一人の痩《や》せた男が姿を現した。

よれた水色の作業服姿の男は、黒いボストンバッグを手にしていた。

斯波が数歩下がると、まさにその位置に、男が軽やかに下り立つ。

二メートルを挟み対峙《たいじ》する、斯波と、男。

改めて、斯波は男と目を合わせた。

細面の顔。短い髪。精悍《せいかん》な顔つきは、斯波が覚えているそれとほとんど変わらない。

だが、頬がわずかにこけ、顔の下半分に一面に生えた無精髭《ひげ》にも白いものが混じっている。それこそが、彼がくぐった修羅場と、長い年月を経てきたことの、証《あかし》。

そう、これは——八年ぶりの再会。

斯波は、呟《つぶや》くように男の名を呼んだ。

「……宮野か」

男——宮野もまた、口の端をわずかに上げて、答えた。

「おう、久し振りだな。斯波」

斯波は——思わず、顔を背けた。

なぜかはわからない。だが、旧友でもあり、仇敵《きゅうてき》でもある宮野のことを、これ以上直視できなかったのだ。

そのことを誤魔化すように、下顎《あご》を擦《こす》りつつ、斯波は言った。

「……どこから高知に渡った」

「お前のアドバイスどおり、新田先生のいる岬の村を経由した」

「新田先生は、無事だったか」

「ああ」

宮野の頷《うなず》きに、斯波は安堵した。あの村はまだ、生きていた——。

「色々世話になったよ。物資の不足には、苦しんでいるようだったが、新田先生はあと一か月は持つぞと笑っていたよ。強い人だな。だがああいう人がいるから、僻地《へきち》医療は成立するんだぞ。もちろん、クルーザーで持ってきたありったけの食料と水を置いてきたよ。あれがあれば、もっと耐えられるはずだ」

「そうか。じゃあ……村の人たちも、まだ健在か」

「ああ。皆、無事だ」

「新田さんと一緒に、若い女がいなかったか？」

「片岡さんのことか？　もちろん彼女も無事だよ。誰よりも元気そうだったぞ」

「……そうか」

斯波は、なお横を向いたままで頷いた。

「彼女は俺と一緒に高知に渡った調査隊の一員だったんだ。だからずっと、気がかりだった。彼女が無事かどうかが」

「心配が杞憂《きゆう》に終わってよかったな」

宮野は、力強く言った。

「片岡さんは自慢げに言っていたぞ？　サリン禍が起きてから、この村ではまだ誰も被害者を出していないのだとね」

そうか、皆、無事なのか。よかった――。

「……彼らも、一緒に帰ってきたのか」

「いいや」

宮野は首を横に振った。

「クルーザーにはまだ余裕があったから、一緒に乗って帰らないかと勧めたんだが、断られてしまったよ。村にはまだ衰弱している者がいる。彼らを置いては行けないとね。それにしても……」

宮野は、振り返ると、瀬戸内海を細目で眺めた。

「あの村は、本当に奇跡の村だった。岬の先端にあって、絶妙な地形に守られているからだろうな、どうしたわけか一日を通して海風しか吹かないんだ。しかも、岬の突端は岩場ばかりで、木もろくに育たない。だからあそこは、不毛の地だと呼ばれて来たんだな」

不毛の地。ああ、そうか――。

今さら斯波は、あの村の名前に思い当たる。

久子はあの集落を、ヘーズ村と言っていた。つまり、ヘーズ――生えず――不生が本当の集落名なのだ。

「木はおろか草の一本も生えない、生えずの村。だがそれが結果的に、あの村をサリン禍から救ったのか」

感慨深げに言うと、宮野は笑った。

「あそこを拠点にしなければ、俺は調査中に死んでいただろうな。それほどに、四国のサリン汚染は酷かった。……だが、あの村が安全地帯となってくれたお陰で、俺は生き延びた。生き延びて、そしてしっかりと、証拠も掴んできた。そう……これが、ブツだ」

宮野が、手に持っていたボストンバッグを斯波に差し出した。

「ほら、持って行け！　中には培地がいくつか入っている。すべて例の菌だ。シャーレはガラスだから、取り扱いには気をつけてくれよ」

斯波は無言のまま、ボストンバッグを受け取った。

バッグの中から響く、カランという乾いた音。そして、ずしりとした重み——斯波は、

バッグの取っ手をしっかりと握りこんだ。この重みは、単に物理的な重みじゃあない。

宮野の意地と努力の結晶であり、かつ、日本を、世界を救う重みだ——。

「……ありがとう、宮野」

無意識に、礼が口を突いて出る。

「感謝するのはこっちだよ。調査ができたのも、ひとえにお前が渡航許可を取ってきて

くれたお陰だからな。それに……まだ終わったわけじゃない」

「そうだな」

頷くと、斯波は迷いつつ、宮野と視線を合わせた。

少し青みがかって見える、宮野の瞳。

交差する、視線。

宮野は、にこりと笑みを浮かべると——。

「……後は頼んだ。斯波」

右手を、斯波に差し出した。

それは、幾多の苦難を乗り越えてきた、ごつごつと骨張る手。

斯波もまた手を差し出し、その掌を摑むと——。

「ああ……任せておけ」

それだけを、言った。

頷く、宮野。

二人は、いつまでも無言だった。

だが、お互いの言いたいことはすべて、固く結ばれた互いの手から、ありありと伝わっていた。

V

1

しとしとと、雨が静かに降る。

灰色の空から、雨粒が糸を引くように流れ落ち、次々と音もなく官用車のフロントガラスに丸い跡を残しては、消えていく。

穏やかな春の雨は、まるで儚《はかな》い幻だ。

官邸に着くと、いつもの警察官が、ずぶ濡《ぬ》れのまま立っていた。

後部座席の窓を開けると、所属を伝え、書類を渡す。警察官は、しばらくの間斯波の膝《ひざ》の上にあるアタッシェケースを訝しげに眺めていたが、やがて、無言でＩＤカードを差し出した。

「……この件で来るのは、何回目だ」

隣に座る田崎が、呟《つぶや》くように訊《き》いた。

後部座席の窓を閉めつつ、斯波は答えた。

「六回目です」

「私は十一回目だな。君がいない会議が五回あったということだな」

薄い笑みを、田崎は浮かべた。

「随分と足繁く通うものだ」

「仕方がありません。わが国の一大事ですから」

「そうだな。とはいえ、よく考えてみれば無駄なことではある」

「無駄？」

訊き返す斯波に、田崎は答える。

「ああ。そうは思わないか？　今どき、打合せなどいちいち顔を突き合わせなくともできるからな。もちろん私の若いころは違ったが、今はインターネットを介した会議もできるし、メールだのファクシミリだのツールは何でもある。わざわざ、各人の予定と高い時給を割いて一か所に集まるというのは、不経済で無駄なことだ」

「確かに」

斯波は頷《うなず》いた。確かに、各省庁と官邸を繋《つな》げた電子会議システムはすでに導入されており、各人が官邸に集まらなくとも、会議ができるようになっているのだ。

「では……なぜ、いまだに集まって会議を？」

「それは、あれだよ。マウンティングというやつだ」

「マウンティング……。ああ、示威行為ですか」

「そうだ」

苦笑しつつ、田崎は答えた。

「彼らはわざと役人を呼びつける。呼ばれれば役人は行かざるを得ないから、他の何の予定を取り潰《つぶ》してでも馳《は》せ参じる。夜中だろうが、休日だろうが、お構いなしだ。それこそまさに、官邸にいる国会議員《センセイ》たちが、自分こそ立場が上だと示すマウンティングそのものだとは思わないか。もちろん、実際に彼らとの間には上意下達関係がある。我々役人は、内閣や政務三役の指示に従って動く、駒みたいなもんだからな」

「議院内閣制ですからね」

「ああ、だから、あえて示されなくとも、我々役人が彼らの指示に従うのは当然のこと。それはもちろん、彼らも弁《わきま》えている。だから普段、彼らは実に淡々と、我々役人に指示をする。逆に言えば、それが彼らの我々に対する信頼の証だ。だから、どんな差配でも、役人は動く。その信頼があるからこそ、彼らの指示には粛々と動いていくわけだ。にもかかわらず」

　田崎は一拍を置いた。

「彼らはわざわざマウンティングをする。それは、なぜか？」

　一瞬考えてから、斯波は答える。

「議員として自信がないから、ですか」

「そうだな。それもある」

　田崎は頷くと、にやりと笑った。

「だが、もっと深い理由もある」

「どんな理由ですか」

「…………」

問う斯波に、しかし田崎ははぐらかすように話を変えた。

「斯波君。さっき私は、役人は指示に従い動く駒だと言ったな？」

「はい」

「それは必ずしも、駒だから何も考えずにおればいいということではない。あくまでも、駒だという自覚を持ちつつ働けという意味だ。駒には駒の矜持《きょうじ》というものが存在して然《しか》るべきなんだよ。役人魂とでも言うのかな」

「役人魂……」

「政治家には、兆円規模の予算が動くときにも、万人単位の人命が揺るがされるような局面でさえ、常に冷静な指示ができる覚悟が必要だ。これを政治家魂と言うとするなら、役人にも、いかにそれが冷酷非情な指示であっても拝承する覚悟が要る。これを役人魂と言うのだ。だが、この役人魂もふたつの種類がある。ひとつは、いかなる非情な差配にも忠実に従い、いついかなるときでも、眉《まゆ》ひとつ動かさずに女子供でも殺せる、言わば『道具として生きる』覚悟だ」

「まさに滅私ですね。ではもうひとつは？」

「『生きる道具』として、それに反発する覚悟だ」

田崎は、小さな体軀《たいく》を、斯波に向けた。

「君には、それがあるか？　斯波茂之君」

斯波は、即答した。

「もちろんです」

「……いい回答だ」

田崎は、満足げな顔で窓の外に視線を送った。

そして、ややあってから言った。

「この件で十一回。その前も含めれば、もう何十回も来たものだが……これで見納めかもしれんなあ」

ガラス張りの建物、その一面の窓に、上がりかけた雨が薄い模様を作る。

それは——首相官邸。

斯波たちの、戦場だ。

「せいぜい、目に焼き付けておくかね。斯波君」

田崎の軽口に、斯波は、スーツの内ポケットに忍ばせた封筒の上で拳《こぶし》を握りつつ、答えた。

「上等です。局長」

＊

官房長官室は、物々しい雰囲気に包まれていた。

テーブルの上座には、いつもどおり枯淡とした佇《たたず》まいの金平官房長官と、仏頂面《ぶっちょうづら》の楡官房副長官。その左に家持大臣の姿はなく、代わりに伊野塚がふんぞり返っていた。向かいに座った田崎と斯波を、伊野塚は目の形が変わってしまうほどに睨《にら》みつけている。その様子を、楡は冷ややかに眺めているように見えるが、よく見ればその口の端は醜悪に歪《ゆが》んでいた。

敵意をむき出しにする伊野塚が狼だとするならば、楡はさながらハイエナか。そんなことを思う斯波の横で、田崎が言った。

「家持大臣は、所用により来られません」

「知っている」

伊野塚が、攻撃的な表情そのままの、険のある口調で答えた。

「倒れられたそうだな。日頃の激務が祟《たた》られたんだろう」

「先刻病院から連絡がありましたが、命に別状はないようです」

「当たり前だ！　別状があったら困るだろうが」

伊野塚はテーブルを平手でばんと叩《たた》いた。

「田崎君、一体君ら事務方は何をやっとったんだね。大臣の業務をサポートして、心労を軽減して差し上げるのが、君らの役目だろうが！　それを怠るから大臣はダウンしてしまったんだぞ？　少しは責任を感じたまえ」

まったく、官僚の風上にも置けん奴らめ——と吐き捨てるように言う伊野塚を、楡が片手を上げて宥《なだ》めた。

「まあまあ、伊野塚君。仕方があるまいよ」

「しかし、副長官……」

「家持は所詮《しょせん》、器ではなかったのだ。器じゃないのは事務方もだがな」

嘲《あざけ》るような薄い笑みを、田崎に向ける。

「もっとも、実力不足とわかりつつポストに据えた俺にも責任はあるからな。あいつの尻《しり》は俺が拭《ぬぐ》ってやろう。しかし、そうなるとますます忙しくなる。本来ならこんなくだらない会合にかかずらっている暇などないのだ」

斯波は思わず、顔を顰めた。

官邸における対策本部の会議を「こんなくだらない会合」扱いとは——。

だが、そう思いつつわざわざ会議を行うのは、まさしくこれが、田崎の言う示威行為であるからなのだろう。

そして、その矛先《ほこさき》はもちろん、自分たちに向けられている。

「だから、とっとと済ませてしまうぞ。だが、その前にだ」

顎《あご》を上げると、楡は、田崎と斯波の顔を忌々しげに睨《にら》んだ。

「俺にはどうしても不愉快なことがひとつあるんだ。このことについて、先にはっきりさせておこうか。なあ……斯波君」

「なんでしょうか」

努めて冷静に返事をする斯波に、楡が牙《きば》を剝《む》く。

「いいか、俺はな、そこに君がいることが不愉快でならないんだよ。斯波参事官……いや、今は、降格しているのだったな。何だったっけ」

「関東厚生局部次長です」

「そうそう、それだ。関東なんちゃら次長だ。その、聞いたこともない下っ端役職の男がこの場に同席しているというのは、一体どういうことなのかね。君は、この俺や、官房長官が臨席する会議の場に、まったくふさわしくはない人間だとは思わないのか？ああ？」

「…………」

憤《いきどお》るな。楡の言葉に、応じてはならない。

腹立ちをぐっと堪えつつ、斯波は淡々と述べた。

「……はい。分不相応であることは承知しています」

「承知している？　それだけじゃあ、足りんぞ」

楡はなおも、斯波を挑発する。

「明らかな認識不足だ。君は分不相応なだけじゃない。官僚としてすでに不適合の烙印《らくいん》を押された失格者なんだよ。言わば、落ちこぼれだ。そんな人間と同席しているということそのものが、俺にはさっきから、不快でならないのだ」

「そうだ。いい加減、聞いていてわからんのか！」

不意に伊野塚が、大声を張り上げた。

「検副長官はお怒りなんだよ。お優しいからはっきりとは言わないが、貴様らに今すぐここから出て行けと思っている。そのくらいは愚鈍な頭《オツム》でも理解できるだろう？」

「……はい」

ただ従容と頷《うなず》く斯波に、なおも伊野塚は言う。

「だが、貴様らがどうしてもというから、仕方なく同席を許可しているんだぞ。まさしく特別な条件の下にな。それが何かは、わかっているな？」

「もちろんです」

斯波は、ゆっくりとした動作で懐から白い封筒を取り出すと、それをテーブルの上に置いた。

「私は、自身の進退を賭《か》けております」

「首を賭けるか。殊勝だな」

伊野塚は鬱陶《うっとう》しそうに鼻を鳴らした。

「だが、君ごときの首では足りん。まったくもって不足だ。いいか、検副長官と俺のこの不愉快は、貴様ごとき窓際の首じゃあ足りんほど深刻なんだ。無能者ひとりの解雇なんぞ、何の慰めにもならん。……なあ、聞こえているのか、田崎君。俺は君に対して説《と》いているんだぞ？」

伊野塚の矛先が、田崎に向いた。

「この男が同席する会議を開きたいと申し出たのは、田崎君、君だ。そしてこの男の職務に関する全責任を負っているのもまた、君だ。君ならば、俺のこの言葉の意味がわかるだろう」

「はい」

田崎は、落ち着いた笑みを見せた。

「官房長官、官房副長官、警察庁長官。皆様がもし納得いかないということであれば、そのときにはどうぞ、私の進退もいかようにでも」

「それは、俺たちが納得できなければ、この男と同様、辞表を出すということでいいか」

「そのように、ご解釈いただければ」

「よろしい。それならいい」

伊野塚は途端に、破顔した。

「田崎君はこの場に、十分な覚悟を持ってお臨みいただいているということがはっきりした。これでこそ一局の長たる者の決断！　いやあ、何とも愉快なことだな」

だみ声で笑いながら、伊野塚は満足げな表情を浮かべた。

「しかし残念だな、田崎君。順風満帆だった君の人生が、次官目前にして、こんな落とし穴に嵌《はま》るとはな」

「落とし穴……ですか」

笑顔のままで、田崎は静かに述べた。

「なるほど言いえて妙です。伊野塚長官のおっしゃるとおり、これは私の職業人生に唐突に開いた、まさしく不慮の陥穽《かんせい》だ。私自身もまさかこんな穴が開いているとは、思いもよりませんでしたよ。ただ……」

田崎はふと、何かを企《たくら》むような、不敵な表情を作った。

「もしかすると、それはただの落とし穴ではないかもしれませんよ？　伊野塚さん」

「……どういう意味だ」

不敵な言動に、むっとして何かを言い返そうとする伊野塚。

だが、そんな二人を「いい加減、始めたまえ」と楡が制した。

「あのな、さっきも言ったように、俺は忙しいんだ。話があるなら、ほれ、ちゃっちゃと話せ、斯波なんとか次長！」

「はい」

顎で指示された斯波は、「はい」と頷きつつ、静かに立ち上がった。

そして、テーブルにそっと両手を突くと、まずひとつ大きく息を吸うと、それから、ちらりと横目で田崎を窺《うかが》った。

田崎は——。

頷いていた。

──やるべきことを、やりたまえ、と。

「……わかりました」

口の中だけで小さく呟《つぶや》くと、斯波は長い時間をかけて息をすべて吐き出し──。

──勝負だ。

目の前に居並ぶ面々をぐるりと一瞥《いちべつ》すると、説明を始めた。

＊

「私が再度、調べたところによれば、現在四国で発生している事象は、人為的に引き起こされたテロ行為ではなく、突然変異した病原体による感染症、パンデミックです。したがって、対サリン対策ではなく、その拡大を食い止めるための適切な防疫措置を講ずる必要があるべきことを進言いたします。さもなくば、日本はほどなくして滅びることになるでしょう」

「……はー、つまらん」

楡が、肩を竦《すく》めた。

「テロではなく病原体の仕業。このままだと日本は滅びる。単なる脅しじゃないか。そんなやり方が本気で通用するとでも思っているのか？　言うに事欠いて、恐怖感を煽《あお》ろうとするとは、なんと稚拙な手口だ」

「まったく……呆《あき》れ果てた」

伊野塚も、楡に加勢した。

「貴様がそんな世迷言《よまいごと》を言うのは何回目だ。飽きもせず、何度もまあ同じようなことばかり繰り返しおって……見ろ、楡副長官もお怒りを通り越し、唖然《あぜん》としてらっしゃるじゃないか。それでも貴様はキャリ……いや、元キャリア官僚なのか。本当に試験を通過したんだろうな？　採点ミスか、それとも誰かの口利きか、裏口か何かだったのじゃないのか？　まったく……そうとでも考えなければ、貴様のボンクラぶりには説明がつかんぞ」

あからさまに続けられる人格攻撃。

だが斯波は、怯《ひる》むことなく言葉を続ける。

「私のことはいくらけなされても構いません。しかし、これは紛れもない真実なのです。ある病原体が感染爆発を起こし、日本全土を侵蝕《しんしょく》しようとしていること、これこそが、今まさに、現実のこととして起こっている出来事なのです」

「病原体、病原体……君にはそれしか言えんのか」

楡は、人を小馬鹿にするように空中で手をひらひらと泳がせると、薄ら笑いを浮かべた。

「馬鹿馬鹿しいにも程がある。だが俺は馬鹿には優しいから、聞くだけ聞いてやるぞ。その病原体というのは具体的には何なのかね。ツツガ虫か何かか？」

「病原体の正体は、細菌です」

「細菌。ほう！」

　鼻からふんと息を吐き出し、楡は口の端を曲げた。

「なあ斯波君。国民はみなサリンにやられているという事実に目を瞑ってはいかん。細菌と、サリン中毒と、どういう関係にあるというんだ」

「もちろん、細菌がサリンを合成しているということです」

「細菌が、サリンを？　……ははっ！」

　楡が、猿のように何度も手を叩《たた》いた。

「細菌が、合成！　サリンを！　まったく面白い冗談だ！」

「冗談ではありません」

「じゃあお前の存在が冗談だな。いいか、そんな珍妙な細菌なんかあるわけないだろ。サリンはナチスドイツが開発した人工的な毒物なんだぞ？　それを天然に存在する細菌が作り出すわけがない」

「お言葉ですが副長官」

　斯波はなおも、尻込《しりご》みすることなく反論した。

「人工的に合成された化学物質を、天然の生物に作り出せないという根拠は、どこにもありません」

「なんだと？」

さらに言い返そうとする楡を制し、斯波は言葉を続ける。

「人工だろうが天然だろうが、化学物質は化学物質です。ある特定の化学物質を合成する菌なりバクテリアがいても、一向におかしくはありません。いえ、細菌類の多様性を考えれば、存在し得ないと考えるほうがおかしいんです。細菌の中には、強酸性溶液の中でも生きられる菌や、石油を生成するバクテリアなどがすでに存在しているくらいなのですから」

ああ、この台詞《せりふ》は千恵からのものだな――そう思いつつ、斯波はなおも言葉を継ぐ。

「それ以外にも、未知の性質を持つ未発見の細菌はごまんとあり、それを探索するための国際的プロジェクトが存在するくらいです。その前提に立つとき、サリンを生成する菌がないなどと、どうして断定できるんですか、楡副長官」

「それはだな……」

「どうなんですか？　楡副長官」

「そこまでだ斯波！　失礼だぞっ、分を弁《わきま》えろ！」

伊野塚が、楡と斯波との間に割り込むようにして、声を荒らげた。

「口では何とでも言えるぞ。もう何度も繰り返しているが、何を言われたところで、証拠がなければ、すべては妄言にしか過ぎんのだ。要するにだ、貴様の言うことを立証するに足りる証拠はあるのか？　そのおかしな細菌が本当に存在すると言うのなら、俺たちの目の前に持って来い！　はっ、どうなんだ、その細菌とやらは、どこかの人間から見つかったのか？」

斯波は、首を左右に振った。

「いえ、人間から細菌は見つかりませんでした」

「ほら見たまえ！」

鬼の首を取ったように、伊野塚は口角泡を飛ばす。

「貴様らは我々に証拠を提示できない。当然だ！　そんなものは端《はな》から存在しないのだからな！　では提示できないならば、どうなるのか？　思い出せ、さっき貴様らふたりは、我々に何を約束した？　そう、辞表だ！　辞表を出せっ！」

ばん、とテーブルの天板に掌《てのひら》を叩きつけた。

「斯波だけじゃないぞ、田崎、貴様もだ！　貴様も辞表を提出したまえ、今すぐにだ！」

伊野塚の大きなだみ声が、部屋中に響く。

だが――。

「…………」

田崎は、眉ひとつ動かさず、伊野塚を眺めていた。

伊野塚の剣幕にもまったく動じず、それどころか、伊野塚を哀れむような目付きで、ただじっと伊野塚の顔を、やや斜めから見定めていた。

「……な、なんだ？」

雰囲気を察し、伊野塚が目を眇《すが》める。

「どうしてだ？　どうして貴様らは、何も言わない？」

伊野塚が、目線を宙に漂わせた後、斯波を見た。

しかし、斯波もまた何も答えない。

思いがけない反応にたじろぐ伊野塚。楡もまた、内心の怪訝《けげん》を滲《にじ》み出させつつ、問う。

「どうした、二人ともなぜ黙っている。何か言え……言わんか！」

恫喝。それでも田崎と斯波は、なお無言のままだった。

田崎が何も言おうとしない理由。斯波には、それがわかっていた。

斯波が口を開くのを待っているのだ。田崎は言うべきことをすべて、斯波に託している。だから、何も言わずに、ただ斯波の言葉を待っている。

もっとも、斯波が言葉を付託されているのは、田崎だけではなかった。長く疎遠だった友、宮野もだ。

今、宮野はここにいない。だから、彼が言うべきこともまた、斯波は託されていたのだ。

宮野の言葉だけじゃない。新田の言葉も、そして千恵の言葉も。

まさしく、あらゆる付託を、斯波は今一身に受けていたのだ。だからこそ――。

斯波は思う。そのために俺は、ここに立っているのだと。

だから――。

一度大きく深呼吸をした。

「…………」

そして、妻のこと、上司のこと、友のことを思いつつ、顔を上げると、斯波は、改めて一同を一瞥《いちべつ》し、託された言葉を紡ぎ出す。

「細菌が、どの被害者からも発見されないこと。それは実は、当然のことでした。なぜなら、私たちはひとつ、ある重大な思い違いをしていたからです。その思い違いとは、まさしく細菌は人に感染しているとばかり思っていたということ……しかし、それは違うのです。細菌は、人に感染しているのではなかったのです。つまり……」

ひとつ間を置いてから、斯波は結論を述べた。

「細菌が感染しているのは、植物……スギなのです」

2

「……はあ？」

裏返った声で、伊野塚が叫んだ。

「スギ？　山にいけばその辺に幾らでも生えてる、あの杉か。それが細菌に感染しているとは、貴様はいきなり何を言い出すんだ。まるで意味がわからんぞ！」

楡もまた、「そのとおりだ！」と鼻から息を吐き出した。

「何を言い出すかと思えば、馬鹿馬鹿しい。まるで脈絡がなさすぎる。目新しいことを言いさえすれば話も聞いてもらえるとでも思ったのか？」

「そうではありません」

斯波は、強弁した。

「お願いですから、真面目に聞いてください。いいですか？　この感染症は、人間ではなくスギに感染するんです。サリンは感染したスギの生成物で、これにより人々はやられているんです。しかも感染症は、爆発的な広がりを……」

「もういい、もういい！　そこまでだ！」

楡が、大きく手を横に振った。

「話はここまで！　ここで会議もお終《しま》いだ！　さっきも言ったように俺たちは忙しいんだ。これ以上お前らの妄想に付き合っている暇はない！」

「待ってください。話はまだ」

「まだわからんのか？　もう君らの荒唐無稽《こうとうむけい》なホラ話には飽き飽きしたと言っているんだ！　さあ、とっとと帰りたまえ。今すぐにだ！」

「副長官……」

「……残念だったな、田崎君」

伊野塚が、薄ら笑いを浮かべつつ、出口を指差した。

「諸君らは今すぐこの場から消えろ。もちろん、辞表を置いてな」

「し、しかし」

「何をぐずしている っ、早くここから出て行け！」

伊野塚が口から唾を飛ばしつつ、大声を張り上げた。しかし——。

「続けてください」

不意に、誰かが口を挟んだ。

唐突な一言に、激昂《げきこう》していた伊野塚がはっとしたように黙り込んだ。そして——。

「……え？」

驚愕《きょうがく》の表情で固まった。

伊野塚だけでなく、斯波も驚いた。その声の主は——。

「か……官房長官？」

金平だった。

ここまで、官房長官であり対策本部長でありながら、ほとんどリーダーシップを執ることもなく、昼行灯《あんどん》の二つ名そのままのぼんやりとした存在であり続けていた金平は、これまでの態度がまるで嘘のように、毅然《きぜん》とした表情で斯波を促した。

「聞こえませんでしたか、斯波さん。続けてください」

「し、しかし、長官……」

困惑する斯波に、金平は述べた。

「大丈夫。会議はまだ終わりません。何しろ斯波さんの言うことは極めて興味深い。我々には最後まできちんと聞き届ける義務があるのです。さあ、続けてください」

「ちょ、ちょっと待ってくださいよ長官」

楡が、慌てた素振りで金平に言う。

「今までの会議をお聞きになって、長官もおわかりでしょう？　以前からこいつらはろくなことを言いもしないのです。これ以上は、聞いても無駄ですよ」

「無駄ですか？」

「そうですよ。そもそも言うに事欠いて人じゃなくスギだなど、まったく幼稚な妄想ではありませんか」

「幼稚。妄想」

「ええ。だからもう会議はここで……」

「いい加減にしないか！」

下卑た笑みを浮かべる楡を、金平は突然、一喝した。

「聞いても無駄？　幼稚な妄想？　君は本当にそう思っているのか？」

それまでの金平からは想像もできないような、ドスの利いた声。

「ちょ、長官、急に何を……？」

「どうしたもこうしたもない！　黙って聞いておれば、まったくあきれ果てる！」

怯《ひる》む楡に、金平は畳み掛ける。

「いいか、政治家に求められるのは何だ？　それは公平な態度で臨む耳だ！　だからこそ判断が正しく下せるんじゃないか！　それを何だ貴様は？　きちんと考えもせずただ脊髄《せきずい》反射的にこれが無駄で幼稚だと、へらへら笑いながら決めつけているだけじゃないか！　そんな偏狭な人間に、どうして国の政治が任されると思うのか！」

「…………」

「政治家だけじゃないぞ。伊野塚長官、貴様もそうだ。政治家の判断を鈍らせないため、常によき敵であり味方であるべき貴様が、ただの茶坊主に成り下がるとは何事か！　官僚としてなっとらん！　楡、そして伊野塚。貴様らはもう何も言わずに黙っていたまえ！」

目を丸く見開き、あんぐりと口をだらしなく開けたままの楡と伊野塚。彼らはまるで示し合わせたように、同じ表情のまま、固まっていた。

「……さて、斯波さん」

金平が、それまでとは打って変わったような柔和な表情で、田崎と斯波に向くと、テーブルの上に両肘《ひじ》を突き、顔の前で手を組んだ。

「これで外野は静かになりました。続きを聞かせてもらえますか？」

「し、しかし……金平、長官」

突然のことに、すぐには次の言葉が続かない斯波に、金平は悪戯《いたずら》っぽい表情で片目を瞑《つむ》った。

「ご存じですか？　私もかつては、大学で研究をしていたんですよ。専門は農学です。親の都合で、何の因果かこんな商売に鞍替《くらが》えしてしまいましたが、あの頃学んでいたことを忘れたわけではありません。ですから斯波さん。君が言わんとしていることの重要性も理解しています。どうか説明を続けてください」

斯波は、困惑しつつも、ちらりと田崎を見た。

そこには、満足げな表情で目を細める田崎がいた。

――ほら、長官がご所望だ。きちんとわかりやすく話したまえよ。

「……わかりました」

斯波は、小さく頷《うなず》いた。

＊

「感染症の正体はスギに感染した菌である。私は先ほどそう申し上げました。ただ、これは若干正確性を欠きます。正しくは、この感染症は、スギと共に生きるある菌類が、突然変異したものなのです」

「それは、菌根菌だね」

金平が、すぐさま応じた。

「そのとおりです。よくご存じですね」

「これでも、微生物が専攻でしたからね」

金平は、子供のような笑顔で嬉《うれ》しそうに言った。

きっと、金平は宮野と話が合うだろうな――そう思いつつ、斯波は説明を続ける。

「スギの根にはアーバスキュラー菌根菌という菌がおり、宿主と互恵の共生関係にあります。植物はそれ単独では窒素やリンを吸収することができませんが、これらの菌が共生していると、菌が土壌中に含まれる窒素やリン酸などを積極的に吸収し、宿主に供給してくれるのです」

「菌はもちろん、宿主から養分をもらっていますから、ここに互恵関係が成立するということですね」

「はい。それ以外にも、菌は宿主を病害から守り、また水分の吸収を促進するという働きも持っています。これらの作用により、アーバスキュラー菌根菌が共生していると、宿主は乾燥に耐え、やせた土壌でも効率よく養分を吸収して、生育することができるようになるのです。一方、今般、四国で発生している感染症ですが……」

斯波は、一拍を置いて言った。

「その原因菌となっているのが、まさにこのアーバスキュラー菌根菌の突然変異種なのです」

「菌根菌の、突然変異種……」

眉根《まゆね》を寄せる金平に、斯波はなおも続ける。

「突然変異がなぜ起こったかは判然としません。ただ、わかっているのは、何らかの変異の結果として、これまでのアーバスキュラー菌根菌とは異なる変異菌が生まれたということだけです。この変異菌は、土壌から窒素やリンだけでなく、フッ素をも吸収し、これを化学物質として固定するという性質を持つのです」

「フッ素……」

「そうです。フッ素は土壌中においても比較的存在量の多い元素ですが、反応性が強く、ほとんどは安定した化合物、たとえばフッ化カルシウムなどの形で存在しています」

「蛍石と呼ばれるものですね」

「ええ。問題は、この変異菌には、土壌から吸い上げたフッ素化合物を分解し、まったく違う化合物へと再構成するという仕組みが備わっているということにあるのです」

「まったく違う化合物。それが……サリンですか」

「まさしく、そのとおりです」

斯波は、大きく首を縦に振った。

「サリンは人間にとって最凶クラスの猛毒です。しかしその実体は、炭素と酸素、水素のほか、リンとフッ素からなる、比較的単純な構造の化合物に過ぎません。変異菌は、土壌からリンとフッ素を吸い上げると、これを再構成し、イソプロピルメタンフルオロホスホネート……すなわちサリンとして、放出しているのです」

「む……」

金平が、口を真一文字に結んだ。

「しかし、にわかには信じられません。フッ素を固定しサリンを作り出す、変異したア

「バスキュラー菌根菌……本当にそんなものが存在し得るのでしょうか？」

「存在し得ます。現に存在しているのですから」

斯波は、断言した。

「サリンを生成する菌。まったく信じがたい、恐るべき菌です。しかし、自然界にいる生物は時折、奇跡のような業を見せることがあります。例えば同じ菌類であれば、マメ科植物の根に共生する根粒菌があります。これらの菌は、大気中の窒素を還元してアンモニアに変えるという働きを持っています」

「知っています。窒素固定のもっとも有名な例ですね」

「あるいは植物であれば、アフリカ南部に生息するカイナンボク科のジフブラールも特異な性質を持っています。ジフブラールは、土壌中に含まれるフッ素を固定し、モノフルオロ酢酸カリウムという毒物を作り出すのです。これは動植物には猛毒で、ジフブラールがいる環境下では他の動植物がいなくなってしまいます。もちろんこれは植物の話です。しかし、植物にできることが、菌類にできないという理屈もありません」

斯波は、この友から預けられた武器を駆使して、金平への説明を続けた。

宮野からもらった、ジフブラールに関する知識。

「いずれにせよ、変異の結果、アーバスキュラー菌根菌は、土壌中のフッ素を固定してサリンを作り出すという性質を手に入れたのです」

「…………」

無言のまま、険しい表情でしばし思案した後、金平は、再び問う。

「変異菌で作られたサリンは、その後、人間にどう取り込まれていくのですか」

斯波は、すぐさま答える。

「変異菌はスギの根に寄生しています。合成されたサリンもまずは根に作られ、それから維管束を経由してスギの幹へと運ばれます。サリンはスギには無害です。神経毒であるサリンは、神経を持たない植物に対してはまったく何の作用もしないからです」

「つまり、スギから発散されたサリンを吸い込んで、人々は亡くなったということですか」

「いいえ」

斯波は、首を左右に振った。

「サリンは元々それほど安定的な物質ではなく、容易に加水分解されるという性質を持ちます。根で生成されたサリンも短時間で分解してしまいますから、スギの木の付近であればともかく、そこから遠く離れた市街地に被害をもたらすことや、極端に死亡率が高いことについても、本来は説明ができません」

「しかし、実際には被害が拡散し、死亡率も高い。それはなぜですか」

金平の疑問に、斯波は即答する。

「生成された不安定なサリンを、安定的に保持できる場所があるからです」

「それは、どこですか？」

「花粉です」

「……花粉？」

「そうです。この季節になると大量に発散されるスギ花粉。生成されたサリンは、この中に安定的に、しかも大量に保持されているのです」

「スギが、サリンを花粉に溜めているということですか。しかし……そんなことが、なぜ？」

「いかなる植物の機能が働いた結果かはわかりません。あるいは、花粉というスギの生殖に重要な細胞に、より多くの栄養を蓄積しようとした結果、同時にサリンも蓄えてしまっているということなのかもしれません。ですが」

斯波は、断言した。

「いずれにせよはっきりしているのは、花粉が、まさにサリンを安定的に貯蔵するタンクとして機能しているということなのです」

「つまり……サリンを大量に含む花粉が、飛散しているということですか」

何とも恐ろしい——と呟く金平に、斯波はなおも言う。

「サリンの致死量は大気一立方メートル当たり約百ミリグラムほどです。ひとつの花粉が約百ナノグラムのサリンを含有するとすれば、一立方メートル当たり約百万個の花粉が飛散するとき、人々は死に至るということになります。かなり多い量に思えますが、東京都心ですら春先の多いときには一立方メートル当たり約一万個の花粉が飛散しています。杉林の多い四国であれば、簡単に致死量を超えただろうことは、容易に想像がつきます」

「確かに……」

「このことは、同時に、このサリン禍における致死率の異常な高さを説明します。通常サリンは、散布されるとすぐに大気中に拡散し、水蒸気による加水分解を受けて無害化していきます。したがって発散源から遠くなればなるほど、致死率はその距離に反比例して減少していくのです。ところが花粉に含まれるサリンは、花粉殻に守られているため加水分解を受けません。また花粉は母体であるスギから一気に放出され、花粉塊として大気中に浮遊します」

「つまり、花粉塊に遭遇した人間が、一息で致死量相当のサリンを含む花粉を吸いこんでしまう、ということになる」

「そのことが、致死率の高さに繋《つな》がったのです。それだけではありません。サリン禍において当初見られた前駆症状も、花粉で説明ができます」

「あの被害者の中に、微熱様の症状を呈している者がいたという話のことですか？」

「そうです。彼らは熱っぽいという症状のほか、くしゃみや悪寒を訴えることもありました。当初、それは感染症の前駆症状ではないかと考えていましたが、違いました。これは感染症ではなく、スギ花粉症だったんです。もちろん、その時点では未感染のスギから発生した普通の花粉によるアレルギー症状に過ぎませんでしたが、ある意味では、それが彼らにとって被害の予兆となっていたんです」

「なるほど」

「患者を診た医師に二次災害が発生したのも、患者に付着していた花粉を吸いこんだことによるものです。また四国で一気に爆発的被害が生じたこともこのように説明できます。つまり、あの日まで四国では寒い雨の日が続き、花粉の飛散量も少なかった。しかし、水面下で四国のスギの変異菌感染は着実に広がっていた、そして……気温が一気に上昇したあの日、花粉が一斉に飛散し、あのような爆発的被害を生んだのです。そう、すべての現象は、サリンを含む花粉が飛散したためだという仮説により、説明できるのです」

「むう……」

金平は、深刻な顔つきで、低く唸った。

それから、十秒ほどの間を置いて、斯波に言った。

「……証拠は、あるのですか？」

「あります」

静かに答えると、斯波は、足下に置いていたアタッシェケースを開け、そこから一枚のシャーレを取り出した。

「これが、証拠です」

「それは……菌ですね？」

341　災厄

「はい。これは、私の同期……いえ、親友が、命を賭けて四国に渡り、そこに自生するスギの根から採取してきた、アーバスキュラー菌根菌の変異菌、その培地です」

「なんと！　それは、危険ではないのですか」

「このままであれば無害です。培地にはフッ素もリンも含まれていませんから。……しかしフッ素とリンがわずかでも存在すれば、すぐにサリンを生成し始めます。もし、変異菌の存在をお疑いであれば、これをその辺りの土壌に撒いてみれば、私の言ったことはすぐに証明されるでしょう……お勧めは、しませんが」

「なるほど」

ふふふ――と含むように笑った金平は、しかしすぐに真顔で言った。

「原因はこれで特定されました。しかし、原因がわかった今、……斯波さん、あなたはこの脅威が、これからどうなるのだと考えてますか？」

金平の質問に、斯波はややあってから答えた。

「サリン禍そのものは、花粉の飛散により発生しています。したがって、黙っていても花粉の季節が過ぎれば、サリン禍は収束していくと考えます。しかし……」

「……それは、単に一過性のものである」

「はい。スギと変異菌との共生関係は続いていますから、一年が経てばまた同じことが起こります。いや、変異菌の広がりは夏以降も進みますから、来年の春には、おそらく日本中で、いえ、世界中で、サリン禍が一斉に発生することになります。したがって」

「なるほど……もう結構です。十分にわかりました」

斯波の説明を、突然金平が制止した。

「長官、私の説明はまだ……」

「大丈夫ですよ。それ以上言っていただく必要は、もはやありません」

金平は、にこりと微笑んだ。

「本当にありがとう、斯波さん。そして田崎さん。ここまで事実を明らかにするのは本当に大変だったでしょう。その苦労を今は心から労《ねぎら》いたく思います。ですが、問題はこれからです。今、説明をしてもらった事実を基に、この難局を打開するにはどうするか……方法はそう多くありません。日本が、おそらくかつてないほどに大きな苦痛を強いられることもまた、確実でしょう。しかし、そうしなければ日本は滅びてしまう。この苦痛は誰かが背負わなければならないのです。では、誰が背負えばいいのか？　そして、誰が背負わせるのか？」

にこり、と金平は微笑んだ。

「引き受けるのは、あなたがたではない。私たち政治家です」

そう言うと金平は、立ち上がり、大きな声で宣言した。

「テロ対策本部は、これよりスギ感染症被害対策本部と名を変え、スギの変異菌感染の拡大防止と、近隣住民の避難及び安全確保を最優先として動きます。対策本部長は引き続きこの私が。副本部長には田崎さんに、事務局長として特別に斯波さんに就任していただくこととします。……よろしいですね？」

「か、金平長官？」

それまで、呆《ほう》けたような表情で固まっていた楡が、慌てて訊《き》く。

「副本部長は、この私ではないのですか」

「君は解任です。伊野塚長官も、対策本部員から除名します」

「そ、そんな、長官」

あっさりと答えた金平に、青い顔をした楡はなおも食い下がる。

「馬鹿な。どうして私が解任など。そ、それに、この三下が事務局長とは、一体？」

慌てふためく楡を、金平は、冷ややかな目で眺めながら言った。

「まだそんなことを言っているのかね？　いい加減、悟りたまえ、楡君。無能は無能らしく、おとなしく上長の言うことだけを粛々と聞いていればいいのだと」

「…………」

それは、彼自身がかつて斯波に吐いた台詞《せりふ》。

ブーメランのように戻ってきた言霊に、楡はもはや何も言わず、がくりと項垂《うなだ》れた。

3

うららかな春霞《はるがすみ》。薄水色のグラデーションが覆う空を背景に、枝振りのいい桜が、いくつもの蕾《つぼみ》を膨らませている。

日比谷公園のベンチに腰掛け、携帯電話を耳に当てたまま、斯波は足を伸ばし、天を仰いでいた。

長閑《のどか》な日だ。夕方だが、ジャケットも要らないほどに暖かい。ワイシャツの襟元も、いつの間にかじっとりと汗ばんでいた。

そういえば、もう三月も中旬なのだな――無意識にネクタイを緩めていると、ようやく電話が繫がった。

『斯波か。どうなった？』

電話に出るや、宮野はそう斯波に尋ねた。

『上手《うま》くいったか？』

「…………」

急《せ》く宮野に、斯波はわざと思わせぶりな沈黙を挟んだ。

『なんだ、なぜ黙ってるんだ……お前、まさか』

「……安心しろ、宮野。我奇襲ニ成功セリ、だ」

『……貴様！』

やりやがったな――そう受話器の向こうで苦々しげに呟《つぶや》いた宮野は、しかし、電話越しにも聞こえる安堵《あんど》の溜息《ためいき》も、同時に吐いた。

くくく、と斯波は喉《のど》で笑いながら、言った。

「うまくいったよ。すべてはお前のお陰だ。ありがとう、宮野」

『……礼には及ばない。俺は何もしちゃいないからな。強いて言えば、ただ自然相手にブツを採ってきただけだ。人間相手に丁々発止したお前の手柄さ』

そうだ。すべてはお前の功績だ——と、斯波のことを貶《けな》しているのか讃《たた》えているのかわからない呟きを、いつまでも照れ隠しのように、宮野は繰り返していた。

「いずれにせよ、大成功だ。対策本部は体制が変わったし、名称も変わったよ」

『どんな名前だ』

「『スギ感染症被害対策本部』さ。ミッションはテロ対策から変異菌の感染拡大防止になった。本部長は引き続き金平官房長官、副本部長には田崎局長が就いた」

『田崎さんか。防疫なら、うちの省庁の管轄だから妥当なところだが、局長級が副本部長に抜擢《ばってき》というのも、前例がないんじゃないか』

「そうだな。まあ、いいんだろ。そもそも前例などない事件なんだからな」

『確かにな。で、お前はどうなった。汚名返上で、また本省に戻るんだろ？』

「俺か。俺は……」

一呼吸置いてから、言った。

「本省には戻れない」

『……そうなのか』

言いにくそうに、宮野は斯波を慰める。

『まあ、気を落とすなよ。一度ドロップアウトしたら戻るのが難しいのは、俺たちの世界じゃ仕方のないことでさ。だから……』

「いや、待て。違うんだ、宮野。そうじゃない」

『……そうじゃない？　どういうことだ』

「実はな、俺、対策本部の事務局長になったんだ」

『……なんだと？』

驚愕《きょうがく》の声を、宮野は発した。

『事務局長は通常部長級じゃないか！　そんなポストに……お前が就いたのか』

「ああ。俺もびっくりした。だが、金平官房長官が直々に、俺を指名したんだ」

そう、金平は斯波に言ったのだ。

——私たちの前には、これから、それこそ刃《やいば》の上を裸足《はだし》で渡るような、繊細かつ大胆な判断が要求される仕事が待っています。何をやろうが、常に轟々《ごうごう》たる非難の矢面に立つことになるのは、間違いありません。これほどの仕事を任せられる能力のある人間は、そうはいない。仮に能力があっても、立ち続けられる覚悟のある人間は、もっといない。だが、君ならきっと、それをやり遂げるでしょう。だから——。

「『……この仕事は、君がやるべきなのです』。金平官房長官は、俺にそう言ったんだ。俺は、だから謹んで引き受けた」

『そうか。いずれにせよ、大出世だな』

「ああ。何よりも嬉《うれ》しい、出世だ」

『心から祝福するぞ、斯波。……ちょっとばかり、妬《ねた》ましいがな』

「妬ましいだって、何言ってるんだ。お前もだぞ。現対本部長」

『……えっ、何だって？』

「聞こえなかったか、宮野正彦現対本部長殿」

『ちょ、ちょっと待て？　どういうことだ？　話が見えん』

慌てる宮野に、斯波は笑いを堪《こら》えつつ言った。

「どうせ今日中に発令があるだろうから、先に言ってしまうがな、宮野。お前は今日から、広島に設置される現地対策本部長だ」

『俺が？　……本部長？　なんで？』

「金平官房長官にいい人材がいるかどうか聞かれたんで、推薦したんだよ。お前以外には適任者はいないとね。田崎局長も諸手《もろて》を挙げて賛成してくれた」

『………』

困惑しているのか、黙り込んだままの宮野に、斯波はなおも言う。

「四国が壊滅した今、広島は変異菌と向き合う最前線、まさしく防疫対策の拠点だ。長い期間をそこで過ごし、しかも変異菌をよく知るお前なら、現地の対策本部長として間違いない人材だろ？　それに何より俺は知っているんだぜ。宮野、お前が誰より有能だとね」

『斯波……』

ようやく、宮野は呟くように言った。

『お前、相変わらず……過大評価だな』

「いや、むしろ過小評価だ」

くくく、と斯波が笑いを溢《あふ》れさせると、宮野も小さな笑いを漏らした。二人の笑みは徐々に大きくなり、それはやがて、お互いを称《たた》えあうような大笑へと変わっていった。

ひとしきり笑い合った後——斯波は言った。

「お前の責任は重大だ。並大抵の仕事じゃないが、やれるか？」

『当たり前だ。そもそも、やれるやれないじゃなく、やらねばならない仕事だろ？　何より、お前の指示の下なら、どんなことでも喜んでやるさ』

あの頃、どこかで交わしたような会話。

斯波は思う。俺たちはもちろん、もうあの頃とは同じじゃない。だが、あの頃とはまた違う強さを、取り戻すことができたのだ。

だから——。

「……頼んだ」

『ああ、任せろ』

その力強い一言が、斯波にとっては、何よりも嬉しかった。

ややあってから——宮野は、呟くように言った。

『忙しくなるな』

「ああ、忙しくなる」

『正直に言うがな、俺は閑職に飛ばされてから八年間、ずっと腐っていたんだ』

「…………」

『地位も名誉も要らないなんて言ってはいたが、やはり俺は、人のために大きな仕事がしたかったんだと思う』

「……知っている。そうじゃなきゃ、端《はな》から官僚なんか目指すわけがないからな」

『ああ。だが、今になって思えば、俺がこの広島にいるということも、幸運なことだったのかもしれないな』

「幸運……か」

宮野の言葉に、斯波は思う――それはたぶん、幸運なんかじゃない。すなわち――。

天運だ、と。

『……ところで斯波』

斯波の思考を、宮野が遮った。

『実はお前は、本当にちょうどいいタイミングで電話をくれたんだぜ。そのまま、電話を切らずにちょっとだけ待っていてくれるか？』

「いいタイミング？　何のことだ」

『いいから』

それだけを言うと、宮野は電話を保留にする。
十秒後――。
『オーケー斯波、待たせたな』
「どうしたんだ」
『実は、お前に声を聞かせたい人がいる』
「……俺に？」
まさか――。
『今代わる……』
宮野が誰かに電話を代わった。
それは――。
『……あなた？』
「君は……」
あれほど聞いた、いつものイントネーション。
けれども遠く離れていた、懐かしい声色。
――歩美だった。
そうか、意識が戻ったんだな。
よかった――。
しばらくの沈黙の後、斯波は言った。

「目、覚めたのか」

『うん』

「なんだか、久しぶりだ」

『……うん』

たどたどしい返事。斯波は、優しく語り掛ける。

「君の声を聞くのも、三か月ぶりか。うん、長かった。でも……あっという間だな」

『……あっという間、だったね』

「身体、大丈夫なのか？」

『……わからない。ちょっとまだ、動かない、かも』

「そうか。焦ることはないよ。すぐによくなる」

努めて明るい言葉を掛けながら、斯波は思う。

神経を冒すサリンは、中枢神経や副交感神経にダメージを与え、運動障害や言語障害といった後遺症を残すことがある。広島に逃れられたとはいえ、もしかしたら歩美にも、何らかの障害が残っているかもしれない。

だが――。

「なあ、歩美」

『……なに』

斯波は、心から思うことを、そのまま言った。

「君が目覚めて、よかった。今、こうして君の声が聞けて、よかった。歩美。君が生きていてくれて、本当に……本当に、よかった」

『茂之さん……』

ややあってから、歩美は——。

『……ごめんなさい』

震える声で、謝った。

「なぜ謝る？」

『だって私、茂之さんが、すごく大変なときに、傍にいなくて……なのに、私……』

「気にする必要なんか、ないさ」

斯波は、歩美が何かを口にしようとするのを、笑いながら遮った。

「君に謝らなければならないのは、むしろ俺だ。君が気に病むことはないし、何かをあえて言う必要もない。ましてや謝る必要もないんだ」

『でも』

「いいかい、すべては宮野のお陰なんだ。宮野が君の傍にいてくれたから、君の命は助かった。俺にとっては、その事実だけで十分なんだ。だから……きちんと言わなければならないのは、俺のほうなんだよ」

斯波は、万感の思いを込めた。

「歩美、本当にすまなかった。今さら、もう無理かもしれないが、できるなら俺のもとに戻ってきてほしい。これからも、君にずっと支えてほしい。俺が願うのは、ただ、それだけだ」

『…………』

歩美もまた、噛《か》み締めるような数秒を置いて、頷《うなず》いた。

『私に、支えさせてください』

「ありがとう」

斯波は、目を強く閉じた。

そうしないと、八年間忘れていたものが、溢《あふ》れ出してしまいそうだったからだ。

やがて――温かな沈黙の後、歩美は言った。

『大仕事、だったんでしょう』

「ああ」

『本当に、お疲れさま』

「ありがとう。本当に、疲れたよ。でも……」

目を開けると、斯波は周囲の光景に目を細めた。

都心のビル群。その狭間に造られた公園には、束の間の自然を楽しもうと、老夫婦や、ベビーカーを押す若い女性や、缶コーヒーを手にしたサラリーマンが、それぞれの平穏を感じつつ行き交う。

この公園ではいつもごく普通の、当たり前の光景だ。

だが、その当たり前のことにこそ、守るべき価値があると、今の斯波は知っている。

だから――。

斯波は、言った。

「お疲れさまは、まだ早い。終わってはいないからね。大変なのは、これからさ」

――そう、すべてはこれからなのだ。

この日本も、俺たちも――。

＊

『……斯波、聞いているか？』

いつの間にか、電話が宮野に代わっていた。

「ああ。聞こえているよ」

『あ、歩美は……お前の奥方は、もうしばらく静養させてから、そっちに帰す』

「すまない。本当に、世話になった。ありがとう、宮野」

『礼には及ばない。その分、今度こそ彼女を幸せにしてくれればな』

「もちろんだ。約束する」

『……なあ、斯波』

力強く答えた斯波に、宮野はやけに落ち着いた声で言う。

「どうした？」

『あのな……』

宮野はなぜか、迷うような数秒の間を置いてから――。

『いや、何でもない。また連絡する』

4

「つまり長官、このサリン禍は、今おっしゃった『アーバスキュラー菌根菌が変異したもの』がスギに感染することにより発生した、と、こういうことだと」

「そういうことです」

カメラを向け、フラッシュを焚《た》き、あるいは手元でペンを走らせる大勢の記者たちの前で、金平はゆっくりと首を縦に振った。

官房長官として、またスギ感染症被害対策本部長として臨む、記者会見。

昼行灯《あんどん》と揶揄《やゆ》される、いつもの摑《つか》みどころのない答弁は一切なく、むしろ堂々とした態度で、金平は記者たちと対峙《たいじ》していた。

「となると、これまで言われていた『テロ』ではなく、今までの対策も、まったくあさっての方向を向いていたということになるわけですね？」

「残念ながら、そうなります」

「そのことについて責任を取るおつもりは？」

「今のところはありません。進退については、サリン禍が収束した時点で考えます」

「議員辞職もしないと」

「そういうことです。ほかには？」

大勢の記者が手を挙げた。

「じゃあ、あなた」

「ええと、毎朝新聞の斉藤です。二点ほどお伺いしてよろしいでしょうか」

「どうぞ」

「一点目。現状、ようやくサリン禍の原因が変異菌にあるとわかったわけですが、これに対して対策本部はいかなる措置を講ずる予定ですか」

「具体的にはまた事務方からのブリーフィングがあると思いますが、まずスギの処置については、四国全土及び感染が懸念される九州、西日本などの杉林を中心に処置を実行していくと同時に、未感染スギの保護を行います。加えて数多くの避難されている方々に対する援護も、同時並行で行ってまいります」

「処置とは、具体的に？」

「伐採、焼却、殺菌剤の散布などです」

「それは、四国を焼け野原にするということですか？」

焼け野原の一語を強調するように、記者は詰問した。

金平は、微笑みとともに答えた。

「焼け野原という表現は適切ではありません。処置の目的は原因菌の根絶であって、土地風土の破壊ではありませんから。ただ、先ほどから申し上げているように、アーバスキュラー菌根菌はスギと共生しており、樹木から分離することが極めて難しいものでもあります。根治しようと思えば、土壌そのものからリセットしていく必要はあるでしょう」

「住民の方々や、地元の林業関係者からの反発が相当予想されますが」

「それは当然です。しかし、まさしく苦渋の選択として、ご理解をいただいている最中です」

「苦渋の選択とは？」

「ほかに手段がなければ、緊急避難的にでもやらざるを得ないということです」

「なるほど……わかりました。では、二点目です。先ほど、楡官房副長官が自殺したという速報が流れましたが、金平官房長官はご承知ですか」

自殺、という不穏当な単語に、会見場がざわつく。

金平は、間を置いてから、「はい」と神妙な顔で頷いた。

「先ほど、一報を受けました」

「詳細についてご説明ください」

「それはできません。残念ですが、私もまだ詳しくは伺っていませんので」

「都内の自宅マンションからの飛び降りだと聞いてますが」

「そこまでは私も承知しています」

「遺書などは」

「わかりません。警察の捜査中でもありますので」

「動機などについてお心当たりは。一部では、サリン禍への初動対応に不備があったことに責任を感じていた、あるいは、対策本部の副本部長職を解任されたことも引き金になった、との情報もあるようですが」

「災禍の原因が変異菌にあったと判明したことをもって、楡君に副本部長職を退いてもらったのは事実です。ただ、楡君にはこれまでも大変なご苦労がありましたし、その心労がゆえの行動であろうと考えています。いずれにせよ慙愧《ざんき》に堪えません」

「金平長官は、楡官房副長官の上司として、内閣官房内においても、あるいは対策本部内においても統括する立場にあったわけですが、この点、責任をどうお感じになっていますか」

「その一端はあると考えております」

「しかし、辞任はしないんですね？」

「先ほども申し上げたように、それらも含めて、サリン禍が収束した時点で進退については考えることとしています。……ほかには」

また、大勢の記者が手を挙げた。

「では、そちらの方」

「ありがとうございます、読買新聞です。もしかすると、先ほどの楡官房副長官の自殺に関連するかもしれませんが、対策本部の一員でもあった警察庁長官に、収賄罪の疑いがあるとの報道について、どう思われますか」

「捜査が始まったばかりと聞いていますので、動向を見守りたいと考えています」

「もし事実であれば、どのように処遇しますか」

「警察職員の、しかもその長として、断じてあってはならないことと考えていますので、法に照らし、それ相応の懲戒を行うことになるでしょう」

「官房長官自身の管理責任についても、きっちりと取られるおつもりであると」

「もちろん、司法の判断等を踏まえた上で、取らせていただきます。……ほかには。はい、そちらの方」

「JHKです。サリン禍に関連して、諸外国からの援助の状況について、わかっている範囲での現状をご説明願います」

「物資について、迅速に中国から一億元の支援があったほか、現時点の為替《かわせ》相場で十億円以上の義捐《ぎえん》金を贈られたのは、アメリカ、イギリス、ロシア、オーストラリアと、カナダです。人的支援については、防疫に関し専門知識を持つ中国人民軍の申し出がありましたので、この受け入れを決定しているほか、避難民の救援について、アメリカと自衛隊で共同作戦を実施しています。詳細につきましては、後ほど事務方にまとめたペーパーを配らせますので、そちらをご覧ください」

「この機に乗じ、国境を隣接する諸外国からの領空侵犯、領海侵犯が続いているという情報がありますが、その真偽は？」

「お答えすることはできませんが、そのような挑発行為は過去にもありますので、その都度外交ルートを通じて抗議すべきものと理解しています」

「ありがとうございます。あともう一点だけすみません。サリン禍を通じて大幅な日本経済の沈降が懸念されるところです。昨夜も総理と経団連会長が会合をしたそうですが、官房の長として、経済の見通しと、お考えになっている経済政策などについて、お願いします」

「経済については、サリン禍収束の見通し時期が未確定ですので、それ次第かと考えています。政策についてもこれを踏まえ、総理と相談しつつ、内閣主導による迅速適切な経済政策を講じていく予定です」

「臨時の財政出動も伴うと？」

「もちろん、そのつもりで考えています。……ほかには」

　異例の、百人以上の記者を相手にした、四時間に及ぶ記者会見に、金平は、声を荒らげることも、取り乱すことも、過度な喜怒哀楽を示すことさえなく、伝えるべきことを伝えるために、終始フラットな態度で応じ続けた。

　それこそまさに、長年政治家として重職を歴任してきた彼の矜持《きょうじ》であったのだろう。

そして――。

＊

感染の疑われるスギはすべて伐採し、焼却処分する。

その上で、変異菌を根絶させるための薬剤を、くまなく散布する。

この措置は、四国のみならず、感染の疑いがある地域すべてで行うべきものとし、生態系への影響及び住民の意向にかかわらず、例外は一切認めない。

――スギ感染症被害対策本部は、対策本部長として指揮を執る金平官房長官と、副本部長として事務方を調整し取り仕切る田崎局長両名の強い指導力の下、これら方針に基づく措置を淡々と、しかし迅速に、かつ大胆に、実行へと移していった。

この、ある意味では強引ともいえる措置には、多くの反対が出た。

我々の故郷を、跡形もなく壊すつもりか。

猶予も持たせないなど、あまりにも拙速ではないか。

森林国家である日本を、ダメにする気か。

それは、主に感情論に基づく、怒号にも似た批判だった。

だが金平たちは、これらの批判をものともせず、あるいは真っ向から対立し、あるいは受け流し、あるいは真摯に反省もしつつ、それでもただ黙々と、サリン禍の拡大を止めるために必要なことをすべて実行へと移していった。

同時に、対策本部は、四国の各地で生き残っていると思われる生存者の捜索にも全力を尽くした。新田たちが難を逃れていた岬の村のように、サリン禍から逃れ得た集落がまだ存在する可能性があったからだ。その結果、岬の村だけでなく、まさかこんな所にと思われる場所――例えば荒れ山の山小屋であったり、杉のない山頂からの風が常に吹き下ろす山間の集落であったり――に、多くの人々が生き残っていることがわかった。まさに死地におけるサバイバルを乗り越え迅速に救出された彼らの数は、なんと一千人を超えていた。その中には、新田医師や片岡千恵ももちろん含まれていた。一千人強の生存者――それは百万人以上を超える犠牲者の数からすれば微々たるものだが、サリン禍を乗り越えた彼らの存在は、ある意味では希望であり、また人々の心を前向きにする奇跡でもあった。

そして――。

三か月の奮闘のあと。

遂に、変異菌の感染の拡大が止まった。

同時に、立ち入り禁止措置も、縁辺部から順次解除され、徐々にではあるが、被災地における人の営みも、戻っていった。

それはまさに、災厄をを人々が克服したことの証《あかし》だった。

*

六月。

サリン禍収束宣言を対策本部が発表した、その日。

記者たちの前で朗々と収束宣言を読み上げた金平は、最後にこう言った。

「本日をもって、私は、対策本部長職、官房長官職を辞するとともに、参議院議員も辞職いたします」

どよめきとともに、何百本ものフラッシュが、金平の最近とみに薄くなった頭頂部に浴びせかけられた。

だが、伏せられた金平の顔には、満足げな表情が浮かんでいた。

金平とともに、田崎もまた自ら、自身の進退を決めた。

間もなく発令される人事異動により、事務次官となることがほぼ確実視されていたにもかかわらず、田崎は辞表を提出したのだ。

なぜですか、もうすぐそこなのに――そう問う斯波に、田崎は晴れやかに言った。

「次官になれるなれないは、それはそれで大事なことだ。誰もがそこを目指しているからな。だが私は、もっと稀有《けう》な経験をした。これこそ、歴代の次官ですら味わえなかった僥倖《ぎょうこう》だよ。だからこれで十分なのさ。斯波君……ほかでもない君なら、この気持ちは、わかるだろう?」

斯波が尊敬して止まない局長は、心から嬉《うれ》しそうに目を細めた。

＊

夏を過ぎても、課題は、なお山積していた。

百万人単位の避難民たちを、どうするのか。

荒廃した四国を、これからどう復興していくのか。

変異菌に冒されたスギは、本当に封じ込められたといえるのか。

サリン禍の影響により沈下した日本経済を、どう復調させるのか。

金平と田崎がいなくなった後、対策本部はメンバーを一新したが、金平や田崎の思いを十分に引き継いだ新しいメンバーたちは、なお日本をどう救うのかという明確な目標の下、あらゆる難題になお立ち向かっていた。

斯波もまた、引き続き事務局長として、昼も夜もない忙しさの中でひたすら仕事に打ち込んでいた。彼を仕事に向かわせたものは、もはやかつてのような栄達への欲求ではなかった。何のために、身を粉にして働くのか——その理由は彼自身にもわからなかったが、今は退院し家に戻った歩美が、いまだ運動障害を残しつつも、懸命にサポートしてくれるのを見るたび、あるいは日本が少しずつ復興へと歩み始めているのを肌で感じるたび、それらが彼の背中を押すのを手助けしてくれていることだけは、ひしと感じていた。

そして、斯波は、信じていた。

これまでも日本は、幾多の壊滅的災害を乗り越えてきた。

きっと、今度も見事に乗り越えていくのだろうと。

それは、もしかすると、あまりにも楽観的な考え方なのかもしれない。

だが、悲観的になる必要もない。

なぜなら、我々はすでに十分、経験を積んできたのだ。

だからこそ、斯波は、信じることができたのだ。

必ず、すべて取り戻せるはずだ——と。

ぶよの災いが去ったあとも、パロはイスラエルの民を解放しようとはしませんでした。

そこで、神《ヤハウェ》はモーセに言いました。

「明日の早朝、パロは水場に現れるだろう。そのとき、お前はパロにこう言うのだ。『イスラエルの民を解放し、私に仕えさせよ。神《ヤハウェ》がそうすることを望んでいるのだ。さもなくば、私は今度はあぶを湧かせるだろう。エジプト人の住む家も、大地も、あぶでいっぱいになるのだ』」

（出エジプト記第八章十七・意訳）

VI

九月。

広島は、まだ真夏だった。

千キロメートル西に移動しただけで、そろそろ秋めいてきた東京とはまったく違う空気が、そこにあった。スーツのジャケットは腕に掛け、ワイシャツも肘《ひじ》までまくると、斯波は、額に汗を滲《にじ》ませながら、庁舎の階段を踏みしめるように駆け上がっていった。

八階建ての古い庁舎。行政のスリム化というお題目のもと、その多くが空き部屋となっていたこの庁舎は、今は全室が、広島現地対策本部のために使われていた。

斯波は八階を越えると、さらに屋上を目指し、階段を上っていく。

息は上がっていたが、不思議と疲れはしなかった。

行き止まりに辿《たど》り着くと、一度大きく深呼吸をしてから、クリーム色に塗られた重い鉄扉を押し開けた。

途端、一面の青空から舞い降りてきたような熱の塊が、斯波の身体にまとわりついた。

眩《まぶ》しさに目を細めつつ、斯波は屋上へ一歩踏み出すと、その向こう、手すりに凭《もた》れて海を見ていた男に向かって、声を掛けた。

「遅くなってすまん！　宮野！」

宮野は、ゆっくりと振り向いた。

「おう、斯波。久しぶりだな。元気にしていたか?」

「ああ。前に会ったのは金平さんの辞任会見のときだから……三か月ぶりくらいか?」

「そうなるな」

紺色の作業ズボンに、ノーネクタイ。ラフな服装の宮野は、斯波の格好を見て言った。

「スーツだと暑くないか?」

「暑いな。だが仕方ない、官邸での会議からすっ飛んで来たんだから」

「そうか。忙しいところを悪かった。やっぱり俺が東京に行くべきだったかな」

「構わんさ。こんな理由でもなければ、東京から離れる理由がないんだからな」

斯波は、腕に掛けていたジャケットを手すりに引っ掛けると、胸ポケットから煙草を取り出し、慣れた手つきで火を点《つ》けた。

「ん? また、吸い始めたのか」

「ああ」

頷《うなず》きながら、斯波は煙を深々と吸い込むと、ニコチンを十分に、肺の隅々にまで行き渡らせた。

「健康に悪いぞ」

「わかってる。だが花粉よりマシさ」

「歩美が嫌がるだろ」

「嫌がるな。いずれはまた止めようと思ってる」

「……元気か、歩美《あいつ》は？」

「ああ、元気だ」

灰を落としながら、斯波は頷いた。

「通院はしているが、だいぶよくなった。後遺症も、今はほとんど出ていない」

「そうか。それならよかった。……なあ、斯波」

「なんだ」

「俺にも一本くれないか？」

「お前、喫煙者だったっけ」

「まあな。二十歳のときにやめた」

「……セブンスターだけど、いいか」

「構わないよ」

斯波が渡した煙草に、宮野もまた火を点けた。

しばし、潮の匂いのする風に吹かれながら、無言で煙を味わう二人――。

「……新しい大臣、どうだ」

ふと思い出したような宮野の問い。斯波はすぐ、答えた。

「藤井先生か？　いいぞ。すべてにおいてやりやすい。さすがは金平先生の薫陶を受けているだけのことはある」

「家持先生では、やっぱりだめだったか」

「いい人ではあったと思うんだが……いかんせん、荷が重すぎた」

煙草の先端を、手すりの裏側で押し潰《つぶ》しながら、斯波は言った。

「今は議員も辞職して地元に帰られているよ。あるいはそのほうが、家持先生にとって幸せなことなのかもしれないな」

「榆先生も、気の毒だったな」

「榆先生か……ずいぶん苛《いじ》められたが、さすがに亡くなってしまうと、それなりにきついものがある。しかし、きついと言えば、一番苦労されたのは金平先生だろう。一時は対策本部の中枢だった榆先生が自殺され、家持先生も入院、伊野塚さんに至っては収賄罪で逮捕だからな。体制の立て直しもさることながら、マスコミ対策に相当腐心されていたね」

「そうだな……」

宮野は、吸殻を汚れた安全靴の踵《かかと》で踏み潰すと、ややあってから、斯波に向き直った。

「……なあ、斯波。どう思う」

どう思う――。

目的語のない、漠とした問い掛け。

しかし、宮野の抽象的な謎掛けの真意は、斯波には薄々、わかっていた。

サリン禍の発生から、約半年。その収束からも三か月が経過した、今。

日本は、どうなっているか。

そこにあるのは──。

根拠のない楽観ムード。あらゆるメディアで無闇に躍る「絆」「結」「信」といった文字。自己満足に彩られた無駄な式典。あからさまに涙を誘う安っぽい物語の氾濫《はんらん》。

だが、その一方では、置いてけぼりにされたままの避難民や、日々減っていく募金額や、悲劇に乗じた詐欺や、そして謂《いわ》れなき差別が、目につくようになっていた。

事務局長である斯波には、よく見えていた。

つまり日本は、あの大災害を、たった三か月ほどで忘れようとしているのだ。

克服することすらないままに、過去のものとしようとしているのだ。

そして——。

同時に、いくつもの疑問もまた、浮き彫りになっていた。

それは、あの大災害が、なぜ起きたのかということ。

あるいは、なぜいきなり、日本の四国において、アーバスキュラー菌根菌というごくありふれた菌の突然変異が起きたのか？　なぜどの国よりも早く、隣国が日本に人的支援を申し出てきたのか？　なぜ政府内であれほど極端に意見が二分したのか？　そして、なぜあの楡が自殺し、あの伊野塚が逮捕されたのか？

すなわち——これらの本当の原因は、どこにあるのか？

だから——。

「俺は、思う。あれはやっぱり、人災だったのだと」

呟くように、斯波は言った。そう、すべての事象は、本当はある一点の真実に収束していたのだと。

斯波の言葉に、宮野もまた頷いた。

「俺も、そう思うよ……なあ斯波、俺が以前こう言ったのを、覚えているか？」

――テロならば目的が存在する。目的があるならば要求もある。要求があるならば、犯行声明もあってしかるべきだ。だがそれがない。目的も要求も見当たらないんだ。

「もちろん、覚えているとも。だが、それがどうかしたか」

「俺はさ、間違えていたんだ」

「間違えていた……？」

「ああ。テロならば要求が、犯行声明があるはずだ。俺はそう思っていた。ところが、そいつは違うんだよ。つまりな……犯行声明がなくとも、テロを起こすということは、十分にあり得るということだ」

「………」

宮野の言葉。斯波は無言で首肯する。

テロの主体は、誰か。

その目的は、何か。

斯波には、わかっていたからだ。

もちろん斯波が、そのことを明確に確認していたわけではない。はっきりとした証拠などどこにもないからだ。だが、この日本における大災害の結果として、国際的な影響力を増しつつ、東アジアにおける経済の主導権を日本から奪おうとしているのは、誰か。あるいは、政府の内部にいて、対策本部を引っ掻《か》き回し、攪乱《かくらん》した人々が、原因が判明した時点を境にして、忽然《こつぜん》と表舞台から姿を消したのは、なぜか。

そうしたことを考えれば、物事はおのずと、ひとつの事実に着地していくのだ。

もちろん、事象にはさまざまな解し方がある。単なる偶然という捉《とら》え方もそのひとつだ。だが、それでもなお、こうした見方が、相当な確からしさとともに、斯波に訴え掛けてくるのだ。つまり——。

日本はやはり「人為的」な「変異細菌テロ」に晒《さら》されていたということ。

そして、仮にこの見方が正しかったとすれば——。

次には一体、何が起こるのか？

「……なあ、宮野」

ふと、斯波は宮野に問うた。

「お前、旧約聖書を読んだことがあるか」

「聖書か。生憎《あいにく》と、実家が浄土真宗なんでな。だが、興味本位で斜め読みしたことはあるぞ」

「出エジプト記はわかるか」

「あの、モーセが海を割る話か」

「そうだ」

頷《うなず》きつつ、斯波は続けて言う。

「預言者モーセがエジプトから奴隷化されていたユダヤ人を連れて脱出し、その後シナイ山で十戒を介した神との契約を果たす。これが出エジプト記のあらすじだ。お前が言うように、話のクライマックスはモーセの海の奇跡だが、そこに至る前、エジプトにおいて、モーセはエジプトの王ファラオと対峙《たいじ》する」

「確か、イスラエルの民を解放するために、モーセがファラオに要求するんだったか」

「そうだ。当然ファラオはその要求を断るが、神の意向を受け入れないファラオとエジプトの民に対して、神は何度もエジプトへ災厄を下していく。彼らは結局、神の意向が理解できるまで、合計十の災厄を受けることとなった」

「斯波、もしかして……お前はこう言いたいのか？　それと同様、日本もまた十の災厄を受けたのだと」

「半分はそうだ。だが、半分は違う」

斯波は、神妙な顔で首を左右に振った。

「確かに日本は、災厄を受けた。だが、おそらくまだ、十回には至っていない」

「……………」

「例えば三番目の災厄として、エジプトは塵《ちり》がブヨに変わり害を及ぼすという災厄に襲われる。だがファラオもエジプト人も、神の言葉を理解しなかった。だから災厄は終わることなく、その後も続いていった。そして、きっと日本人はこの故事を反面教師にしなければならないんだ。災厄はなぜ起こったのか。どうすれば災厄は防げるのか。そのことを、もっともっと真剣に考えていかなければならないんだ。さもなくば……」

「……さもなくば？」

「災厄は、なおも続く」

「…………」

エジプトは、ブヨの災厄の後も、虻《あぶ》の災厄に襲われた。虻だけじゃない。雹《ひょう》や、蝗《いなご》や、闇にもまた、次々と襲われた。

ならば日本もまた、この災厄が最後だなどと、どうして言えるだろうか。

ブヨの正体は花粉だった。では、虻は何だろう？　もちろん、今はわからない。だが、熱さが喉元《のどもと》を過ぎて忘れ去られるように、日本人がブヨの災厄を忘れてしまったならば、それは確実にやってくるのだ。

虻の災厄。そして、引き続く雹、蝗、闇の災厄が——。

「それを理解させるのが、俺らの仕事か」

そう呟《つぶや》くように言うと、宮野は眉間《みけん》に皺《しわ》を寄せた。

「……難しいな」

ああ——と斯波もまた険しい顔で応じ、遠い海に目をやった。

オレンジ色の太陽が輝く、瀬戸内海。

からりと晴れているはずのその風景。
そこに斯波は、一瞬――錯覚した。
水面のむこう、どんよりと沈んだ灰色から、虻の群れがやってくるのを――。

【主要参考文献】

『旧約聖書　出エジプト記』関根正雄訳／岩波書店
『生物化学兵器』和気朗著／中央公論社
『毒物雑学事典』大木幸介著／講談社
『土壌学の基礎　生成・機能・肥沃度・環境』松中照夫著／農山漁村文化協会

本書は二〇一四年五月に小社から刊行された単行本を、
加筆・修正のうえ文庫化したものです。

災厄《さいやく》

周木《しゅうき》 律《りつ》

平成29年 7月25日　初版発行

発行者●郡司 聡

発行●株式会社KADOKAWA
〒102-8177　東京都千代田区富士見2-13-3
電話 0570-002-301（ナビダイヤル）

角川文庫 20428

印刷所●旭印刷株式会社　製本所●株式会社ビルディング・ブックセンター

表紙画●和田三造

◎本書の無断複製（コピー、スキャン、デジタル化等）並びに無断複製物の譲渡および配信は、著作権法上での例外を除き禁じられています。また、本書を代行業者などの第三者に依頼して複製する行為は、たとえ個人や家庭内での利用であっても一切認められておりません。
◎定価はカバーに表示してあります。
◎KADOKAWA　カスタマーサポート
［電話］0570-002-301（土日祝日を除く 10時～17時）
［WEB］http://www.kadokawa.co.jp/（「お問い合わせ」へお進みください）
※製造不良品につきましては上記窓口にて承ります。
※記述・収録内容を超えるご質問にはお答えできない場合があります。
※サポートは日本国内に限らせていただきます。

©Ritsu Shuuki 2014, 2017　Printed in Japan
ISBN978-4-04-105610-3　C0193

角川文庫発刊に際して

角川源義

第二次世界大戦の敗北は、軍事力の敗北であった以上に、私たちの若い文化力の敗退であった。私たちの文化が戦争に対して如何に無力であり、単なるあだ花に過ぎなかったかを、私たちは身を以て体験し痛感した。西洋近代文化の摂取にとって、明治以後八十年の歳月は決して短かすぎたとは言えない。にもかかわらず、近代文化の伝統を確立し、自由な批判と柔軟な良識に富む文化層として自らを形成することに私たちは失敗して来た。そしてこれは、各層への文化の普及滲透を任務とする出版人の責任でもあった。

一九四五年以来、私たちは再び振出しに戻り、第一歩から踏み出すことを余儀なくされた。これは大きな不幸ではあるが、反面、これまでの混沌・未熟・歪曲の中にあった我が国の文化に秩序と確たる基礎を齎らすためには絶好の機会でもある。角川書店は、このような祖国の文化的危機にあたり、微力をも顧みず再建の礎石たるべき抱負と決意とをもって出発したが、ここに創立以来の念願を果すべく角川文庫を発刊する。これまで刊行されたあらゆる全集叢書文庫類の長所と短所とを検討し、古今東西の不朽の典籍を、良心的編集のもとに、廉価に、そして書架にふさわしい美本として、多くのひとびとに提供しようとする。しかし私たちは徒らに百科全書的な知識のジレッタントを作ることを目的とせず、あくまで祖国の文化に秩序と再建への道を示し、この文庫を角川書店の栄ある事業として、今後永久に継続発展せしめ、学芸と教養との殿堂として大成せんことを期したい。多くの読書子の愛情ある忠言と支持とによって、この希望と抱負とを完遂せしめられんことを願う。

一九四九年五月三日

猫又お双《そう》と消えた令嬢

周木律

大学院生×猫又少女コンビが謎を解く!!

古長屋に住む大学院生の隆一郎。ある日、彼は懐いた野良猫の尻尾がふたつに分かれているのを見てしまう。驚く間もなく猫は喋った。「見たの?」茫然とする隆一郎の前で、猫は少女へと姿を変えた。彼女は猫又だったのだ。やがて、奇妙な共同生活を始めたふたりの元に、相談が舞い込む。ある名家に令嬢の誘拐予告が届いたというのだ。現場に出向くふたりの前で、令嬢は忽然と姿を消して——猫又少女に癒やされるライトミステリ!!

角川文庫のキャラクター文芸

ISBN 978-4-04-103179-7

角川文庫ベストセラー

CRISIS
公安機動捜査隊特捜班
小説／周木　律
原案／金城一紀

警視庁公安部に所属する、凶悪事件の初動捜査を担当する特別チーム『公安機動捜査隊特捜班』。横浜の39階建てホテルが何者かに占拠され、宿泊客550人が人質に取られる未曾有の事件に、特捜班が挑む！

BORDER
小説／古川春秋
原案／金城一紀

頭に銃弾を受けて生死の境を彷徨った警視庁捜査一課の刑事・石川安吾。奇跡的に回復し再び現場に復帰した彼は「死者と対話ができる」という特殊能力を身に付けていた――。新感覚の警察サスペンスミステリ！

GO
金城一紀

僕は《在日韓国人》に国籍を変え、都内の男子高に入学した。広い世界へと飛び込む選択をしたのだが、それはなかなか厳しい選択でもあった。ある日僕は、友人の誕生パーティーで一人の女の子に出会って――。

フライ，ダディ，フライ
金城一紀

おっさん、空を飛んでみたくはないか？　――鈴木一、47歳。平凡なサラリーマン。大切なものをとりもどす、最高の夏休み！　ザ・ゾンビーズ・シリーズ、第2弾！

SP
警視庁警備部警護課第四係
金城一紀

幼い頃、テロの巻き添えで両親を亡くした井上薫は、トラウマから得た特殊能力を使い、続発する要人テロと、その背後にある巨大な陰謀に敢然と立ち向かっていく――。